BASTEI
LÜBBE

Über die Autorin:

Corinna van Damm, geboren 1955 in Braunschweig, arbeitete zunächst als Arzthelferin. Schon als 19-Jährige veröffentlichte sie Geschichten und Kurzromane in Zeitschriften und schrieb später zahlreiche Liebesromane. Seit 2000 arbeitet sie hauptberuflich als Autorin und lebt mit ihrem Sohn und zwei Katzen in Braunschweig.

CORINNA VAN DAMM

SCHATTEN ROSEN

THRILLER

BASTEI LÜBBE

BASTEI LÜBBE TASCHENBUCH
Band 15583

1. Auflage: November 2006

Vollständige Taschenbuchausgabe

Bastei Lübbe Taschenbücher in der Verlagsgruppe Lübbe

Lektorat: Sünje Redies
Titelillustration: Guido Klütsch
Einbandgestaltung: Guido Klütsch, Köln
Satz: hanseatenSatz-bremen, Bremen
Druck und Verarbeitung: Nørhaven Paperback, Dänemark
Printed in Denmark
ISBN-13: 978-3-404-15583-5 (ab 01.01.2007)
ISBN-10: 3-404-15583-1

SCHATTENROSEN

1. KAPITEL

Sie hielt die Hand schützend gegen die Stirn und ließ ihren Blick über die voll besetzten Tischreihen gleiten. Die Sonne schien warm an diesem herrlichen Frühsommertag und Lena Gabriel vergaß für einen Moment ihre bohrenden Kopfschmerzen.

Irgendwo zwischen den vielen fremden Menschen musste Claudia sitzen und wahrscheinlich schon ungeduldig auf sie warten.

»Würden Sie etwas zur Seite treten?«, murrte eine Bedienung und musterte im Vorübergehen abschätzig Lenas teures Sommerkostüm aus rehbrauner Wildseide.

»Entschuldigen Sie bitte«, murmelte Lena, trat hastig einen Schritt zur Seite und fügte hinzu: »Ich suche jemanden.«

Die korpulente Serviererin schüttelte unwillig den Kopf und balancierte das Kuchentablett zu einem der vorderen Tische des Cafégartens. Lena warf ihr einen wütenden Blick nach.

»Wartest du etwa auf mich?« Claudias heitere Stimme ließ Lena herumfahren.

»Ich dachte, du sitzt schon längst irgendwo hier.« Lena umarmte die Freundin, die etwa dieselbe Figur wie sie selbst hatte; dies jedoch waren die einzigen Ähnlichkeiten zwischen den beiden Frauen. Claudias Haare waren so schwarz, dass sie oft für eine Südländerin gehalten wurde, während Lenas Teint hell und ihr Haar weizenblond war.

»Ich musste noch einen schwierigen Kunden bedienen.« Claudia hakte sich bei Lena ein und zog sie mit sich. »Ich habe dir doch von dem alten Herrn Schießer erzählt, nicht wahr?«

Lena nickte grinsend. »Oh ja, das ist doch der Mann, der angeblich jede Krankheit hat, von der er jemals gehört hat.«

»Genau.« Claudia verdrehte die dunklen Augen. »Im Moment bildet er sich ein, unter Schüttellähmung zu leiden, weil er zu einer leichten Kreislaufschwäche neigt. Es dauerte eine geschlagene halbe

Stunde, bis ich ihn dazu überreden konnte, seinen Hausarzt aufzusuchen. Er wollte mir partout nicht glauben, dass Medikamente gegen Parkinson nicht rezeptfrei sind!«

»Du Ärmste.« Lena hielt Claudia am Ärmel fest. »Sieh mal, ich glaube, das Pärchen dort drüben macht Anstalten zu gehen.«

»Hoffentlich. Wenn ich hier noch weiterhin herumirre und nicht endlich einen anständigen Kaffee bekomme, falle ich noch in Ohnmacht.«

Claudia Ferrer hatte nach dem Tod ihres Vaters dessen Apotheke übernommen – nicht gern, sondern aus Pflichtgefühl. Sie hatte zwar auf Wunsch ihres alten Herrn Pharmazie studiert, sich jedoch im Stillen vorgenommen, niemals hinter dem Tresen einer Apotheke zu stehen, um Präparate gegen Durchfall und Magenbeschwerden zu verkaufen. Doch vor drei Jahren war ihr Vater an einem Herzinfarkt gestorben. Von einem Tag auf den anderen sah sich Claudia gezwungen, ihren gut bezahlten Job bei einem Hamburger Elektronikkonzern gegen die Tätigkeit in der altmodischen Apotheke einzutauschen. Viel brachte das kleine Geschäft nicht ein, da es im Umkreis von einem Kilometer fünf weitere Apotheken gab.

Claudia hielt ihr Gesicht in die Sonne, schloss die Augen und murmelte zufrieden: »Ah, so lass ich es mir gefallen. Das ist allemal besser als die abgestandene Luft im Laden.«

Die mürrische Serviererin kam und legte wortlos zwei Speisekarten auf den Tisch.

»Hallo!«, rief Claudia, als die Bedienung den beiden Frauen bereits wieder den Rücken zugekehrt hatte und man ihr üppiges Hinterteil bewundern konnte. »Würden Sie so freundlich sein und das benutzte Geschirr unserer Vorgänger mitnehmen?«

Mit einem tiefen Seufzer machte die Kellnerin kehrt und begann, Tassen und Kuchenteller zusammenzustellen. »Ich kann mich auch nicht vierteilen.«

»Damit Sie nicht noch einmal umsonst herkommen müssen, möchten wir gleich unsere Bestellung aufgeben.« Claudias Augen blitzten die Bedienung streng an. »Für mich bitte ein Kännchen Kaffee. Was möchtest du, Lena?«

»Dasselbe.«

Insgeheim bewunderte Lena die forsche Art Claudias, mit den Leuten umzugehen. Sie selbst war dazu erzogen worden, immer höflich zu bleiben.

»Also, die kriegt keinen Pfennig Trinkgeld«, schnaubte Claudia, nachdem die Serviererin sich entfernt hatte. »Weißt du, was ich mit meinen Mitarbeitern machen würde, wenn sie so unfreundlich wären?«

»Entlassen?«

»Richtig! Ich bin mit meiner kleinen Apotheke auf jeden Einzelnen angewiesen.«

»Hast du dir eigentlich schon mal überlegt, die Apotheke renovieren zu lassen? Vielleicht kämen mehr Kunden, wenn es heller und freundlicher wäre«, schlug Lena vor.

Claudia kramte eine Schachtel Zigaretten aus ihrer überdimensional großen Handtasche und schüttelte den Kopf. »Hat keinen Zweck. Die Konkurrenz hat größere Räume und kann daher mehr mit Nebenprodukten verdienen. Am liebsten würde ich den Laden hinschmeißen.«

»Das wäre bestimmt nicht im Sinne deines Vaters.«

»Er sieht es ja nicht mehr.« Claudia grinste und steckte sich eine Zigarette an. »Aber was soll's? Nun habe ich mich einmal ihm zuliebe dazu entschlossen. Was macht eigentlich Philipp? Genießt ihr euer junges Eheglück?«

Lenas Augen bekamen bei der Erwähnung von Philipps Namen einen schimmernden Glanz. Seit zwei Monaten war sie die Ehefrau des jungen Kunstmalers Philipp Gabriel.

»Ja! Ich werde dir immer dankbar sein.«

Bei Claudias letzter Geburtstagsfeier hatte Lena den gut aussehenden Maler mit der dunklen lockigen Haarmähne und den samtbraunen Augen kennen gelernt und sich Hals über Kopf in ihn verliebt.

Bei früheren Bekanntschaften hatte Lena oft den Eindruck gehabt, dass die Männer sie nur wegen ihres Geldes liebten, doch bei Philipp war das anders. Bei ihm war alles anders! Er war bereits berühmt, und seine Bilder waren in Fachkreisen geschätzt und verkauften sich gut.

»Du bist wirklich zu beneiden.« Claudia warf der Freundin einen liebevollen Blick zu. »Du hast Geld wie Heu und einen Mann, der dich auf Händen trägt.«

Lena lächelte glücklich. »Ich bin überzeugt davon, dass Philipp mich auch geheiratet hätte, wenn ich arm wie die sprichwörtliche Kirchenmaus wäre. Ihm bedeutet mein Geld überhaupt nichts. Im Gegenteil, es stört ihn, dass wir in der riesigen Villa leben.« Die Villa war das Haus ihrer Eltern, das Lena nach deren Tod geerbt hatte.

»Typisch Mann. Wenn die Frau diejenige ist, die das Geld mit in die Ehe bringt, kommen sie sich immer wie kastriert vor.« Sie seufzte. »Es wird wohl noch einige hundert Jahre dauern, bis sich das starke Geschlecht daran gewöhnt hat, dass wir Frauen nicht mehr finanziell von ihnen abhängig sind.«

Lena machte eine abwehrende Handbewegung. »Nun, so schlimm ist Philipp nicht!«

»Natürlich nicht, dein Gatte läuft ja mit einem Heiligenschein herum, wie konnte ich das nur vergessen!«

Lenas quälende Kopfschmerzen hatten nachgelassen, und sie konnte herzhaft lachen, ohne dabei das Gefühl zu haben, dass ihr gleich der Schädel platzte. »Warum musst du immer auf meinem Liebsten herumhacken?«

»Tue ich doch gar nicht.« Claudia machte eine unschuldige Miene. »Ich weiß doch, dass dein Mann ein prima Typ ist; schließlich kenne ich ihn schon länger als du.«

Mittlerweile war die Sonne hinter dunklen Wolken verschwunden, sodass Lena in ihrem leichten Kostüm zu frösteln begann. »Wenn der Kaffee nicht bald kommt, werden wir ihn im Regen trinken müssen.«

»Da hinten kommt unsere Freundin mit einem Tablett. Wenn wir Glück haben, ist das unsere Bestellung.«

Die Kellnerin stellte lieblos das Geschirr auf die nicht mehr ganz saubere Tischdecke. »Macht zusammen acht Euro.«

»Dürfen wir eventuell erst unseren Kaffee trinken, bevor wir bezahlen?«, fragte Claudia mit gerunzelter Stirn. »Oder müssen wir schon den Tisch für die nächsten Gäste freimachen?«

»Tut mir Leid, ich hab jetzt Feierabend und muss gleich abkassieren. Wenn es Ihnen nicht passt, können Sie sich gern beim Chef beschweren.«

»Ich mach das schon«, sagte Lena schnell, als Claudia kopfschüttelnd nach ihrer Tasche griff. »Stimmt so.«

»Du musst wirklich verrückt sein!« Claudia nahm ihr Kaffeegedeck und stellte fest, dass der Inhalt nur lauwarm war. »Wie konntest du dieser unmöglichen Person zwei Euro Trinkgeld geben?«

»Ach, ich kann es mir doch leisten.«

»Darum geht es doch gar nicht.«

»Um was denn sonst?« Auch Lena griff nach ihrem Kaffeekännchen.

»Ums Prinzip«, erklärte Claudia ernst.

Lena schmunzelte. »Soll ich ihr nachrennen und ihr das Geld wieder abnehmen?«

»Lieber nicht – obwohl ich finde, dass der Kaffee wie Abwaschwasser schmeckt.«

Lena nippte an ihrer Tasse. »Ich habe auch schon besseren getrunken.«

Claudia kicherte unvermittelt. »Du bist wirklich einmalig! Immer siehst du alles so schrecklich positiv.«

»Ist es ein Fehler, nicht zu der ständig nörgelnden Mehrheit zu gehören?«

»Nein, aus mir spricht wohl nur der Neid.« Claudia sah sich um. Die meisten Tische waren inzwischen leer. Aus Angst vor dem drohenden Regen waren die Gäste wohl ins Innere des Cafés geflüchtet. Sie wandte sich wieder ihrer Freundin zu. »Was hat eigentlich Dr. Strecker gesagt? Du warst doch heute bei ihm?«

»Immer dasselbe.« Lena hob die Schultern. »Ich leide unter einer Art Migräne, gegen die wohl kein Kraut gewachsen ist. Die starken Tabletten, die er mir verschrieben hat, mag ich aber nicht nehmen.«

»Gibt es denn keine alternativen Heilmethoden?«

»Ach, du weißt doch, was ich bereits alles ausprobiert habe. Von Akupunktur bis zu pulsierender Signaltherapie: Nichts hat geholfen.« Lena zuckte wieder mit den Schultern. »Ich muss wohl damit leben.«

»Damit solltest du dich nicht abfinden.«

Lenas Gesicht erhellte sich, als sie lächelnd hinzufügte: »Dr. Strecker meint allerdings, dass eine Schwangerschaft möglicherweise die Lösung sein könnte.«

»Eine Schwangerschaft?«

»Ja, er sagte, dass die Migräne durch die Hormonumstellung verschwinden könnte.«

Claudia nickte. »Klingt logisch.« Sie beugte sich über den Tisch und senkte die Stimme. »Und? Möchtest du ein Kind haben?«

»Ja, das wäre das Allerschönste, was mir passieren könnte.«

»Und Philipp? Denkt er genauso? Ich dachte, er wollte die erste Zeit eurer Ehe mit dir allein genießen.«

»Natürlich möchte Philipp auch ein Kind haben – etwas später jedenfalls. Aber die biologische Uhr tickt und tickt ...«

»Ach komm, mit einunddreißig Jahren musst du dir noch keine Gedanken über deine biologische Uhr machen«, bemerkte Claudia grinsend. Sie steckte sich den Keks, der dem Kaffeegedeck beigelegt war, in den Mund und verzog das Gesicht. »Sogar der scheint von gestern zu sein.«

Lena warf indessen einen besorgten Blick zum Himmel. »Wir sollten besser gehen, bevor es anfängt zu regnen.«

In diesem Augenblick fielen bereits die ersten Tropfen und die beiden Freundinnen verließen eiligst den Cafégarten. Innerhalb weniger Sekunden waren sie nass bis auf die Haut.

»Scheißwetter!«, schimpfte Claudia. »Ich kann doch nicht nass wie ein Waschlappen zurück ins Geschäft gehen!«

»Willst du mit zu mir kommen und dich umziehen?«, schlug Lena spontan vor. »Ich leihe dir gern etwas.« Sie hielt ihre Handtasche schützend über den Kopf, während sie mit der freien Hand die Fahrertür des Daimlers öffnete.

»Nicht nötig. Ich habe noch ein paar trockene Sachen hinten im Laden.« Claudia umarmte die Freundin. »Grüß deinen Traummann von mir und richte ihm aus, er soll dich ja anständig behandeln, sonst ziehe ich ihm die Ohren lang!«

»Ich werd's ihm bestellen.«

Mit schnellen Schritten eilte Claudia zu ihrem altersschwachen Golf und winkte Lena noch einmal zu. Erst als Claudia den matschigen Parkplatz verlassen hatte, startete auch Lena ihren Wagen.

*

Das Seidenkostüm klebte unangenehm an ihrem Körper und sie freute sich auf ein heißes Bad. Auf der kurzen Fahrt ins Münchner Villenviertel warf Lena einen flüchtigen Blick in den Rückspiegel und fand, dass sie mit den nassen Haaren und dem zerlaufenen Make-up zum Fürchten aussah. Hoffentlich ist Philipp noch nicht aus dem Atelier zurück, dachte sie und trat aufs Gaspedal. Aber obwohl ihr Mann ihr häufig Komplimente über ihr Aussehen und ihre Garderobe machte, wusste sie natürlich, dass er sie auch mit unfrisiertem Haar und in alten Jeans liebte.

Das dunkle Dach der weißen Jugendstilvilla glänzte vom Regen, als Lena in die Auffahrt einbog. Kaum hatte sie das Haus betreten, stellte sie fest, dass Philipp noch nicht da war. Ohne sein weiches Lachen wirkte das Haus leblos. Noch immer konnte sich Lena nicht vorstellen, wie sie es jahrelang allein in den stillen, hohen Räumen ausgehalten hatte, ohne schwermütig zu werden.

Lenas Eltern, Gudrun und Robert Wichert, waren bei einem Flugzeugabsturz vor mehr als zehn Jahren ums Leben gekommen. Sie waren auf dem Heimweg von einer Modemesse gewesen, als der schreckliche Unfall passierte, und es hatte viele Jahre gedauert, bis Lena das tragische Geschehen verarbeitet hatte.

Dass die Wicherts ein florierendes Modehaus der gehobenen Klasse mit Filialen in allen deutschen Großstädten besaßen und Lenas Zukunft wenigstens finanziell abgesichert war, war in den schweren Stunden nach dem Tod der geliebten Eltern für Lena nur ein schwacher Trost. Nach dem Verkauf der Geschäfte war sie eine vermögende Frau. Ihre einzige Freundin war Claudia Ferrer. Die beiden Frauen hatten sich als sechzehnjährige Teenager im Schweizer Internat kennen gelernt und damals erfreut festgestellt, dass sie beide aus derselben Stadt stammten. Claudia war immer für Lena da, seit sie wieder in München lebte und sie sich dort wieder gefunden hatten.

*

»Liebling, bist du oben?«

Lena zuckte zusammen. Beinahe wäre sie in der Badewanne eingeschlafen. »Ich bin im Bad, Philipp!«

Als er im Türrahmen stand, klopfte Lenas Herz bis zum Hals – wie immer, wenn sie an ihn dachte oder ihn sah. Oft wunderte sie sich, wie es möglich war, einen Menschen so sehr zu lieben. Nie zuvor in ihrem Leben hatte es ein Mann fertig gebracht, dass ihre Knie zitterten.

»Hier hast du dich also versteckt.« Philipp trat dicht an die Badewanne, kniete sich davor und nahm Lenas Hand. »Ich habe dich den ganzen Tag vermisst.«

»Ich dich auch.« Ihre freie Hand fuhr ihm liebevoll durch das lockige Haar. »Hast du nicht Lust, mir Gesellschaft zu leisten?«

»Das lass ich mir nicht zweimal sagen.« In Windeseile hatte sich Philipp ausgezogen. Lena genoss kurz den Anblick seines nackten Körpers, bevor er vorsichtig zu ihr in die Wanne stieg und sie zärtlich küsste. Zuerst auf den Hals, dann wanderten seine Lippen tiefer, sodass sie vor Lust laut aufstöhnte.

»Du hättest Koch werden sollen«, sagte Lena eine lange Stunde später und tupfte sich die Mundwinkel mit der Serviette ab. »Ich wünschte, ich könnte annähernd so gut kochen wie du.«

Philipp grinste jungenhaft. »Mir ist es aber lieber, das Kochen bleibt mein Hobby und ich verdiene meinen Lebensunterhalt mit meinen Bildern als umgekehrt.«

»Stimmt.« Sie griff nach ihrem Rotweinglas und nahm einen kleinen Schluck. »Du bist nämlich ein begnadeter Künstler.«

Er lachte und erwiderte gut gelaunt: »Du bist zwar keine ganz objektive Kritikerin, aber vielen Dank für die Blumen.«

»Ich sage nur die Wahrheit!« Lena stellte das Glas auf den Tisch zurück. »Du lieber Himmel, ich glaube, die Kopfschmerzen fangen wieder an.«

Besorgt fragte Philipp: »Hat dir Dr. Strecker nicht ein neues Medikament verschrieben?«

»Schon, aber ich möchte es nur nehmen, wenn ich es nicht mehr aushalte.« Sie rieb sich die Stirn, als wolle sie den Schmerz fortwischen.

Philipp starrte auf sein Glas und fuhr mit den Fingerspitzen über den vergoldeten Rand. »Ist dir eigentlich aufgefallen, dass deine Migräne stärker geworden ist, seit wir verheiratet sind? Vielleicht bekommt dir die Ehe mit mir nicht.«

»Unsinn!« Entsetzt weiteten sich Lenas Augen. Philipps Stimme hatte so maßlos traurig geklungen. »Das stimmt doch gar nicht! Ich hatte schon früher hin und wieder diese grässlichen Schmerzattacken. Du hast ganz bestimmt nichts damit zu tun, mein Schatz.«

Seine bedrückte Miene verschwand. »Bist du sicher? Hat Dr. Strecker nicht eine neue Therapie für dich?«

»Nun ... Es gibt eine Möglichkeit, die mich vielleicht dauerhaft von den Beschwerden befreit.«

»Ach! Und die wäre?«

»Ein Baby.«

Einen Augenblick lang starrte er sie an, dann fragte er verständnislos: »Wie kann ein Baby deine Migräne heilen?«

Sie wiederholte, was der Arzt ihr Stunden zuvor gesagt hatte. »Du möchtest doch auch ein Kind, oder?«, fragte sie vorsichtig.

»Aber natürlich möchte ich ein Kind mit dir haben, Liebling. Ich dachte nur, dass wir damit noch warten wollten.«

Lena zog sich den seidenen Morgenmantel enger um die Schultern. »Lassen wir es doch einfach darauf ankommen, ja?«

»Aber du nimmst doch die Pille.«

»Dr. Strecker hält es für das Beste, sie so schnell wie möglich abzusetzen, weil sie unter Umständen die Anfälle noch verstärkt.«

Philipp nickte verstehend. »Okay, dann lass uns ein Baby machen.« Er stand auf, kam um den Esstisch herum und hob seine junge Frau vom Stuhl.

»Philipp, was tust du da?«, rief sie lachend.

»Wir können doch schon mal ein wenig üben, nicht wahr?«

Er trug seine Frau die Treppe hinauf ins Schlafzimmer. Während der leidenschaftlichen Umarmung vergaß Lena das Hämmern in ihrem Kopf.

*

Therese Biegler war schon im Haus, als Philipp und Lena am nächsten Morgen hinunter zum Frühstück kamen. Sie kam täglich von sieben bis vierzehn Uhr in die Villa, um den Haushalt zu führen. Das hatte sie schon getan, als Lenas Eltern noch lebten, und Lena war froh, dass es jemanden gab, der sich im Haus auskannte und dem sie vertrauen konnte.

Im Esszimmer duftete es nach Kaffee und wie jeden Morgen war der Tisch liebevoll gedeckt. Therese war bereits dabei, im Keller die Waschmaschine zu füllen, als sie sich an den Tisch setzten.

»Unsere Therese denkt immer an alles«, bemerkte Philipp zufrieden, als er sein Frühstücksei genau so vorfand, wie er es mochte.

»Ich wüsste auch nicht, was ich ohne sie machen sollte.« Lena griff sich eines der noch ofenwarmen Brötchen, die Therese morgens immer mitbrachte.

»Hast du gut geschlafen?« Philipp blickte seine Frau über den Rand seiner Kaffeetasse prüfend an. »Du hast dunkle Ringe unter den Augen.«

»Ach was!« Sie schüttelte den Kopf und wies mit dem Kinn zum Fenster, an dessen Scheibe schwere Regentropfen abperlten. »Ich bin ein bisschen wetterfühlig, das weißt du ja. Bei Regen fühle ich mich nie besonders wohl.«

»Guten Morgen, die Herrschaften!« Therese Biegler besaß die wunderbare Eigenschaft, stets guter Laune zu sein. »Ich hoffe, es ist alles zu Ihrer Zufriedenheit ausgefallen.«

»Wie immer, liebe Therese, wie immer.« Philipp hob seine Kaffeetasse und tat, als wolle er der Haushälterin zuprosten; dabei lächelte er schelmisch.

»Wollen Sie uns nicht Gesellschaft leisten und eine Tasse Kaffee mit uns trinken?«, fragte Lena und wies auf den leeren Platz links neben sich. »Die Hausarbeit können Sie doch immer noch erledigen.«

Frau Biegler lehnte sich gegen den Türrahmen und verschränkte die Arme unter der mächtigen Brust. »Oh nein, Frau Gabriel. Gerade für heute habe ich mir jede Menge vorgenommen. Eigentlich wollte ich ja die Fenster putzen, die haben es weiß Gott nötig, aber bei dem Wetter hat das wohl keinen Sinn.«

»Das fürchte ich auch«, seufzte Lena und blickte auf den nassen Baum vor dem Fenster. »Ob es auch in den nächsten Tagen so bleibt?«

Therese hob die Schultern. »Keine Ahnung. Jedenfalls liegt Deutschland unter einer dicken Wolkendecke, haben sie im Wetterbericht gesagt. Wenn das den ganzen Sommer so bleibt, werden die schönen Blumen im Garten verfaulen.«

Offiziell war die Gartenpflege Aufgabe von Thereses Mann Alfred. Doch der litt unter einer schmerzhaften Arthritis, und so hatte es sich im Laufe der Jahre eingebürgert, dass Therese neben ihrer Arbeit im Haus auch den Rasen mähte und die Rosen schnitt.

»Ja, dieses Wetter ist wirklich zum Fürchten.« Philipp rückte seinen Stuhl zurück und stand auf. »Wenn die Damen mich jetzt entschuldigen würden? Meine Arbeit wartet.«

»Ah, der Herr Künstler arbeitet an einem neuen Bild?«, fragte Therese interessiert. Sie verstand zwar nichts von moderner Kunst, aber im Haus eines bekannten Malers zu arbeiten, galt für sie als etwas Besonderes.

»Nicht ganz«, korrigierte Philipp. »Ich bin gerade dabei, einige Gemälde für eine Ausstellung zusammenzustellen.«

»Ach, das ist ja aufregend. Werden Sie viele Bilder ausstellen?«

»Warum kommen Sie nicht und sehen sich die Ausstellung an?«

Therese wurde rot. »Ich? Ach, Herr Gabriel, Sie scherzen wohl! Was soll ich denn zwischen all den ganzen feinen Leuten?«

»Dann würde ich wenigstens *ein* vertrautes Gesicht sehen, außer dem meiner Frau natürlich.«

Auch Lena war mittlerweile aufgestanden und folgte Philipp in die Eingangshalle, die mit ihren alten Ölgemälden und Perserbrücken an ein Museum erinnerte. An der Haustür schlang sie die Arme um seinen Hals und hob ihm das Gesicht entgegen. In ihrer Aufmachung passte das Ehepaar eigentlich nicht zusammen: Lena stand da im eleganten zweiteiligen Strickensemble aus einer der besten Boutiquen Münchens, und Philipp trug seine Lieblingsjeans, die auch schon bessere Tage gesehen hatte, und dazu ein einfaches weißes T-Shirt. Lena mochte dieses Outfit, auch wenn es im krassen Gegensatz zu ihrer eigenen Kleidung stand – oder gerade deshalb.

Jeden Morgen wieder fiel es Lena schwer, sich von Philipp zu trennen.

»Was hast du heute vor, Liebling?«, fragte er und hauchte einen letzten Kuss auf ihre kleine Nase. »Leg dich noch ein wenig hin, vielleicht kannst du etwas schlafen.«

»Oh nein, das werde ich nicht tun. Ich bin heute Mittag mit Claudia zum Essen verabredet und freue mich schon darauf.«

»Grüß das kleine Plappermaul von mir.« Er lächelte und zeigte dabei wieder seine Grübchen, die Lena so liebte. Zärtlich strich sie mit der Fingerspitze darüber.

»Ich glaube, ich gehe jetzt besser, sonst komme ich noch auf dumme Gedanken«, murmelte er, und Lena sah das leidenschaftliche Glitzern in seinen Augen. »Therese würde sich wundern, wenn wir am frühen Morgen wieder ins Bett gingen.«

Lena schoss die Schamesröte ins Gesicht. »Das denke ich auch. Bis heute Abend dann.«

Fröstelnd schloss sie die Haustür, nachdem Philipp in seinem alten Volvo das Grundstück verlassen hatte. Mehrmals hatte Lena gefragt, ob Philipp denn nicht einen neuen, komfortableren Wagen haben wollte, doch er war der Meinung, dass sein Auto genau zu ihm passte. Das hatte sie nun davon, mit einem Künstler verheiratet zu sein!

*

Ausnahmsweise war Claudia schon vor Lena in ihrem gemeinsamen Lieblingslokal am Viktualienmarkt. Wie immer hatten die beiden Frauen einen Tisch im hinteren Teil des italienischen Restaurants reservieren lassen, wo man ungestört reden konnte, ohne dauernd von vorbeidrängelnden Kellnern oder Gästen belästigt zu werden.

»Schön, dass du dich rechtzeitig von deiner Apotheke losreißen konntest«, sagte Lena, als sie Claudia gegenübersaß.

Ihre Freundin verzog das Gesicht. »Eigentlich hätte ich mir heute gar keine Pause gönnen dürfen. Gerade vorhin kam eine neue Lieferung, die in der Mittagspause einsortiert werden muss. Aber wozu hat man schließlich Angestellte?« Sie griff zur Speisekarte. »Das ist übrigens der einzige Vorteil, wenn man selbständig ist.«

Lena kicherte. »Du wirst bis in alle Ewigkeit bei deinen Mitarbeitern den ersten Preis als ekeligste Chefin der Welt bekommen, das ist dir hoffentlich klar.«

Claudia lachte schallend. »Meinetwegen, so bleibe ich zumindest in dieser Beziehung unvergessen!«

Paolo, der Wirt, ließ es sich nie nehmen, die beiden attraktiven Damen, die seit Monaten Stammgäste in seinem Lokal waren, stets höchstpersönlich zu bedienen. Er nahm nicht nur die Bestellung auf, sondern machte auch Komplimente, die in seinem drolligen Akzent immer ein bisschen wie Passagen aus einer italienischen Operette klangen.

»Ist dein Göttergatte schon wieder bei seinen Kunstwerken?«, fragte Claudia später zwischen zwei Bissen Lasagne.

Lena nickte. »Er bereitet doch gerade diese neue Ausstellung vor. Ach, Claudia, manchmal kann ich noch immer nicht glauben, dass Philipp mich geheiratet hat!«

Claudia hob erstaunt den Kopf. »Warum? Du bist eine kluge und schöne Frau. Ich finde, Philipp sollte dankbar sein, dass du ihn erhört hast.«

»Das war gemein.« Lena zog ein gespielt strenges Gesicht. »Philipp hat es nicht nötig, mir zu danken.«

Claudia zuckte die Achseln. »Vielleicht. Ich für meinen Teil stehe eher auf richtige Männer.«

»Was soll das denn heißen? Ist Philipp in deinen Augen etwa kein Mann?«

»Nun, eher ein Softie …«

»Ein Softie?«

»Oder Weichei, nenn es, wie du willst.« Claudia schmunzelte. »Nimm's nicht so tragisch und freu dich, dass dein Philipp nicht mein Typ ist, sonst hätte ich ihn mir schon längst unter den Nagel gerissen.«

Lena sah sie betroffen an. »Da muss ich wohl dankbar sein, dass Philipp für dich ein so genanntes Weichei ist.«

»Musst ihm ja nicht unbedingt unter die Nase reiben, was ich über ihn gesagt habe«, sagte Claudia augenzwinkernd. »Ich denke aber, er wusste sowieso schon immer, dass er nicht mein Typ ist.«

Lena wusste, dass Claudia Philipp aus ihrer Studentenzeit in Marburg kannte. Er war einer der Mitbewohner der Wohngemeinschaft gewesen, in der auch sie gelebt hatte. Irgendwann – viele Jahre später – hatten sie sich dann zufällig in München wieder getroffen.

Claudia wechselte das Thema. »Du siehst müde aus. Hast du wieder Kopfweh?«

»Nein, im Moment nicht. Heute Nacht musste ich wieder eine dieser neuen Tabletten nehmen. Sie hat sehr schnell gewirkt.«

»Du weißt ja, was ich von diesen Teufelsdingern halte.«

»Ich nehme sie ja nur, wenn die Schmerzen unerträglich werden. Eine gute Viertelstunde später waren sie fast fort und ich konnte wieder schlafen.«

»In Ordnung. Ich bin übrigens neugierig auf Philipps Ausstellung. Hoffentlich denkt er daran, mir eine Einladung zu schicken.«

»Das wird er bestimmt nicht vergessen.« Im weiteren Gesprächsverlauf war Lena nur halb bei der Sache. Warum zweifelte Claudia an der Einladung?

*

Die Vernissage wurde ein voller Erfolg. Lena, die Philipp für den größten Meister der Gegenwart hielt, war begeistert von den guten Kritiken, die am nächsten Tag in der Zeitung standen. Philipp Gabriel wurde als ein Künstler gelobt, dem eine große Zukunft bevorstand.

Auch Claudia hatte die Ausstellung besucht, doch sie machte keinen

Hehl daraus, dass ihr diese Art von Malerei nicht besonders gefiel. Aber das trübte Lenas Freude nicht. Sie war stolz auf Philipp, der bei der Fachwelt so hoch eingeschätzt wurde.

»Das habe ich nur dir zu verdanken«, sagte er, als sie am Abend des zweiten Ausstellungstages nach Hause fuhren. »Ohne dich hätte ich das alles nicht geschafft, mein Engel.«

Lena widersprach ihm liebevoll. »Das hast du ganz allein erreicht.«

»Willst du wissen, wozu ich jetzt Lust habe?« Er zwinkerte ihr zu.

»Ich glaube, das weiß ich schon.«

Sex mit Philipp war jedes Mal aufregend und immer wieder neu. Leidenschaft spielte eine große Rolle in ihrer Beziehung. Bei Philipp war Lena aufgeblüht – und dabei hatte sie immer geglaubt, sie würde Sex nie richtig genießen können. Philipp hingegen war ein erfahrener und sinnlicher Liebhaber. Claudia würde staunen, wenn sie wüsste, dass der Mann, den sie als Weichei bezeichnete, mehr Qualitäten aufwies als so mancher von den Macho-Typen, die Claudia bevorzugte.

*

In dieser Nacht erwachte Lena von einem klappernden Geräusch. Erschrocken riss sie die Augen in der Dunkelheit auf.

»Einbrecher!«, war ihr erster Gedanke. Doch noch bevor sie die Beine aus dem Bett schwang, wusste sie, dass es einer der alten Fensterläden im Esszimmer war, der immer bei Wind gegen die Hausmauer schlug.

Beruhigt drehte sich Lena auf die andere Seite und versuchte, wieder einzuschlafen. Doch das dauernde *klapp, klapp, klapp* machte sie nervös, und schließlich griff sie seufzend nach ihrem Morgenmantel. Während sie die Treppe hinunterstieg, nahm sie sich vor, bei nächster Gelegenheit Alfred zu bitten, den Fensterladen im Esszimmer zu reparieren. Es war schließlich nicht das erste Mal, dass sie wegen dieser Geräusche aus dem Schlaf geschreckt war.

Lautlos öffnete Lena das Fenster und steckte den Haken des Fensterladens zurück in die lockere Metallöse an der Hauswand. Bevor sie das Fenster wieder schloss, blickte sie in den stillen Vorgarten.

Seltsam, es war vollkommen windstill. Der Mond stand wie ein leuchtender Ball am Himmel und tauchte die Umgebung in helles Glitzerlicht. Lena schüttelte den Kopf, schloss mit einer heftigen Bewegung das Fenster und wandte sich zum Gehen.

Der gellende Schrei, den sie dann ausstieß, hallte durch das nächtlich stille Haus.

»Kannst du mir verraten, was du mitten in der Nacht im Esszimmer suchst?« Philipp blickte verwirrt auf seine Frau, die ihn mit entsetzt aufgerissenen Augen anstarrte.

»Entschuldige bitte ...« Lena fuhr sich durch das zerzauste Haar. »Ich dachte, ein Einbrecher steht vor mir, als ich mich eben umdrehte.«

Philipp blickte an sich hinunter. »Ein splitternackter Einbrecher?«

Obwohl sie noch immer unter Schock stand, musste Lena lachen. »So weit hinunter habe ich gar nicht gesehen. Der verdammte Fensterladen hat sich mal wieder aus der Verankerung gelöst. Ich bin von dem Geklapper aufgewacht und konnte nicht wieder einschlafen.«

Er legte ihr den Arm um die Schultern und führte sie aus dem Zimmer. »Das nächste Mal weckst du mich, hörst du? Ich habe mir Sorgen gemacht und dich gesucht, als ich aufwachte und du nicht da warst.«

Entspannt ließ Lena sich im Bett auf Philipps Brust sinken und warf einen flüchtigen Blick an die Zimmerdecke. »Sieh mal das hübsche Muster, das der Mond an die Decke zaubert.«

»Hm, richtige Schattenrosen«, murmelte er schläfrig. »Aber nun mach die Augen zu und schlafe, mein Schatz.«

Keine Minute später ließen Philipps gleichmäßige Atemzüge erkennen, dass er bereits wieder im Reich der Träume war, und auch Lena schloss beruhigt die Augen. Mit Philipp an ihrer Seite konnte ihr nichts passieren.

2. KAPITEL

Enttäuscht stellte Lena fest, dass es gar nicht so einfach war, schwanger zu werden. Schon seit zwei Monaten nahm sie nicht mehr die Pille. Dafür schienen die Kopfschmerzen wieder stärker zu werden.

»Das ist doch absurd«, klagte sie, als sie sich mit Claudia wieder bei ihrem Lieblingsitaliener traf. »Normalerweise dürfte ich gar keine Migräne mehr haben.«

»Jeder Körper reagiert anders. Hat dir das dein Frauenarzt denn nicht gesagt?«

»Doch, schon.« Lena zögerte einen Moment. »Aber ich hatte insgeheim gehofft, dass die Pille an den starken Migräneanfällen schuld war.«

Claudia bedachte ihre Freundin mit einem aufmunternden Blick. »Du musst mehr Geduld haben, dein Körper muss sich doch erst an die Umstellung gewöhnen.«

»Aber ich habe die Pille doch nur ein paar Monate genommen – genauer gesagt, als Philipp und ich anfingen ...« Sie senkte den Kopf und stach ihre Gabel in den Makkaroni-Auflauf.

»... miteinander zu schlafen?« Claudia unterdrückte ein Schmunzeln. Lena war in mancher Beziehung noch immer das unschuldige Mädchen, das sich schämte, weil es zufällig einmal einen nackten Mann gesehen hatte.

Lena blickte sich unsicher um und flüsterte: »Könntest du eventuell etwas diskreter und vor allem leiser sein? Wir sind nicht die einzigen Gäste hier.«

»Na, und? Niemand hört zu, wenn wir uns unterhalten. Aber wenn es dir angenehmer ist, können wir gern das Thema wechseln.«

»Das wäre mir in der Tat lieber.«

»Also schön. Dann erzähl mir von deinem letzten Einkaufsbummel.«

»Wenn ich davon anfange, sitzen wir morgen noch hier. Ich habe übrigens einen wunderschönen Kaschmir-Pullover für Philipp gekauft. Und stell dir vor, er gefällt ihm!«

»Vielleicht kommt er jetzt endlich mal von seinem Öko-Trip runter.« Claudia widmete sich ihrer Nachspeise. »Habe ich dir eigentlich schon von Martin erzählt?«

»Nein, wer ist das denn?«

Claudia lächelte geheimnisvoll. »Tja, er ist genau der Typ von Mann, bei dem es mir heiß und kalt den Rücken hinunterläuft. Er kam vor einigen Tagen in die Apotheke und kaufte eine Tüte Hustenbonbons. Dabei starrte er mich unentwegt an und mir zitterten die Knie.«

»Und?«

»Was, und? Seitdem kommt er mindestens einmal pro Tag ins Geschäft. Gestern bat er mich dann, am Wochenende mit ihm auszugehen.«

»Du hast hoffentlich zugesagt?«

»Was denkst du denn? Ich habe in meinem ganzen Leben noch nie so schnell genickt!«

»Ach Claudia, das freut mich für dich. Vielleicht wird es was Festes, was meinst du?«

»Bestimmt nicht!« Claudia schüttelte wild ihre dunkle Lockenmähne. »Aber für ein heißes Abenteuer scheint mir Martin genau der Richtige zu sein.«

»Du bist unverbesserlich.« Lena ließ sich nicht anmerken, wie schockiert sie über Claudias Äußerung war. Ihr selbst würde nicht im Traum einfallen, nur wegen Sex mit einem Mann zusammen zu sein. Liebe musste dabei auf jeden Fall mit im Spiel sein.

*

»Bist du fertig, Liebling?«, rief Philipp aus dem unteren Stockwerk. »Wenn du weiterhin so trödelst, werden wir zu spät ins Kino kommen.«

»Sofort!« Fieberhaft durchsuchte Lena die Schmuckschatulle

nach dem Goldkettchen mit den eingefassten Diamanten, das sie von Philipp zur Verlobung bekommen hatte. Sie wollte es an diesem Abend tragen, doch es war nicht da, wo sie es zuletzt hingelegt hatte.

»Was kramst du denn da herum?« Philipp stand plötzlich im Türrahmen und schaute interessiert zu, wie Lena hektisch die Schubladen der Kommode durchwühlte.

Sie wirbelte erschrocken herum. »Ich ... Ach, es ist nicht so wichtig.«

»Na, dann lass uns gehen.« Er machte eine einladende Handbewegung. »Du siehst übrigens großartig aus.«

»Danke.« Sie lächelte etwas gequält und verließ an Philipps Seite das Schlafzimmer. Später würde sie sich erneut auf die Suche nach dem Goldkettchen machen, an dem sie sehr hing.

Auf den Film konnte sie sich kaum konzentrieren, obwohl er spannend und gleichzeitig lustig war.

»Ich habe mich selten so amüsiert«, sagte Philipp, als sie zum Wagen zurückgingen. Mittlerweile hatte er sich damit abgefunden, den Mercedes zu fahren, wenn sie gemeinsam ausgingen. »Dir scheint es wohl nicht so gut gefallen zu haben. Du bist so schweigsam.«

»Doch, doch«, sagte Lena etwas abwesend. »Ich bin nur auf einmal müde. Lass uns morgen darüber reden.«

*

Erst am nächsten Morgen, nachdem Philipp das Haus verlassen hatte, begann Lena wieder nach dem Schmuck zu suchen. Sie öffnete eine Schublade der Wäschekommode nach der anderen. In der obersten Lade befand sich außer dem Kästchen mit dem Schmuck diverser Modeschmuck sowie einige kunstvoll verzierte Pillendöschen, die noch von ihrer Mutter stammten. In den anderen Schubladen lagen, sorgfältig aufeinander gestapelt, Lenas zarte Spitzenunterwäsche, Strümpfe und seidene Nachtwäsche.

»Verdammt!«, fluchte Lena unterdrückt, nachdem sie alles gründlich durchsucht hatte. Resigniert räumte sie die Sachen wieder ein und griff erneut zur Schmuckkassette. Die mit Perlmutt besetzte Schatulle hatte ebenfalls ihrer Mutter gehört – vielleicht gab es ein Geheimfach, in das die zierliche Kette versehentlich gerutscht war?

Sie stieß einen überraschten Schrei aus, als sie den Deckel des Kästchens aufschnappen ließ. »Ich glaube, ich spinne.« Die Goldkette lag genau in dem Fach, wo Lena sie zuletzt hineingelegt hatte! Zärtlich fuhr sie mit dem Finger über die feinen Glieder, bevor sie sich das Kettchen um den Hals legte.

Dann schoss ihr ein Gedanke durch den Kopf. »Therese!«, rief sie und sprang die Treppe hinab. »Wo stecken Sie denn?«

»In der Küche, Frau Gabriel!«

Die Haushälterin stand vor dem altmodischen Küchentisch und hackte Zwiebeln. Wie fast jeden Tag kochte sie die Mahlzeit für ihre Herrschaften, bevor sie das Haus verließ. Lena musste das Essen dann nur noch in die Mikrowelle stellen, wenn Philipp nach Hause kam.

»Therese, waren Sie an meiner Schmuckschatulle?«

»Aber, Frau Gabriel! Was sollte ich denn mit Ihrer Schmuckschatulle?« Sie blickte Lena irritiert an. »Sagen Sie nicht, dass etwas fehlt.«

»Doch … Nein. Ich dachte nur …« Sie wandte sich zum Gehen.

»Ich würde doch niemals an Ihre persönlichen Sachen gehen«, rief Therese ihr nach.

Langsam bewegte sich Lena wieder zur Treppe. »Merkwürdig«, dachte sie.

*

Dr. Strecker wiegte bedenklich den Kopf. »Frau Gabriel. Ich kann Ihnen nicht schon wieder ein neues Rezept ausstellen.«

»Aber die Tabletten helfen mir doch, Herr Doktor, und ich vertrage sie gut.«

»Das sagen Sie. Doch was dieses starke Medikament in Ihrem Körper anrichten kann, ist Ihnen wohl nicht bewusst.«

Lena senkte den Blick. »Selbstverständlich nicht. Wenn es eine wirksame, weniger gefährliche Alternative gäbe, wäre ich auf der Stelle zu einem Wechsel bereit.«

Dr. Strecker studierte die vor ihm liegende Karteikarte mit gerunzelter Stirn. »Wie es scheint, haben wir schon alles ausprobiert. Haben Sie die Antibabypille eigentlich inzwischen abgesetzt?«

»Ja, aber ich habe das Gefühl, dass die Migräne jetzt stärker ist als vorher.«

»Das ist aber höchst seltsam. Sie wissen, dass Sie die Tabletten keinesfalls nehmen dürfen, wenn Sie schwanger sind?« Er sah sie streng über den Rand seiner Hornbrille an.

Sie lächelte. »Das weiß ich, aber bisher bin ich leider nicht schwanger geworden.« Sie blickte verlegen auf ihre schönen Hände mit den langen, gepflegten Fingernägeln. »Ich habe das Gefühl, dass es noch eine Weile dauern wird, bis es klappt.«

»Das geht manchmal schneller, als man glaubt. Haben Sie schon mit Ihrem Gynäkologen wegen der verstärkt auftretenden Migräne gesprochen?«

»Ja, Professor Windhammer meint, dass sich mein Körper erst an die Umstellung gewöhnen muss.«

»Dann, gnädige Frau, kann ich Ihnen nur den Rat geben, sich zu gedulden. Wie steht denn Ihr Mann zu einem Kind?«

Um Lenas Mund spielte ein fast zärtliches Lächeln, als sie erwiderte: »Zuerst war er nicht so begeistert, aber nun möchte er ebenso wie ich ein Baby haben.«

»Na, wunderbar!« Dr. Strecker nickte. »Wenn Sie Glück haben, werden nach der Schwangerschaft Ihre leidigen Migräneattacken der Vergangenheit angehören.«

*

Lenas Geburtstag am 25. August sollte ganz groß gefeiert werden. Sie selbst hätte es vorgezogen, diesen Tag mit Philipp allein zu verbringen, aber er und Claudia lagen ihr schon Wochen vorher in den Ohren, eine zünftige Party zu veranstalten.

Philipp kannte jede Menge Leute, die er einladen wollte. Therese ließ es sich nicht nehmen, für das kalte Büfett zu sorgen, obwohl Lena vorgeschlagen hatte, einen Partyservice damit zu beauftragen. Das lehnte Therese jedoch ab.

Am Vormittag des Geburtstages war die Haushälterin mit nichts anderem beschäftigt als mit den Vorbereitungen für den großen Abend. »Wenn Sie möchten, komme ich heute Abend zum Servieren«, schlug sie vor und schmeckte das Tsatsiki ab.

»Das kommt überhaupt nicht infrage«, protestierte Lena. Dann blickte sie voller Liebe auf ihre linke Hand, die ein hochkarätiger Diamantring zierte: Philipps Geburtstagsgeschenk. Er hatte den Schmuck vom Erlös eines seiner Bilder gekauft.

»Die Platten stelle ich auf die Anrichte im Esszimmer. Wer Hunger hat, kann sich selbst bedienen.«

Therese zuckte die Schultern. »Wie Sie meinen. Aber Sie können mich jederzeit anrufen, wenn Sie Hilfe benötigen.«

»Gern. Ach, und richten Sie doch bitte Ihrem Mann meinen besten Dank für die Reparatur des Fensterladens aus.«

»Das war doch mit zwei Handgriffen erledigt. Alfred meinte allerdings, dass die Verankerungen an der Außenmauer früher oder später allesamt ersetzt werden sollten. Die jetzigen sind schon ziemlich verrostet.«

»Gut, ich werde mich darum kümmern.«

Das Telefon schrillte.

»Ich gehe selbst ran«, sagte Lena hastig, als sich Therese auf den Weg in die Halle machen wollte. »Sicherlich will mir jemand zum Geburtstag gratulieren.«

Lena meldete sich wie gewöhnlich mit ihrem Namen, doch außer einem Rauschen war nichts zu hören. Sie hielt sich das freie Ohr zu, um besser zu verstehen, und rief: »Hallo, ist da jemand?«

Es rauschte weiter, und schließlich legte Lena auf. Sie ging in die Küche zurück und sagte: »Falscher Alarm.«

Therese hatte nichts außer dem Klingeln mitbekommen, da sie schon wieder ihren grauhaarigen Kopf in eines der Kochbücher steckte. »Wie gefallen Ihnen die Dekorationen mit den geschnitzten Möhren? Ob ich das auch mal versuche?«

Lena hielt den Kopf schief und warf einen Blick auf die Abbildung. »Das sieht wirklich toll aus, aber Sie brauchen sich nicht so viel Mühe geben, Therese. Eine einfache Dekoration reicht völlig aus.«

Wieder klingelte das Telefon.

»Hallo, Lena!«, rief Claudia fröhlich in den Hörer. »Heute Abend kann ich doch schon früher kommen! Ich habe eine meiner Mitarbeiterinnen beschwatzt, bis Ladenschluss im Geschäft zu bleiben.«

Verwirrt antwortete Lena: »Ich wusste gar nicht, dass du ursprünglich später kommen wolltest.«

Claudia lachte. »Na, du bist ja heute wieder ein richtiger Scherzkeks. Ich habe doch vor einer Viertelstunde angerufen, dir gratuliert und gesagt, dass ich mich etwas verspäten werde.«

Lena überlegte. »Du warst das vorhin?«

Ein paar Sekunden blieb es still in der Leitung. »Aber Lena, wo hast du denn deine Gedanken? Du sagtest doch, ich solle mich trotzdem beeilen!«

»Was? Aber ...«

»Also, ich will dich jetzt nicht länger aufhalten, kleiner Geburtstagsengel. Wir sehen uns heute Abend.«

»Bis dann.« Langsam legte Lena den Hörer auf. Sie hatte ganz genau gehört, dass vorhin niemand in der Leitung gewesen war, und sie hatte mit Sicherheit nichts anderes als »Hallo, ist da jemand?« in den Hörer gerufen.

»Ach, Frau Gabriel, könnten Sie mal herkommen?«, rief die Haushälterin aus der Küche. »Sehen Sie, ich stelle die Platten in den Kühlschrank. Bitte nehmen Sie sie erst heraus, wenn Ihre Gäste gekommen sind. Bei der Wärme könnten die Speisen sonst schnell verderben.«

Alle Silberplatten waren sorgfältig mit Klarsichtfolie abgedeckt. Zum Glück gab es einen überdimensional großen Kühlschrank, in dem alles Platz hatte.

»Sie haben das wieder perfekt gemacht, Therese. Ich habe nachher ja kaum noch etwas zu tun.«

»Das sollen Sie ja auch nicht, schließlich ist heute Ihr Geburtstag. Ich bin sicher, dass Ihr Mann Ihnen ohnehin zur Hand gehen wird.«

Therese band ihre Küchenschürze ab. »Und jetzt gehe ich ins Wohnzimmer und stelle die Möbel etwas zusammen, damit später so richtig das Tanzbein geschwungen werden kann.«

*

Philipp kam bereits am frühen Nachmittag und brachte zweiunddreißig langstielige Baccara-Rosen mit. »Tut mir Leid, dass ich dich damit nicht schon heute Morgen überraschen konnte.« Er küsste seine Frau sanft auf die Stirn. »Ich hatte Angst, die Blumen würden verwelken, wenn ich sie schon gestern besorgt hätte.«

»Sie sind wunderschön.« Lena hielt ihr Gesicht in die duftende Blütenpracht.

»*Du* bist wunderschön.« Philipps Augen glänzten. »Ich habe übrigens eine großartige Idee, die Zeit bis zum Eintreffen deiner Gäste sinnvoll zu überbrücken.«

Lena kicherte. »Aber zuerst stelle ich die Rosen ins Wasser. Sie sollen schließlich nicht unter unserer Leidenschaft leiden.«

»Das hast du aber sehr charmant ausgedrückt. Ich gehe schon mal nach oben unter die Dusche.«

*

Claudia brachte Martin, ihre neueste Eroberung, mit. Er sah gut aus, war aber für Lenas Geschmack zu muskulös gebaut und viel zu sehr von sich selbst eingenommen.

»Na, wie gefällt dir mein Goldstück?«, raunte Claudia ihr im Laufe des Abends zu. »Die Nächte mit ihm sind traumhaft.« Sie verdrehte verzückt die Augen.

»Und die Tage?«, fragte Lena schmunzelnd. »Ist er da auch so traumhaft?«

»Woher soll ich das wissen?« Claudia knuffte sie freundschaftlich in die Seite. »Ich habe übrigens auch nicht die geringste Lust, das herauszufinden.«

»Typisch Claudia! Komm, wir holen uns noch etwas vom Lachs.«

»Eine hervorragende Idee!«

Sie bahnten sich den Weg zum Esszimmer und stellten fest, dass die Platte leer war.

»Macht nichts«, sagte Lena. »Therese hat noch eine weitere Lachsplatte gemacht. Die gute Seele wusste wahrscheinlich im Voraus, was die Leute am liebsten mögen.«

In der Küche öffnete sie den Kühlschrank und stellte verblüfft fest, dass keine Platte mehr da war. Und dabei hatte Lena genau gesehen, wie Therese zwei davon hineingestellt hatte. Ob Philipp bereits die zweite ins Esszimmer gebracht hat?, fragte sie sich und machte sich auf die Suche nach ihm.

»Schatz, kann ich dich einen Moment sprechen?«

Philipp stand mit einem befreundeten Bildhauer am Kaminsims und diskutierte über die neuesten Gemälde eines gefeierten Franzosen. »Klar, was gibt es denn?«

»Hast du eine der Silberplatten aus dem Kühlschrank geholt?«

»Ich? Nein, habe ich nicht. Liebling, warum hast du mir denn nichts gesagt? Ich habe doch versprochen, dir zu helfen.«

»Darum geht es nicht. Eine der Lachsplatten ist verschwunden!«

»Das gibt es doch gar nicht!« Er nahm sie am Arm. »Komm, lass uns noch einmal gemeinsam nachschauen. Vielleicht hat sich einer der Gäste selbst bedient.«

»Das glaube ich nicht.« Keinem der Geburtstagsgäste traute Lena die Dreistigkeit zu, ohne zu fragen etwas aus dem Kühlschrank zu nehmen.

»Lass uns einfach nachsehen, ja?«

»Die Platte ist fort, da können wir so viel nachsehen, wie wir wollen!«

Inzwischen waren sie in der Küche angelangt. Philipp öffnete den Kühlschrank und warf einen Blick hinein. »Meinst du diese?« Er zog die in Klarsichtfolie verpackte Silberplatte hervor. »Sieht nach Lachsröllchen aus.«

»Das ist doch unmöglich! Langsam zweifele ich an meinem Verstand.« Blitzartig fiel Lena wieder der ominöse Anruf am Vormittag ein. »Ich glaube, bei mir setzt es manchmal aus.«

Philipp nahm seine Frau besorgt in den Arm. »So etwas Dummes darfst du nicht sagen. Vermutlich hat dir jemand einen Streich gespielt.«

Lena sah ihn zweifelnd an. »Das glaube ich nicht, höchstens, dass mir mein Kopf einen Streich gespielt hat.«

Philipp küsste sie. »Morgen wirst du dich ausruhen, und zwar den ganzen Tag. Das ist ein Befehl!«

»In Ordnung, Herr Doktor.« Sie blickte Philipp in die Augen und vergaß auf der Stelle den verwirrenden Zwischenfall.

3. KAPITEL

Stöhnend rieb sich Lena die schmerzende Stirn. Wie gern hätte sie zu einer der braunen Tabletten gegriffen, doch sie unterdrückte diesen Wunsch. Nicht etwa, weil sie Angst um ihre eigene Gesundheit hatte, sondern weil ihre Monatsblutung ausgeblieben war.

Weder wagte Lena sich zu freuen, noch hatte sie Philipp davon erzählt, dass sie möglicherweise schwanger war. Sie wollte noch ein paar Tage abwarten und dann Professor Windhammer aufsuchen.

Es war still im Haus. Therese war bereits gegangen und Philipp würde erst in den frühen Abendstunden heimkommen. Lena legte sich den kalten Waschlappen auf die Stirn und bettete den Kopf auf eines der losen Sofakissen. Sie schloss die Augen und versuchte, den Schmerz zu ignorieren und stattdessen an das Kind zu denken, das sie sich wünschte und möglicherweise bereits erwartete.

Irgendwann schlief sie ein und träumte von einem rosigen Baby, das sie stolz dem glückstrahlenden Philipp in die ausgebreiteten Arme legte. Doch dann wurde ihr Traum von einem Geräusch unterbrochen.

»Klapp, klapp, klapp.« Es wurde immer lauter, bis Lena wach war. Sie richtete sich auf. Merkwürdig, sie war doch von einem Geräusch geweckt worden, jetzt war nichts mehr zu hören. Sie legte sich wieder hin. Doch bevor sie erneut einschlief, ging das Klappern wieder los.

Lena riss die Augen auf. Es war tatsächlich der Fensterladen im Esszimmer. »Oh nein«, stöhnte sie. Das war ja nicht auszuhalten! Barfuß tappte Lena hinüber ins andere Zimmer und hielt inne – das Klappern hatte aufgehört.

Kopfschüttelnd öffnete sie das Fenster und stellte fest, dass der Haken des Fensterladens fest in der Verankerung steckte. Etwas ratlos blickte sie hinaus, aber sie konnte die Ursache nicht feststellen.

»Das gibt es doch gar nicht«, murmelte sie. Vorsichtshalber überprüfte sie alle Fensterläden im Haus, doch sie fand keine gelockerte Verankerung.

Das Telefon klingelte genau in dem Augenblick, als Lena wieder unten in der Halle war. Es war Philipp, der ihr voller Stolz mitteilte, soeben ein Gemälde verkauft zu haben. »Zehntausend Euro hat der Kunde bezahlt, ist das nicht schön?«

»Ja, Liebling, das ist wunderbar. Ich freue mich genauso wie du.«

»Hast du wieder deine Migräne?«, kam es besorgt durch den Hörer.

»Nein, es geht mir gut.«

»Das kannst du mir nicht erzählen, Lena. Ich merke es an deiner Stimme. Soll ich nach Hause kommen?«

»Das ist wirklich nicht nötig. Ich lege mich gleich noch etwas hin, das hilft bestimmt.« Gegen die sonderbaren Geräusche, die aus dem Nichts zu kommen schienen, würde das jedoch auch nicht helfen, dachte sie deprimiert.

*

Professor Windhammer lächelte, als er Lena nach der Untersuchung ins Sprechzimmer bat.

»Spannen Sie mich bitte nicht auf die Folter«, bat sie mit aufgeregter Stimme. »Bin ich nun schwanger oder nicht?« Ihr Herz klopfte so stark, dass sie es bis in den Hals spüren konnte.

»Setzen Sie sich doch erst einmal, gnädige Frau.«

Lena ließ sich gehorsam auf den bequemen Besucherstuhl vor dem Schreibtisch nieder und knetete die Griffe ihrer Handtasche.

»Sie wünschen sich sehr ein Kind, nicht wahr?«, fragte der Professor. »Nun, dann habe ich eine gute Nachricht für Sie.«

Lena sprang mit einem kleinen Schrei auf, lief um den Schreibtisch herum und umarmte den verdutzten Arzt. »Ist das wirklich wahr?«

Professor Windhammer lachte und rückte seine verrutschte Brille wieder zurecht. »Glauben Sie, ich würde Ihnen Märchen erzählen? Die freudige Umarmung können Sie übrigens für Ihren Mann aufsparen, denn schließlich war er es, der dazu beigetragen hat, dass Sie bald Mutter werden. Ich habe die Schwangerschaft lediglich festgestellt.«

»Entschuldigen Sie bitte.« Lena strich sich die Haare zurück und setzte sich wieder. »Wie geht es jetzt weiter?«

»Sie bekommen von mir einen Mutterpass ausgestellt, den Sie bitte zu jeder Untersuchung mitbringen. Die erste Vorsorgeuntersuchung findet in sechs Wochen statt. Meine Sprechstundenhilfe macht dann gleich einen Termin mit Ihnen aus.« Er reichte ihr das hellblaue Heftchen über den Tisch. »Sie sollten ihn immer bei sich tragen.«

»Vielen Dank. Können Sie mir auch schon sagen, wann das Baby geboren wird?«

»Selbstverständlich, nach meiner Berechnung ist der voraussichtliche Geburtstermin der 12. Mai nächsten Jahres. Sie sind jetzt im zweiten Monat.«

»Ich kann es kaum erwarten, mein Baby in den Armen zu halten.« Lena drehte den Mutterpass in den Händen. »Und hier wird jede Untersuchung eingetragen?«

»Ja, so kann ich immer genau den Entwicklungsstand des Kindes mit den Vordaten vergleichen. Nur eines muss ich Ihnen noch sagen: Bitte setzen Sie die starken Migräne-Tabletten ab. Sie könnten zu Schädigungen bei Ihrem Kind führen.«

»Ich habe sie schon nicht mehr genommen, seit ich den Verdacht habe, schwanger zu sein.« Lena stand auf und verabschiedete sich.

Sie war so aufgewühlt, dass sie beinahe vergessen hätte, an der Rezeption den nächsten Untersuchungstermin zu vereinbaren. Wie in Trance ging sie zu ihrem Wagen zurück. Ob sie Philipp in seinem Atelier überraschen sollte, um ihm von seiner bevorstehenden Vaterschaft zu erzählen? Sie konnte es kaum erwarten, es ihm mitzuteilen, aber sie wusste, dass er es nicht schätzte, bei der Arbeit gestört zu werden. Also nahm sie sich vor, bis zum Abend mit der Neuigkeit zu warten.

*

Als Lena den lauten Motor von Philipps altem Volvo hörte, versteckte sie den Mutterpass unter einem Stapel Zeitschriften und eilte in die Küche, um Thereses leckeren Auflauf in die Mikrowelle zu schieben.

»Liebling, bist du da?«

»In der Küche!« Lena strich sich schnell über das erhitzte Gesicht.

»Darauf habe ich mich schon den ganzen Tag gefreut«, murmelte er, als Lena ihn stürmisch umarmte. »Ich weiß gar nicht, wie ich existieren konnte, bevor ich dich kennen gelernt habe.« Er bedeckte ihr Gesicht mit heißen Küssen.

Sie lachte glücklich. »Du hättest Dichter statt Maler werden sollen!«

»Du machst dich also über meine Gefühle lustig?« Philipp tat entrüstet. »Dafür verlange ich Genugtuung.« Er machte Anstalten, Lenas Bluse zu öffnen.

»Schatz, das muss leider noch etwas warten. Der Auflauf ist nämlich gleich fertig.«

»Lass doch den dummen Auflauf. Ich habe auf etwas ganz anderes Appetit.«

Lena machte ein strenges Gesicht. »Therese hat sich so viel Mühe damit gegeben und du verschmähst ihr köstliches Essen!«

»Na gut«, seufzte er. »Ich muss eben akzeptieren, dass meine Frau die kulinarischen Genüsse ihrem Ehemann vorzieht.«

»Dummkopf.« Sie fuhr mit den Fingern durch seine Locken. »Nach dem Essen haben wir bis morgen Früh Zeit für uns. Außerdem gibt es etwas, was ich dir sagen möchte.«

Philipp sah überrascht aus. »Hoffentlich nichts Schlimmes.«

Die Mikrowelle verkündete mit einem kurzen Klingeln, dass das Essen fertig war, und Lena holte vorsichtig die Auflaufform heraus. »Du musst keine Angst haben, es ist etwas sehr Schönes, was ich dir zu sagen habe. Trägst du den Auflauf ins Esszimmer hinüber?«

»Nein.« Er stellte die heiße Form auf die Anrichte. »Zuerst will ich wissen, warum du wie ein Weihnachtsengel strahlst. Vorher bekomme ich keinen Bissen hinunter.«

Lena zögerte. Eigentlich hatte sie Philipp erst nach dem Essen einweihen wollen, aber an seiner entschlossenen Miene sah sie, dass er nicht eher Ruhe geben würde, bis sie ihr kleines Geheimnis preisgegeben hatte.

»Na schön, du Quälgeist.« Sie holte tief Atem und fügte fast beiläufig hinzu: »Ich bin endlich schwanger.«

Philipp blickte seine Frau an, als sähe er sie zum ersten Mal in seinem Leben. »Sag das noch einmal.«

»Ich bin schwanger, ich bin schwanger, ich bin schwanger!«, rief sie lachend.

Philipp riss sie an sich und umarmte sie so fest, dass sie kaum noch Luft bekam. »Weißt du eigentlich, dass du mich damit zum glücklichsten Mann unter der Sonne machst?«, fragte er atemlos. »Wir bekommen wirklich ein Kind?«

Sie nickte und spürte plötzlich, dass ihr Freudentränen die Wangen hinabliefen. Auch in Philipps Augen glänzte es verdächtig.

»Seit wann weißt du es?«, fragte er, nachdem er die Neuigkeit einigermaßen verarbeitet hatte.

Sie zuckte die Achseln. »Genau weiß ich es erst seit meinem Besuch bei Professor Windhammer heute Morgen, aber den Verdacht habe ich bereits seit zwei Wochen.«

»Und du hast die ganze Zeit geschwiegen?«

»Nur, weil ich ganz sicher sein wollte.« Sie deutete auf den Auflauf. »Wenn wir nicht bald essen, ist er kalt und ungenießbar.«

Sofort streifte Philipp die Küchenhandschuhe über. »Natürlich, du musst ja jetzt für zwei essen.«

*

Später saßen sie vor dem Kamin. Philipp wollte jede Kleinigkeit wissen. Ganz aus dem Häuschen war er, als Lena ihm den Mutterpass zeigte. »Ich kann es noch immer nicht fassen«, sagte er kopfschüttelnd. »Ich werde tatsächlich Vater!«

»Und du bereust es nicht?«

Er sah verblüfft auf. »Soll das ein Scherz sein?«

»Nein, aber du sagtest doch kürzlich, dass wir mit einem Kind noch warten sollten, um unsere traute Zweisamkeit zu genießen.«

»Ach, das meinst du. Dabei hatte ich eigentlich eher an dich gedacht, weil ich nicht wollte, dass du dich durch ein Kind eventuell zu stark eingeschränkt fühlst.«

»Unsinn«, winkte sie lässig ab. »Immer nur shoppen gehen oder mich mit Claudia zum Mittagessen treffen, während du arbeitest, das füllt mich auf Dauer nicht aus.«

Er sah betroffen aus. »Ich wusste nicht, dass du dich langweilst.«

»Das tue ich auch nicht. Ich finde eben, dass zu einer perfekten Ehe auch ein Kind gehört. Oder bist du anderer Meinung?«

Philipp küsste ihren Nacken. »Im Gegenteil. Ich glaube, meine perfekte Ehefrau und Geliebte wird eine ebenso perfekte Mutter sein.«

Zärtlich schmiegte sich Lena an ihn. Sie war in diesem Augenblick unbeschreiblich glücklich.

»Als perfekte werdende Mutter hast du dir sicherlich schon Gedanken über das zukünftige Kinderzimmer gemacht, oder?«, fragte er schließlich, und Lena lachte.

»Das habe ich in der Tat. Ich dachte da an das Gästezimmer neben unserem Schlafzimmer. Da kann ich das Baby hören, wenn es nachts wach wird und Hunger hat.«

*

»Das ist nicht wahr!« Claudia riss ungläubig die dunklen Augen auf. Sie war unangemeldet bei Lena und Philipp vorbeigekommen.

»Ihr habt es tatsächlich gewagt?«

»Was heißt hier gewagt? Es hat sich so ergeben, würde ich eher sagen.« Lenas Augen hatten einen warmen Glanz angenommen – wie immer, wenn sie an ihr Baby dachte oder von ihm sprach. »Philipp ist außer sich vor Freude.«

Claudia schüttelte lachend den Kopf. »Ich kann mich noch sehr genau daran erinnern, was für laute Töne er damals in der WG gespuckt hat: ›Ich und heiraten? Und womöglich noch einen ganzen Stall voller Kinder in die Welt setzen? Nee, Leute, das ist nichts für mich!‹ Wie sehr ein Mensch doch seine Meinung ändern kann, nicht wahr?«

»Ich bin froh darüber«, sagte Lena ernst. »Ich wäre sicherlich sehr enttäuscht von ihm, wenn er dieses Kind nicht ebenso wie ich gewollt hätte.«

»Philipp würde sogar akzeptieren, wenn du eine Horde Schimpansen adoptieren würdest, so vernarrt ist er in dich«, erwiderte Claudia grinsend. »Ich wette, in einigen Jahren habt ihr beide tatsächlich einen ganzen Stall voll Kinder, wenn ihr so weitermacht.«

»Ich hätte absolut nichts dagegen. Gibst du mir mal die Kaffeesahne?«

»Du nimmst hoffentlich dieses Teufelszeug gegen Migräne nicht mehr«, sagte Claudia und schob das Kännchen quer über den Tisch. »Ich habe dich oft genug davor gewarnt.«

»Seitdem ich weiß, dass ich schwanger bin, habe ich kaum noch Kopfweh. Ich hoffe, dass Dr. Streckers Prognose bezüglich der verdammten Migräne eintrifft.«

»Das würde mich für dich freuen.« Claudia sah die Freundin mit festem Blick an. »Habt ihr etwa schon einen Taufpaten?«

»Einen Taufpaten?«, echote Lena. »Nein, ich glaube, das hat noch Zeit, bis das Baby da ist. Würdest du dich denn zur Verfügung stellen?«

Claudia beugte sich über den Tisch und sagte leise: »Wenn du es wagen solltest, mich zu übergehen, kündige ich dir ein für alle Mal unsere Freundschaft!«

»Okay.« Lena hob in gespieltem Entsetzen die Hände. »Wenn du mich so erpresst, kann ich mich ja kaum weigern, oder?«

»Ich fürchte, nein. Habt ihr euch denn schon Namen ausgedacht?«

»Noch nicht. Es gibt so viele hübsche Namen. Philipp und ich wollen aber damit warten, bis wir wissen, ob wir einen Sohn oder eine Tochter bekommen. Professor Windhammer meint, bald könne man mittels Ultraschall erkennen, welches Geschlecht unser Kind haben wird. Das ist alles so aufregend!«

»Eigentlich müsste ich neidisch werden bei so viel Glück.« Claudia seufzte. »Ich versuche mir immer einzureden, dass ich nicht auf Familienglück und trautes Heim stehe, aber wenn ich dich so ansehe, kommen mir ernsthafte Zweifel, ob meine Einstellung richtig ist.«

»Was ist denn mit diesem Martin? Trefft ihr euch noch?«

»Nein, nicht mehr. Er fing an, mich zu langweilen. Wenn wir nicht gerade miteinander schliefen, erzählte er mir ununterbrochen von seinem Ziel, nächstes Jahr Weltmeister im Bodybuilding zu werden.«

»Du meine Güte! Ich dachte, du stehst auf richtige Männer«, stichelte Lena augenzwinkernd.

»Schon, aber ich wollte nie einen Mann haben, der sich ständig im Spiegel bewundert und dem ich dauernd beipflichten muss, dass er den atemberaubendsten Körper auf Gottes Erdboden hat.«

Lena konnte sich nicht länger zurückhalten und prustete vor Lachen los. Claudia verstand es immer wieder, ihre Männergeschichten wie einen humorvollen Roman zu schildern.

»Du brauchst gar nicht so schadenfroh zu sein«, gab Claudia grinsend zurück. »Eines Tages lerne ich den absoluten Traummann kennen. Wenn du den dann zu Gesicht kriegst, wirst du deinen Philipp in die Ecke stellen und versuchen, meinen Typ zu bekommen!«

*

Professor Windhammer war mit Lenas Gesundheitszustand zufrieden. Mit der ersten Ultraschall-Aufnahme ihres Babys verließ sie stolz die Praxis. Viel konnte sie allerdings noch nicht darauf erkennen.

Spontan entschloss sich Lena, ausnahmsweise zu Philipps Atelier zu fahren. Sie musste ihm unbedingt das Foto seines Kindes zeigen. Bis zum Abend hielt sie die Spannung auf keinen Fall aus. Philipp würde Verständnis zeigen, dass sie ihn ausnahmsweise mal bei seiner Malerei störte.

Lena stellte sich seine Überraschung vor und lächelte bei dem Gedanken daran. Erst ein paar Tage zuvor hatte er ihren noch flachen Bauch gestreichelt und gemurmelt, dass er sich kaum vorstellen könne, dass dort sein eigenes Fleisch und Blut heranwuchs.

Sein Atelier lag in einer gepflegten Straße nahe der Innenstadt. In dem alten, restaurierten Haus, das keinen Fahrstuhl besaß, hatte er sich im Dachgeschoss ein Atelier ausgebaut. Lena stürmte die Stufen hinauf und klopfte mehrmals an die verzierte Eichentür. Drinnen blieb es ruhig und enttäuscht presste sie ihr Ohr an das kühle Holz. Philipp schien nicht da zu sein.

Wo mochte er nur stecken? Kurz entschlossen entnahm Lena ihrer Handtasche eine Visitenkarte, schrieb ein paar Zeilen auf die Rückseite und steckte die Karte dann unter dem Türspalt hindurch. Schade, sie hatte sich so darauf gefreut, ihm das erste Foto des Babys zu zeigen.

Unentschlossen stand sie wenig später vor ihrem Wagen. Jetzt nach Hause zu fahren, dazu hatte sie keine Lust. Sie wollte nicht allein sein, und Therese würde schon fort sein, wenn sie heimkam. Aber Claudia würde sicherlich ein paar Minuten ihrer kostbaren Zeit abzwacken können, um die Aufnahme ihres zukünftigen Patenkindes zu bewundern!

Die Apotheke lag im gleichen Viertel wie Philipps Atelier, nur wenige Querstraßen weiter. Lena entschied sich, das kurze Stück zu Fuß zu gehen, die Bewegung würde ihr und ihrem Baby gut tun. Schon von weitem konnte sie durch die Schaufensterscheibe erkennen, dass sich etliche Kunden im Verkaufsraum aufhielten. So schlecht schien das Geschäft also doch nicht zu laufen.

Claudia bemerkte die Freundin sofort und winkte ihr erfreut zu. »Was treibt dich denn hierher?«

»Ich wollte eigentlich zu Philipp, aber er ist nicht in seinem Atelier.«

»Ach, und ich dachte immer, du wolltest den begnadeten Künstler unter keinen Umständen bei seiner kreativen Arbeit stören?«

»Im Normalfall tue ich das natürlich nicht, aber ich habe vorhin die erste Ultraschall-Aufnahme unseres Kindes bekommen, die wollte ich ihm gern zeigen.«

»Ehrlich? Das muss ich sehen!« Claudia zog Lena um den Verkaufstresen herum in einen Durchgang zwischen den Regalreihen. »Geh schon mal ins Hinterzimmer, ich fertige nur noch die paar Kunden ab.«

Lena folgte dem dunklen, schmalen Gang bis zu dem kleinen Raum, der Claudia als Büro und »Hexenküche« diente, wie sie es immer augenzwinkernd nannte. Denn hier wurden noch hin und wieder spezielle Mixturen hergestellt.

Einige weiße Döschen mit der Aufschrift *pH-neutrale Hautcreme* standen auf der kleinen, blank gescheuerten Arbeitsfläche. Auch Lena hatte sich schon von Claudia eine Creme für ihre im Winter stets rauen Hände zusammenstellen lassen.

Es roch sauber und nach Medikamenten; eine Geruchsmischung, die Lena gefiel. So rein und gesund, fand sie. Sie setzte sich und betrachtete mit Wohlwollen das alte Holzregal, das schon zur Zeit von Claudias Vater dort gestanden hatte. In ihm standen ein paar kleine braune Fläschchen mit einer Flüssigkeit darin.

Lena stand auf und nahm vorsichtig eines der Fläschchen aus dem Regal. Sie öffnete den Korken und schnupperte. Irgendwie kam ihr der Geruch bekannt vor.

»So, jetzt habe ich etwas Zeit.« Unbemerkt war Claudia eingetreten. Sie streifte sich den stets offen getragenen Kittel von den Schultern und warf ihn achtlos über eine Stuhllehne. »Möchtest du etwas trinken? Ich kann schnell Kaffee kochen.«

»Hast du denn überhaupt so viel Zeit? Eben waren doch noch so viele Kunden da.«

»Das ist leider mehr Schein als Sein.« Claudia setzte sich neben Lena an den kleinen Tisch in der Ecke. »Jetzt möchte ich aber unser Baby bewundern, oder soll Philipp der Erste sein, der das Foto sehen darf?«

»Ach, was!« Lena kramte das sorgfältig zusammengefaltete Ultraschall-Foto hervor. »Siehst du, das ist das Köpfchen.«

Claudia starrte angestrengt auf die Aufnahme und murmelte ergriffen: »Ich werde verrückt! Da, ich kann das Bäuchlein erkennen.«

Lena hielt den Kopf schief und erwiderte stirnrunzelnd: »Ich glaube aber, das ist die Rückenpartie.«

»So? Ist doch egal. Hauptsache, du weißt jetzt, dass in deinem Bauch tatsächlich ein Kind ist.«

»Die nächste Aufnahme in vier Wochen wird deutlicher, hat mir Professor Windhammer versprochen.«

»Ist dir eigentlich übel?«

Lena schüttelte den Kopf und verstaute das Ultraschall-Foto wieder in ihrer Handtasche. »Mir war nur einmal schlecht, als ich morgens aufstand. Mir geht es wunderbar.«

Claudia stand auf. »Du, lach jetzt nicht, aber ich konnte nicht widerstehen, für den kleinen Wurm schon etwas zu kaufen. Warte, ich hole es.« Sekunden später kam sie mit einem Strampelhöschen zurück. »Ist das nicht süß?«

Das weiche Nickihöschen war weiß und mit winzigen roten Marienkäfern bestickt. »Das habe ich gestern in einem Babyladen hier in der Nähe gefunden – nicht das erste Mal, dass ich da vorbeiging!«

Lena griff nach dem flauschigen Höschen und strich zärtlich darüber. »Es ist ganz bezaubernd. Aber du bist nicht die Einzige, die vor solchen Läden herumlungert. Was glaubst du, wie oft ich einen Umweg mache, um ›zufällig‹ an einem dieser Geschäfte vorbeizukommen und mir die Nase an der Schaufensterscheibe platt zu drücken.«

Claudia lachte ihr dunkles, kehliges Lachen. »Und ich dachte, ich bin die einzige Verrückte! Möchtest du das Strampelhöschen gleich mitnehmen?«

Lena zögerte. »Ich weiß nicht. Meinst du, dass es ein gutes Omen ist, schon so früh Babywäsche im Haus zu haben?«

»Ich wusste gar nicht, dass du abergläubisch bist.«

»Bin ich auch nicht. Aber ich habe Angst, dass etwas passieren könnte.«

Claudia zuckte die Achseln und legte das kleine Höschen zurück in die Papiertüte. »Gut, dann bekommst du es, wenn dein Mäuschen geboren ist.«

Gerade, als sie den ersten Schluck Kaffee trinken wollte, klingelte Lenas Handy.

»Liebling, ich habe eben deine Nachricht gefunden.« Philipps Stimme klang besorgt. »Ist etwas passiert, dass du mich im Atelier aufgesucht hast?«

»Nein, ich wollte dir nur das erste Foto unseres Kindes zeigen. Jetzt bin ich bei Claudia in der Apotheke.«

»Wenn ich gewusst hätte, dass du kommst, wäre ich nicht zum Mittagessen fortgegangen. Kannst du mir verzeihen?« Er klang zerknirscht.

»Du konntest doch nicht wissen, dass ich dich besuche. Wann kommst du nach Hause?«

»Ich mache heute früher Schluss. Ich kann es kaum erwarten, meinen Sohn zu sehen.«

Lena schmunzelte. »Was macht dich eigentlich so sicher, dass es ein Junge wird?«

»Ich spüre es«, erwiderte Philipp geheimnisvoll. »Grüß Claudia von mir.«

Lena hauchte einen Kuss in den Hörer, bevor sie auflegte.

»Na, ist dein Mann wieder aufgetaucht?«, fragte Claudia und goss Lena die halb leere Tasse noch einmal voll. »Wo hat er denn gesteckt? Ich dachte immer, Philipp hat außer dir keinerlei Interessen als seine Farbkleckserei.«

»Sei froh, dass er das nicht gehört hat«, gab Lena zurück. »So, ich muss los. Philipp kommt nämlich früher heim.«

*

Er stand schon mit ausgebreiteten Armen an der Haustür, als sie den Wagen in die Garage fuhr. »Es tut mir wirklich Leid, dass du mich heute Mittag verpasst hast. Am besten, du rufst das nächste Mal an, wenn du mich in meiner Einöde besuchen willst«, schlug er vor.

Sie betrachtete ihn erstaunt. »Ich denke, du möchtest nicht bei deiner Arbeit gestört werden.«

»Gegen einen Besuch meiner schönen Frau kann ich doch nichts einzuwenden haben, oder? Zumal, wenn du mir etwas so Wundervolles wie unser Baby zeigen willst.«

Mittlerweile standen sie in der Halle. Philipp küsste sie. »Und wenn du mir jetzt nicht auf der Stelle das Foto von unserem Kind zeigst, bekommst du Ärger mit mir.«

Sie strahlte. »Nur nicht so ungeduldig. Du wirst das Baby gleich sehen.«

Philipp war fest davon überzeugt, sowohl alle Gliedmaßen als auch das Geschlecht des Ungeborenen zu erkennen. »Siehst du, ich habe dir doch gesagt, dass es ein Junge wird!«

»Quatschkopf«, widersprach Lena liebevoll. »Professor Windhammer hat mir erklärt, dass man jetzt noch nicht sicher erkennen kann, was es wird. Was du für den berühmten Zipfel hältst, ist lediglich ein Schatten in der Aufnahme.«

»Meinst du?« Philipp zog seine Stirn in Falten. »Ich bin mir aber ganz sicher.«

»Wirst du denn sehr enttäuscht sein, wenn es ein Mädchen ist?«, fragte Lena unvermittelt. »Ist es dir so wichtig, zuerst einen Sohn zu bekommen?«

Sofort nahm er sie in die Arme. »Liebling, es ist vollkommen unwichtig, was es wird. Hauptsache, es ist unser Kind.«

*

Lena erwachte, weil sie fror. Sie zog die Bettdecke bis zum Hals und hoffte, gleich wieder einschlafen zu können, doch irgendetwas zwang sie, die Augen erneut zu öffnen.

Das Rosenmuster der Fensterscheibe schimmerte an der Zimmerdecke, doch dieses Mal war es anders als gewöhnlich. Das filigrane Muster der Ranken schien sich zu bewegen. Nur ganz leicht, wie eine Gardine, die im leichten Sommerwind wehte.

Sie kniff die Augen zusammen und öffnete sie wieder. Noch immer bewegten sich die Schatten an der Decke. In der fahlen Dunkelheit konnte sie erkennen, dass Philipp auf dem Rücken lag und fest schlief. Sie zögerte einen Moment. Sollte sie ihn wecken und ihm das sich merkwürdig bewegende Muster an der Zimmerdecke zeigen?

Nach einem weiteren Blick nach oben verließ sie leise das Bett. Sie tapste auf nackten Füßen zum Fenster und blickte angestrengt zum Oberlicht. Möglicherweise hatte sich die Scheibe gelockert, und die ungewohnte Optik spielte aus diesem Grunde ihren Augen einen Streich.

Doch es war alles, wie es sein sollte, und Lena warf erneut einen vorsichtigen Blick zur Zimmerdecke. Die filigranen Rosenranken schienen sich noch immer zu bewegen.

Fieberhaft überlegte sie, woher diese merkwürdige Reflexion

kommen konnte, und spielte kurz mit dem Gedanken, Philipp doch noch zu wecken. Möglicherweise fiel ihm eine vernünftige Erklärung dafür ein, was es mit den ominösen Schattenrosen auf sich hatte. Doch dann entschied sie sich, ihm alles am kommenden Tag beim Frühstück zu berichten.

*

Am nächsten Morgen fühlte sich Lena so schwindelig, dass sie es vorzog, ohne Frühstück im Bett zu bleiben.

Jetzt im Tageslicht kam es Lena albern vor, sich Gedanken über das nächtliche Rosenmuster gemacht zu haben. Vermutlich hatten sich ein paar Bäume vor dem Fenster im Wind gewiegt und diese beweglichen Schatten verursacht.

»Rufen Sie mich nur, wenn Sie etwas brauchen«, meinte Therese, bevor sie sich wieder ihrer Hausarbeit widmete. »Ich werde heute das Wohnzimmer gründlich sauber machen.«

»Viel Spaß«, gab Lena lächelnd zurück. »Ich bin sicher, dass es mir viel besser geht, wenn ich ein paar Stunden geschlafen habe.«

Tatsächlich schlief sie ziemlich schnell ein. Diesmal wurde ihr Schlaf nicht gestört, und als sie gegen Mittag aufwachte, fühlte sie sich frisch und erholt. Das Schwindelgefühl war verschwunden. Den lauten Geräuschen nach zu urteilen war Therese noch immer unten im Wohnzimmer beschäftigt.

Lena zog sich aus und nahm eine warme Dusche. Philipp sollte sehen, wie prächtig sich seine Frau wieder fühlte, wenn er heimkam. Als sie sich angezogen hatte, stellte sie erstaunt fest, dass Therese noch immer im Wohnzimmer Staub saugte – inzwischen war jedoch eine halbe Stunde vergangen.

»Therese?«, rief Lena vom oberen Treppenabsatz hinunter. Keine Antwort.

Seufzend stieg sie die Treppe hinab. Sie musste mit Therese wohl mal ein ernstes Wort reden, die gute Seele arbeitete mehr im Haus, als sie in ihrem Alter eigentlich sollte.

Als Lena ihren Fuß auf die letzte Treppenstufe setzte, verstummte plötzlich das Brummen des Staubsaugers. Stattdessen öffnete sich die Haustür, und Therese betrat mit zwei prall gefüllten Einkaufstüten die Halle.

»Wo kommen Sie denn her?«, fragte Lena und starrte entgeistert abwechselnd auf die Haushälterin und die angelehnte Tür, die ins Wohnzimmer führte.

»Aber ich war doch einkaufen, Frau Gabriel, wie jeden Tag um diese Zeit.« Ohne Lena aus den Augen zu lassen, setzte Therese die Einkaufstaschen ab. »Ich dachte mir, solange Sie schlafen, kann ich mal schnell zum Supermarkt flitzen.« Sie musterte Lena besorgt. »Ist alles in Ordnung?«

»Ja, ja.« Lena nickte zerstreut und warf einen erneuten hilflosen Blick in Richtung Wohnzimmer. »Mir war eben nur, als hätte ich Sie dort drinnen gehört.«

Therese blickte nun ebenfalls zur Tür. »Ich bin doch schon seit zwei Stunden mit dem Großreinemachen fertig.«

»Dann muss ich mich wohl getäuscht haben.« Lena fuhr sich über die Stirn, hinter der sich ein leichter Kopfschmerz bemerkbar machte.

»Ich werde Ihnen einen kleinen Imbiss zubereiten«, schlug die Haushälterin vor. »Sie haben ja nicht gefrühstückt und müssen vor Hunger fast umkommen.«

Lena lächelte lahm. »So schlimm ist es nicht. Ich werde etwas lesen. Die neuen Illustrierten sind heute mit der Post gekommen, nicht wahr?«

Sie wartete, bis die Haushälterin in der Küche verschwunden war, bevor sie die Wohnzimmertür mit einem Ruck aufstieß. Es roch nach Möbelpolitur und Teppichreiniger, doch der Raum war leer.

Mit hängenden Schultern stand Lena da und blickte sich um, als wäre sie zum ersten Mal in ihrem Leben in diesem Zimmer. Sie hatte doch ganz deutlich, sogar *überdeutlich*, das monotone Geräusch des Staubsaugers gehört! Und es war eindeutig aus diesem Zimmer gekommen!

Als könne sie im Nachhinein feststellen, welchen Streich ihr ihre Ohren gespielt hatten, untersuchte Lena jeden Winkel des Raumes. Erst als sie Thereses energische Schritte in der Halle vernahm, setzte sie sich schnell in den nächsten Sessel und schlug hastig eine der Zeitschriften auf.

»Ich habe Ihnen ein paar Schnittchen gemacht«, sagte Therese und setzte das Tablett auf dem kleinen Beistelltischchen neben Lena ab. »Wenn Sie nichts mehr brauchen, beginne ich jetzt mit dem Kochen.«

»Ja, tun Sie das.« Lena lächelte gequält und hoffte, dass die Haushälterin ihr nicht ansah, wie unwohl sie sich fühlte. Doch Therese war in Gedanken bereits viel zu sehr mit dem Rehbraten beschäftigt, um ihre leidende Miene zu registrieren.

Als Therese das Zimmer wieder verlassen und behutsam die Tür hinter sich geschlossen hatte, sprang Lena erneut auf. Sie stemmte die Fäuste in die Hüften und sah sich abermals ratlos im Wohnraum um.

»Entweder es spukt plötzlich in diesem Haus oder ich werde verrückt«, murmelte sie dabei und erschrak. Hatte sie etwas Ähnliches schon einmal gesagt? Bei welcher Gelegenheit war das nur gewesen?

Siedend heiß fiel ihr ein, dass es noch gar nicht allzu lange her war, als sie das erste Mal an ihrem Geisteszustand gezweifelt hatte: Es war an ihrem Geburtstag gewesen, als sie vergeblich nach der Platte mit den Lachsröllchen im Kühlschrank gesucht hatte, die Philipp dann auf Anhieb fand.

»Blödsinn.« Lena schüttelte heftig den Kopf, als wolle sie die lästigen Gedanken damit abwerfen. Das hatte jedoch ausschließlich zur Folge, dass sich die Kopfschmerzen verstärkten. Zwar kamen die Anfälle seltener und waren auch nicht mehr so stark wie vor der Schwangerschaft, doch Lena wünschte sich verzweifelt, dass sie für immer verschwinden würden.

4. KAPITEL

»Sie sehen etwas blass um die Nase aus«, bemerkte Professor Windhammer nachdenklich. »Ich werde mal eine Blutuntersuchung veranlassen.«

Lena griff sich erschrocken an den Hals und fragte mit unsicherer Stimme: »Geht es meinem Baby etwa nicht gut?«

»Alles bestens, gnädige Frau. Das haben Sie doch selbst gerade bei der Ultraschalluntersuchung gesehen. Ich vermute jedoch, dass Sie unter einem leichten Eisenmangel leiden.« Als er Lenas schreckgeweitete Augen sah, fügte er beruhigend hinzu: »Es besteht kein Grund zur Besorgnis. Die meisten Schwangeren brauchen einen kleinen Extraschub Eisen.«

Einen winzigen Augenblick rang Lena mit sich, ob sie dem Professor von den seltsamen Vorkommnissen in ihrem Haus erzählen sollte. Möglicherweise gab es eine Art Schwangerschafts-Halluzinationen? Doch schnell verwarf sie den Gedanken wieder. Sie konnte Dr. Strecker bei ihrem nächsten Besuch darüber informieren.

»Haben Sie schon die Ultraschallaufnahme eingesteckt, Frau Gabriel?«

Lena hob ihre Handtasche und klopfte darauf. »Wie könnte ich das Foto meines Babys vergessen!«

Der Arzt schmunzelte. »Wenn es Ihnen gut geht, sehen wir uns in sechs Wochen wieder. Sie können übrigens gern mal Ihren Gatten mitbringen, damit er sein Kind live auf dem Bildschirm betrachten kann.«

»Ich glaube, das würde ihm sehr gefallen.« Sie stand auf. »Ich werde es ihm auf jeden Fall vorschlagen.«

Vor der Arztpraxis blieb Lena einen Moment unschlüssig stehen. Sie konnte das Rezept, das sie für das Eisenpräparat bekommen hatte, in Claudias Apotheke einlösen und bei der Gelegenheit der Freundin einen Überraschungsbesuch abstatten.

*

»Dein Doc hat vollkommen Recht«, sagte Claudia. »Du bist in letzter Zeit wirklich blass geworden.«

»Nun, ich war ja schon immer ein eher heller Typ. Durch das Baby bin ich eben noch ein bisschen blasser geworden.«

Claudia stempelte das Rezept ab und gab ihr das Medikament. »Zwei Dragees pro Tag, nicht mehr und nicht weniger, verstanden?«

»Jawohl, Frau Feldmarschall!«

Der Verkaufsraum war leer. »Möchtest du die neueste Aufnahme deines Patenkindes nun sehen?«, fragte Lena.

»Klar.« Claudia nahm das Foto und hielt es ein wenig von sich ab. »Philipp wird überschnappen vor Freude, nehme ich an.« Sie reichte der Freundin die Aufnahme zurück. »Heb dir nur alle Ultraschallfotos auf, damit du jeden Monat vergleichen kannst, wie sehr sich dein Kind verändert hat.«

»Natürlich, das erste Bild liegt bereits in einem Kästchen zu Hause.« Lena steckte die Aufnahme sorgsam wieder ein. »Ich kann mir noch immer nicht recht vorstellen, dass ich in fünfeinhalb Monaten ein Baby haben werde.«

Claudia lehnte sich gegen den Tresen und warf einen Blick auf Lenas Figur. »Bis jetzt sieht man dir noch gar nichts an.«

*

Natürlich musste sich auch Therese das neueste Foto des Gabriel'schen Sprösslings ansehen. Sie wischte sich gerührt eine Träne aus dem Augenwinkel und sagte: »Mein Gott, das ist ja kaum zu glauben. Ich sehe Sie noch vor mir, als sie ein kleiner Steppke waren und Alfred ärgerten, wenn er im Garten arbeitete. Erinnern Sie sich noch daran, wie Sie ihm immer seine Geräte versteckt haben?«

»Oh ja. Ich hoffe, Ihr Mann hat mir inzwischen verziehen!« Lena erinnerte sich gern an Alfred Biegler, wie er immer wieder kopfschüttelnd nach Spaten oder Rechen gesucht hatte, während Lena ihn kichernd aus sicherer Entfernung beobachtete.

»Dass Sie jetzt selbst bald Mutter werden, ist unfassbar für mich.« Die Haushälterin seufzte. »Wie schnell die Zeit vergeht. Haben Sie sich eigentlich schon überlegt, wie das Kinderzimmer gestaltet werden soll?«

»Gedanken darüber habe ich mir natürlich schon gemacht«, gab Lena zurück. »Aber wie Sie wissen, bin ich ein überaus vorsichtiger Mensch und möchte erst kurz vor der Geburt mit der Einrichtung des Zimmers beginnen.«

Therese nickte. »Die Nähe zu Ihrem Schlafzimmer ist ideal. Wenn Sie jemanden fürs Gardinennähen brauchen, stelle ich mich gern zur Verfügung.«

»Gibt es eigentlich irgendetwas, das Sie nicht können?« Lena hob die Schultern. »In Ihrer Gegenwart komme ich mir immer so talentlos vor.«

»Ach, Frau Gabriel.« Therese lächelte verlegen. »Das ist doch nichts Großartiges. Ihr Mann – ja, der hat wirklich ein großes Talent. So malen zu können wie er ist eine Gnade Gottes, wissen Sie?«

»Schon, aber Sie dürfen deshalb Ihr Licht nicht unter den Scheffel stellen.« Lena warf einen Blick zur Uhr. »Bis mein Mann kommt, werde ich mich etwas ausruhen.«

»Gut, das Essen für nachher ist auch fertig.«

»Dann machen Sie am besten Feierabend für heute«, schlug Lena vor. »Und grüßen Sie Alfred herzlich von mir.«

*

Als die Haushälterin gegangen war, wollte Lena das Kästchen mit der ersten Ultraschall-Aufnahme des Babys hervorkramen, um die beiden Fotos miteinander zu vergleichen. Die bunte Pappschachtel, die sie zu diesem Zweck besorgt hatte, lag zwischen den Fotoalben ihrer Eltern und einigen alten Zeitungsausschnitten. Voller Vorfreude öffnete Lena den Deckel der Schachtel, doch das Lächeln auf ihren Lippen gefror von einer Sekunde zur nächsten.

Die Schachtel war leer. Fieberhaft durchsuchte Lena den Schrank, blätterte jede Unterlage durch und ließ sich schließlich verzweifelt auf die Couch fallen. Sie wusste genau, dass sie das erste Foto in die Schachtel gelegt hatte.

Wie gehetzt sprang sie wieder auf und griff zu ihrem Mutterpass, in der Hoffnung, das verschwundene Foto gedankenlos dort hineingesteckt zu haben. Doch die erste Aufnahme des Babys blieb verschwunden.

»Mit dir stimmt doch etwas nicht«, sagte Philipp später. »Ich kenne dich gut genug, um zu wissen, wenn dich etwas bedrückt, Schatz.«

Noch immer sträubte sich Lena, ihrem Mann von dem abhanden gekommenen Foto zu erzählen.

»Du warst doch heute bei Professor Windhammer, stimmt's?«

Sie nickte. »Ja, es ist alles in Ordnung. Allerdings habe ich einen Eisenmangel.«

»Großer Gott, ist das schlimm?« Philipp bekam einen sorgenvollen Gesichtsausdruck.

»Ein Eisenmangel ist in der Schwangerschaft ganz normal. Ich habe außerdem noch ein paar Vitamindragees verschrieben bekommen.« Sie streckte sich und wies auf das Ultraschall-Foto. »Hast du schon die kleine Nase entdeckt?«

Er nickte flüchtig und ließ seine Frau nicht aus den Augen. »Lena, ich glaube, du versuchst mir etwas zu verheimlichen. Du bist ganz eindeutig bedrückt, und ich will jetzt wissen, was los ist.«

»Nun, ich bin ein bisschen labil, auch das kommt von der Schwangerschaft.«

»Das nehme ich dir nicht ab!«

»Du kannst gern den Professor fragen«, erwiderte Lena bestimmt. »Die Hormone spielen verrückt und das kann aufs Gemüt drücken. Dafür leide ich zumindest nicht unter morgendlicher Übelkeit.«

Philipp, der neben ihr gesessen hatte, stand auf und sank vor ihr auf die Knie. Er küsste ihren noch flachen Bauch. »Du und das Kleine da drinnen seid das Wichtigste in meinem Leben. Manchmal bin ich ganz krank vor Sorge, ob es euch beiden auch wirklich gut geht.«

Lena strich ihm zärtlich über die Haare. Er hatte ja Recht, eigentlich müsste sie zunächst mit Philipp über ihr Problem reden. Doch sie wollte nicht, dass er sich Sorgen um sie machte und sich deswegen nicht mehr auf seine Arbeit konzentrieren konnte.

*

Am nächsten Morgen fuhr sie in die Praxis zu Dr. Strecker und wurde sofort in sein Sprechzimmer gebeten. »Sie klangen so beunruhigt am Telefon.«

Lena lächelte müde. »Ich wünsche mir, dass mein Problem in Wahrheit gar keines ist.«

Der Neurologe machte eine aufmunternde Handbewegung und sagte: »Wenn Sie mir jetzt sagen, was Sie bedrückt, kann ich Ihnen sicherlich helfen.«

Und dann berichtete Lena stockend von den verschwundenen Gegenständen im Haus, die dann plötzlich wieder auftauchten, den seltsamen Mustern an der nächtlichen Schlafzimmerdecke und schließlich von dem ersten Ultraschall-Foto des Babys, das nicht wieder aufgetaucht war.

Der Arzt hörte schweigend zu; ab und an nickte er und machte sich eifrig Notizen. Als Lena dann schwieg, sah er auf und fragte: »Wann ist Ihnen zum ersten Mal etwas abhanden gekommen?«

»Glauben Sie, dass es sich um reine Vergesslichkeit handelt?«, fragte Lena mit banger Stimme zurück. »Könnte es sich um eine Begleiterscheinung der Schwangerschaft handeln oder werde ich langsam verrückt?«

»Verrückt werden Sie mit Sicherheit nicht. Also, wann ist Ihnen zum ersten Mal aufgefallen, dass etwas nicht stimmt?«

Sie dachte angestrengt nach. »Ich glaube, zuerst sah ich die Schattenmuster an der Zimmerdecke, obwohl der Mond gar nicht schien und es eigentlich gar nicht so hell im Raum hätte sein dürfen.«

»Und dann?«

»Der klappernde Fensterladen im Esszimmer. Der Mann meiner Haushälterin hat ihn auf meine Bitte hin repariert – doch danach hörte ich wieder dieses furchtbare Geräusch.«

»Sie erzählten von der verschwundenen Lachsplatte. Können Sie sich noch daran erinnern, wann das gewesen ist?«

»Oh ja, es war der 25. August, mein Geburtstag.« In dem Moment, als Lena diese Worte aussprach, wusste sie, dass sie keine Schwangerschafts-Halluzinationen hatte. An ihrem Geburtstag war sie noch gar nicht schwanger gewesen.

Dr. Strecker schien dasselbe zu denken und lächelte seine Patientin beruhigend an. »Für alle Dinge in diesem Leben gibt es eine vernünftige Erklärung, Frau Gabriel. Sehen Sie, vermutlich hat Ihnen einfach Ihre Fantasie einen Streich gespielt, das passiert öfter, als Sie denken.«

»Das glaube ich nicht, dafür ist einfach zu viel passiert. Wäre es vielleicht möglich, dass diese starken Migräne-Tabletten diese unerfreuliche Nebenwirkung haben?«

»Die haben Sie doch wohl hoffentlich längst abgesetzt?«, fragte Dr. Strecker erschrocken. »Sie wissen, welche verheerenden Auswirkungen dieses Medikament auf Ihr ungeborenes Kind haben könnte?«

»Selbstverständlich habe ich sie abgesetzt, als ich den Verdacht hatte, ein Baby zu bekommen«, gab Lena zurück. »Und sie wären jetzt auch gar nicht mehr nötig, denn ich habe nur noch hin und wieder Kopfschmerzen.«

»Das beruhigt mich. Allerdings muss ich Ihnen auch sagen, dass es keinerlei Anzeichen dafür gibt, dass diese Tabletten Gedächtnislücken oder Einbildungen verursachen.«

Lena seufzte. »Dann bin ich jetzt genauso schlau wie vorher.«

»Nicht ganz, gnädige Frau. Zumindest wissen Sie, dass Sie sich keine Sorgen machen müssen.«

»Aber ich mache mir Sorgen, sehr große Sorgen sogar!« Sie beugte sich vor. »Herr Doktor, ich weiß nicht mehr, wie ich diese Zweifel vor meinem Mann verbergen soll. Er sieht mich manchmal schon richtig merkwürdig an.«

»Das ist doch nicht verwunderlich. Wahrscheinlich ahnt er, dass Sie ihm etwas verheimlichen, wobei er mit seiner Vermutung sogar richtig liegt. Sie sollten mit ihm darüber reden, bevor Sie das nächste Mal glauben, Ihre Nerven würden Ihnen einen Streich spielen. Am besten, Sie wecken Ihren Mann, wenn Sie wieder einmal nachts Geräusche im Haus oder Schatten an der Zimmerdecke bemerken. Ich bin überzeugt, dass sich alles als völlig harmlos entpuppt.«

Lena war nicht überzeugt. Zögernd erhob sie sich, mehr gab es nicht zu sagen. Aber wohler fühlte sie sich nach dem Gespräch mit dem Arzt keinesfalls.

*

Philipp war schockiert. Noch am selben Abend hatte Lena all ihren Mut zusammengenommen und ihm von den eigentümlichen Dingen berichtet. Zum Schluss hatte sie ihm auch gebeichtet, dass das erste Ultraschall-Foto des Babys spurlos verschwunden war.

»Warum hast du denn nicht längst mit mir darüber geredet?«, fragte er, noch immer ganz befangen von Lenas Bericht. »Ich hatte ja keine Ahnung, was dich bedrückt.«

»Glaubst du auch, dass ich mir das alles nur einbilde?«

Er strich sich übers Kinn und erwiderte dann: »Nein, der Fensterladen wird vermutlich trotz der Reparatur geklappert haben – und dein Goldkettchen ist bestimmt in eine Spalte der Schatulle gerutscht. Auch für das Muster an der Schlafzimmerdecke wird es mit Sicherheit eine vernünftige Erklärung geben.«

»Und was ist mit dem Staubsaugergeräusch, obwohl Therese gar nicht im Haus war? Und die Ultraschall-Aufnahme? Wahrscheinlich hast du auch die Lachsplatte vergessen, die an meinem Geburtstag fort war, als ich nach ihr suchte.«

Philipp legte zärtlich seinen Arm um ihre bebenden Schultern. Er küsste ihren Scheitel und bat leise: »Bitte weine nicht, Liebling. Damals wird dir jemand von den Gästen einen Streich gespielt haben, und bestimmt hast du statt des angeblichen Staubsaugers ein Geräusch in einer der alten Wasserleitungen gehört. Ich bin überzeugt davon, dass sich das Bild auch wieder findet.«

Sie lehnte sich an ihn und schloss die Augen. Es war wirklich ein Fehler gewesen, so lange geschwiegen zu haben. Leise sagte sie schließlich: »Vielleicht hast du Recht.«

»Ich habe ganz bestimmt Recht!« Seine Stimme klang erleichtert. »Und wenn dir wieder etwas merkwürdig vorkommt, sagst du mir sofort Bescheid oder weckst mich. Versprochen?«

»Okay, versprochen.« Sie löste sich behutsam vom ihm. »Ich glaube, ich stelle jetzt die Mikrowelle an. Du Ärmster musst ja schon ganz ausgehungert sein.«

Er hielt sie am Arm fest und gab liebevoll lächelnd zurück: »Ausgehungert bin ich nur nach dir, meine Schöne.«

Lena lag in dieser Nacht noch lange wach und grübelte. Zögernd glitten ihre Blicke wieder und wieder zur Zimmerdecke. Die Nacht war mondlos und dunkel, und man konnte außer den schattenhaften Umrissen der Bäume im Vorgarten nichts erkennen.

*

»Du scheinst gut geschlafen zu haben«, sagte Philipp am Morgen darauf gut gelaunt und beugte sich am Frühstückstisch zu Lena hinunter, um ihr einen zärtlichen Kuss zu geben.

»Ja, ich denke, es war richtig, dass ich mit dir geredet habe. Ich fühle mich so erleichtert.«

»Siehst du?« Philipp ging zurück zu seinem Platz. »Hiermit befehle ich dir, dass du dich in Zukunft nur noch mit schönen Gedanken und Dingen beschäftigst. Einverstanden?«

Lena musste über sein strenges Gesicht lachen. »In Ordnung, ich werde versuchen, mich daran zu halten.«

»Warum triffst du dich nicht mal wieder mit der Quasselstrippe Claudia?«, schlug er vor. »Bei ihr kommst du bestimmt schnell auf andere Gedanken. Ich bin sicher, ein Nachmittag mit ihr wird reichen, damit du nicht mehr an diese dumme Geschichte denkst.«

Lena grinste. »Da könntest du direkt Recht haben. Ich werde sie nachher gleich anrufen.«

»Wirst du ihr davon erzählen?«

Obwohl Philipp es nicht aussprach, wusste Lena, was er meinte. Sie schüttelte den Kopf. »Es reicht, dass ich dich damit belastet habe.«

»Von belasten kann keine Rede sein«, gab er zurück. »Außerdem gehört es sich, dass man in einer guten Ehe über alles redet, oder?«

»Stimmt.«

»Aber ich habe noch eine Neuigkeit, die dich sicherlich freuen wird«, sagte Philipp und lächelte geheimnisvoll. »Eigentlich wollte ich dich erst später damit überraschen, aber …«

»Eine Überraschung?« Ihre hellen Augen glänzten. »Ach bitte, Philipp. Spann mich nicht auf die Folter. Was ist es?«

Betont langsam bestrich er ein Brötchen mit Butter und Honig und warf ihr einen schmunzelnden Blick zu. »Willst du es wirklich wissen?«

»Du Schuft!« Lachend warf sie mit ihrer Serviette nach ihm. »Wenn du es nicht auf der Stelle sagst, bekomme ich einen Schreikrampf.«

»Oh, dafür will ich natürlich nicht verantwortlich sein. Also gut: Eines meiner Bilder wurde für den *Best-Artist-Preis* nominiert. Jetzt weißt du es.«

Lena holte tief Luft. »Du meinst diesen begehrten Preis, der jedes Jahr in London vergeben wird?«

»Genau der. Die Verleihung findet allerdings erst im März statt.«

»Seit wann weißt du es?«

Er überlegte kurz. »Seit etwa einer Woche.«

»Und du hast mir nichts davon erzählt?« Lena wusste nicht, ob sie sich freuen oder ärgern sollte.

»Ich sagte dir doch, dass ich dich damit überraschen wollte. Im Falle, dass ich diesen Preis bekomme, hätte ich es dir schon gesagt.«

»Na, hör mal!«, rief sie. »Eine Nominierung dafür ist doch schon etwas, von dem jeder Maler träumt! Welches Bild wurde denn ausgewählt?«

»Die fliegenden Kraniche.«

»Das ist doch mein Lieblingsgemälde!«

»Ich weiß.« Philipp nahm ihre Hand und küsste sie. »Deshalb ist es ja auch unverkäuflich.«

Lena fuhr ihm zärtlich durch die dunklen Locken und fragte sich einmal mehr, warum ausgerechnet sie so viel Glück hatte, einen Mann wie Philipp bekommen zu haben.

Er hob den Kopf und sagte: »Heute komme ich etwas später nach Hause, mein Engel. Ich sage dir das nur, damit du dich nicht beunruhigst.«

»Wieso?«, fragte Lena stirnrunzelnd. »Was hast du denn noch vor? Ich dachte, wir wollten uns heute Abend zusammen den Krimi im Fernsehen ansehen.«

»Bis dahin bin ich längst zurück.« Er gab ihr einen weiteren Kuss, diesmal auf die Nasenspitze. »Habe ich dir eigentlich schon gesagt, dass ich deine Sommersprossen unheimlich süß finde?«

»Philipp, lenk bitte nicht ab! Ich will auf der Stelle wissen, was du vorhast!«

Er seufzte. »Du bist wirklich eine kleine Nervensäge, ist dir das eigentlich schon mal bewusst geworden?«

»Ja!«

»Also gut, dann sage ich es dir: Ich will heute dein Weihnachtsgeschenk abholen.«

Sofort setzte Lena eine schuldbewusste Miene auf. Wie immer, wenn Philipp geheimnisvoll tat, nagte die Eifersucht in ihr, dass er sich möglicherweise mit einer anderen Frau traf. Und dabei wusste sie doch hundertprozentig, dass er kein Interesse daran hatte, sondern nur sie allein anbetete.

*

Bereits am nächsten Nachmittag traf sich Lena mit Claudia wieder in der Innenstadt.

»Was schenkst du eigentlich deinem Liebsten zu Weihnachten?«, fragte Claudia.

»Philipp bekommt eine neue Armbanduhr von mir.«

»Hm, sicherlich keine aus dem Kaufhaus«, bemerkte Claudia grinsend und hakte sich bei Lena unter. »Lass mich raten: Dein Geschenk stammt von einem der teuersten Juweliere der Stadt.«

Lena musste lachen. Claudia traf mit ihren ironischen Bemerkungen meistens den Nagel auf den Kopf. »Erraten! Dafür ist es auch eine sehr schöne Rolex.«

»Du musst wirklich verrückt sein.« Claudia schüttelte den Kopf. »Ich wüsste etwas Besseres mit meinem Geld anzufangen, wenn ich welches hätte.«

Lena blieb mitten im Getümmel stehen. »Das verstehst du nicht. Philipp ist so bescheiden, da hat er etwas ganz Besonderes verdient. Denk doch nur mal an seinen alten, klapprigen Volvo, ich habe schon mit Engelszungen auf ihn eingeredet, sich einen neuen Wagen anzuschaffen, aber davon will Philipp nichts wissen.«

Claudia zog die Freundin weiter, da sich hinter ihr bereits ein kleiner Menschenauflauf angesammelt hatte. »Komm, du hältst den ganzen Verkehr auf, Kleines. Ich weiß doch, wie Philipp ist – ein typischer Künstler eben. Früher war er nicht anders; nur, dass ihm da aufgrund seines Geldmangels nichts anderes als Bescheidenheit übrig blieb. Hast du eigentlich ein bestimmtes Ziel?«

»Ich möchte für Therese und ihren Mann noch etwas Schönes kaufen. Lass uns doch in diesen neuen Laden gehen, wo es diese ausgefallenen Geschenkartikel gibt.«

Im Laden hatte es Lena besonders ein Gobelin-Wandteppich angetan. Er würde gut in Thereses Wohnzimmer passen. Der Preis von fast dreihundert Euro schreckte sie nicht ab.

»Schau mal!«, rief Claudia plötzlich. »Ist diese Pfeife nicht urig? So etwas habe ich ja noch nie gesehen.«

Alfred Biegler war Pfeifenraucher, das wusste Lena, und sie betrachtete die Pfeife aus edelstem Holz genauer. »Sie ist wunderschön gearbeitet. Ich denke, die nehme ich.«

Claudia hob die Schultern. »Es ist natürlich deine Sache, wie viel Geld du für dein Personal ausgeben willst.«

»Therese und Alfred Biegler sind mehr für mich als Personal, sie sind mir ans Herz gewachsen. Wenn die beiden nicht gewesen wären, als meine Eltern damals verunglückten, hätte ich sicherlich alles viel schwerer verarbeitet.«

Claudia hatte für ihre Mitarbeiterinnen jeweils eine preiswerte, jedoch sehr hübsche Schneekugel ausgesucht, die sie nun nervös in ihren Händen balancierte. »Ich hasse es, stundenlang zu warten, bis ich an der Reihe bin. Das ist wie damals in der DDR, wo sich die Leute für ein paar Bananen die Füße platt standen.«

Es dauerte an der Kasse jedoch nicht lange, und als sie wieder draußen waren, sagte Lena: »Ich habe übrigens noch eine tolle Überraschung für dich.« Sie platzte fast vor Stolz. »Philipp wurde für einen Kunstpreis nominiert.«

Claudia hob die Augenbrauen. »Philipp oder eines seiner Bilder?«

»Du kannst vielleicht dämliche Fragen stellen.« Lena lachte, und gleichzeitig ging ihr durch den Kopf, dass Philipp mit seiner Vermutung Recht gehabt hatte: Den ganzen Nachmittag hatte sie nicht mehr an ihre Probleme gedacht.

*

Philipp war noch nicht zu Hause. Ohne sich den Mantel auszuziehen, ging Lena mit ihren Einkäufen hinauf in den ersten Stock. Schon als Kind hatte sie in einem der Wandschränke im Flur ein Geheimfach entdeckt, in dem sie damals ihre kleinen Schätze versteckt hatte. Seit Jahren hatte sie dieses Fach nicht mehr benutzt, doch jetzt fand sie, dass es das ideale Versteck für ihre Weihnachtsgeschenke war.

Die Tür des Einbauschrankes knarrte leicht, als Lena sie öffnete, und sie nahm sich vor, die Scharniere demnächst zu ölen. Hinter einem der Fächer befand sich unauffällig eine weitere Tür. Um sie zu öffnen, musste man den Einlegeboden herausnehmen.

Die Geheimtür ließ sich trotz der vielen Jahre, in denen sie nicht benutzt worden war, erstaunlich leicht öffnen. In dem Augenblick, als Lena die Tüte mit den Geschenken durch die Öffnung schieben wollte, sah sie es.

Auf dem ansonsten leeren Boden lag etwas, das Lena wegen des schlechten Lichts zunächst nicht genau definieren konnte. Sie griff danach, fühlte Papier und zog es heraus.

Ihr stockte der Atem: In ihren Händen hielt sie die verschwundene Ultraschall-Aufnahme ihres Babys. Es dauerte mehrere Sekunden, bis Lena aus ihrer Erstarrung erwachte und das Bild mit einem spitzen

Aufschrei auf den Boden warf. Das konnte doch nur ein Albtraum sein!

Eine Weile blickte sie starr auf das Foto auf dem Teppichboden. Dann fuhr sie sich mit zitternden Händen durch das Haar und sah auf die quadratische Öffnung an der Rückseite des Einbauschrankes. Dieses Mal konnte sie nicht von einem Streich ausgehen, denn nur sie allein wusste von der Existenz des Geheimfaches.

Sie zuckte zusammen, als sie unten in der Halle Philipp nach ihr rufen hörte. Eilig schob sie die Aufnahme in die Tasche ihrer Jeans, ordnete vor dem verzierten Spiegel über der Kommode hastig ihre Frisur und ging dann hinunter, um ihren Mann zu begrüßen. Sie konnte ihre Knie kaum unter Kontrolle halten, so sehr zitterten sie, und die ganze Zeit tobte nur ein einziger Gedanke durch ihren Kopf: »Ich tue Dinge, von denen ich später nichts mehr weiß – ich werde verrückt!«

»Hallo, Liebling!« Philipps Strahlen verwandelte sich schlagartig in Besorgnis, als er Lenas kalkweißes Gesicht sah. »Fühlst du dich nicht wohl, Kleines?«

Sie schluckte und ließ sich in seine Arme fallen. »Doch, aber der Einkaufsbummel mit Claudia war anstrengender, als ich dachte.«

»Warum hast du ihr denn nicht gesagt, dass du den Bummel abbrechen willst?«, fragte er. »Claudia hätte doch bestimmt Verständnis dafür gehabt.«

Lena lächelte müde. »Ich habe doch erst jetzt gemerkt, wie kaputt ich bin.«

Am liebsten hätte sie sich Philipp anvertraut, doch ebenso wie Dr. Strecker würde er vermutlich das Ganze leichthin als Zerstreutheit abtun.

»Hallo, Liebling! Hier bin ich!« Philipp fasste sie behutsam am Kinn und zwang sie, ihn anzusehen. »Du scheinst mit deinen Gedanken ganz woanders zu sein.«

»Entschuldige, Schatz. Hast du Hunger? Therese hat einen leckeren Auflauf gemacht.«

Erstaunt über den plötzlichen Themenwechsel runzelte Philipp die Stirn. »Was ist denn auf einmal los?«

»Ich weiß nicht, was du meinst«, gab sie leichthin zurück und steuerte die Küche an. Philipp folgte ihr nachdenklich, die Hände tief in den Taschen seiner Hose vergraben. An der Küchentür blieb er stehen, lehnte sich gegen den Rahmen und beobachtete verwundert die unvermittelte Geschäftigkeit seiner Frau.

Lena tat, als gäbe es nichts Wichtigeres zu tun, als das Essen aufzuwärmen. Eifrig eilte sie zwischen Schränken und Anrichte hin und her und holte Geschirr und Besteck heraus.

»Du verschweigst mir doch nicht etwas?«, fragte er.

Augenblicklich hielt Lena in ihrer Beschäftigung inne.

»Sieh mich doch nicht so entsetzt an, Lena. Ich mache mir nur Gedanken. Du bist in letzter Zeit so merkwürdig.«

»Ist aber nicht nötig. Ich bin nur erschöpft. In der Stadt waren so viele Menschen.«

5. KAPITEL

Die Weihnachtstage waren überschattet von Lenas Angst, den Verstand zu verlieren. Noch einige Male kam es vor, dass sie nachts erwachte und das mysteriöse Schattenmuster an der Zimmerdecke sah oder das Klappern eines der Fensterläden hörte, die mittlerweile allesamt repariert worden waren und gar nicht klappern konnten.

Den Silvesterabend wollten sie und Philipp eigentlich auf einer großen Feier in einem Münchener Hotel verbringen. Doch Lena war nicht in der richtigen Stimmung und so blieben sie kurzerhand zu Hause.

Langsam wurden Lenas Hosen und Röcke zu eng und mit Stolz zog sie ihr erstes Umstandskleid an. Mittlerweile gab es auch eine neue Ultraschall-Aufnahme von dem Baby, und endlich konnte Professor Windhammer mit Bestimmtheit sagen, dass Lena ein kleines Mädchen erwartete.

Richtig freuen konnte sich Lena jedoch nicht über die Mitteilung. Im Gegenteil, immer öfter machte sie sich Gedanken darüber, was aus dem Baby werden sollte, wenn seine Mutter tatsächlich wahnsinnig würde.

Philipp spürte natürlich, dass seine Frau oft bedrückt durch das Haus schlich, doch er gab irgendwann auf, sie nach dem Grund für ihre Schwermut zu fragen, da sie ständig abwinkte und behauptete, das käme von der Hormonumstellung.

Selbst Claudia gab sich allergrößte Mühe, die Freundin aufzumuntern. Aber Lenas Zustand verschlechterte sich. Eines Nachts hörte sie Stimmen im Haus. Sie stand auf und ging durch das ganze Haus. Außer dem schlafenden Philipp und ihr war niemand da. Völlig niedergeschlagen legte sie sich zurück ins Bett. Sie musste dringend mit Dr. Strecker sprechen; so ging das nicht weiter.

*

Der Arzt setzte eine nachdenkliche Miene auf. »Schildern Sie mir doch einmal ganz genau, in welchen Zusammenhängen und Zeitabständen diese Stimmen zu hören sind.«

Lena hob die Schultern. »Ich höre dieses eigenartige Gewisper unregelmäßig, immer nachts.«

»Und Sie erwachen davon?«

Sie nickte.

»Waren Sie eventuell an den Tagen zuvor irgendwelchen aufwühlenden Situationen ausgesetzt, die Sie möglicherweise nachts im Schlaf verarbeitet haben?«

»Nein.« Lena lächelte unglücklich. »Ich denke zwar ständig an meinen lädierten Geisteszustand, aber daran habe ich mich mittlerweile schon gewöhnt. Außerdem höre ich die Stimmen auch noch, wenn ich wach bin.«

Dr. Strecker lehnte sich zurück und machte sich Notizen. Ohne aufzusehen, fragte er: »Können Sie genau definieren, woher die Geräusche kommen?«

»Sie scheinen aus allen Ecken zu kommen, wie das Klappern der Fensterläden. Wenn ich dann nachsehe, finde ich nichts. Dr. Strecker, Sie müssen mir helfen!«

Der Neurologe strich sich nachdenklich über das Kinn. »Nun, im Augenblick bin ich mir nicht sicher, wie ich Ihnen helfen soll, da ich den Ursprung Ihrer Stresssituation noch nicht genau einordnen kann. Am besten wäre es, Sie würden bis zur Geburt Ihres Kindes warten, vielleicht geben sich dann diese Vorkommnisse von selbst.«

»Aber das sind noch über vier Monate!« Lenas blaue Augen weiteten sich vor Schreck. »Bis dahin bin ich tatsächlich reif für die Klapsmühle!«

»Jetzt übertreiben Sie aber, Frau Gabriel.« Dr. Strecker blickte sie vorwurfsvoll an. »Im Augenblick halte ich es für keine gute Idee, eine Therapie zu beginnen. Schwangere sind emotional besonders empfindlich.«

Lena holte tief Luft. »Aber ich kann so nicht weiterleben.«

»Was sagt denn Ihr Mann dazu? Haben Sie mit ihm darüber gesprochen?«

»Nein ... nicht direkt. Ich habe ihm anfangs von meinem Problem erzählt, doch auch er meinte – wie Sie das letzte Mal, als ich bei Ihnen war –, dass mein Geist nur etwas überarbeitet wäre. Er bat mich, ihn zu wecken, falls ich wieder Geräusche höre.«

»Und? Haben Sie das getan?«

Schuldbewusst senkte Lena den Kopf. »Nein, das habe ich nicht.«

Dr. Strecker nickte. »Können Sie mir sagen, warum Sie Ihren Mann nicht geweckt haben?«

Als sie bedrückt schwieg, gab sich der Arzt selbst die Antwort. »Sie haben Angst, dass er nichts hört. Habe ich Recht?«

»Ja«, hauchte sie. »Wenn mein Mann nichts hört, steht eindeutig fest, dass ich spinne. Und diese hundertprozentige Gewissheit könnte ich nicht ertragen.«

»Aber Sie müssen mit Ihrem Mann darüber reden – oder glauben Sie, dass Sie so stark sind, Ihre Ängste allein zu bewältigen?«

Wieder wusste Lena keine Antwort, sondern blickte den Arzt hilflos an.

»Sehen Sie, gnädige Frau.« Er beugte sich etwas nach vorne. »Eine Schwangerschaft ist eine größere Belastung für eine Frau, als man sich vorstellen kann. Sie müssen lernen, damit umzugehen.«

Endlich hatte Lena ihre Sprache wiedergefunden. »Aber diese Halluzinationen fingen doch schon an, bevor ich schwanger war!«

»Möglicherweise kamen sie damals durch diese ewigen zermürbenden Migräneanfälle«, überlegte Dr. Strecker laut. »Als Sie erfuhren, dass Sie ein Baby erwarten, haben Sie sich vermutlich in die Vorstellung hineingesteigert, dass mit Ihrem Geisteszustand etwas nicht ganz in Ordnung ist.«

»Das haben Sie mir in ähnlicher Weise bereits bei meinem letzten Besuch gesagt.« Lenas Stimme klang nicht überzeugt. »Doch mit dieser Theorie kann ich mich einfach nicht anfreunden. Es ist zu viel passiert.«

Dr. Strecker machte eine hilflose Handbewegung und betrachtete seine hübsche, blasse Patientin bekümmert. »Wissen Sie, die Seele eines Menschen ist unergründlich, und oft ist es für mich sehr schwierig, die Hintergründe irgendwelcher Symptome herauszubekommen. Ich kann mir vorstellen, dass Sie diese Erklärung erstaunt, zumal ich tagtäglich mit solchen Fällen zu tun habe. Aber …«

»Schon gut.« Sie erhob sich langsam. »Ich weiß ja, dass Sie Ihr Bestes tun, um mir zu helfen.«

*

Lena hatte Philipp nichts von ihrem Besuch bei Dr. Strecker erzählt und das war gut so. Mittlerweile rückte die Reise nach London immer näher und er war sichtlich aufgeregt.

»Wenn ich den ersten Preis bekomme, mache ich vor allen Leuten einen Luftsprung«, erklärte er. Er wirkte wie ein kleiner Junge, der sich sehnlichst etwas zum Geburtstag wünschte und sich bereits ausmalte, wie er es tatsächlich bekam.

»Willst du wirklich nicht mit nach England kommen?«, fragte er zum wiederholten Mal. »Ich brauche dich an diesem Abend ganz besonders an meiner Seite.«

»Lieber nicht«, gab Lena bedauernd zurück. »Ich möchte nicht fliegen, solange ich schwanger bin. Zu oft habe ich gehört, dass das eine Fehl- oder Frühgeburt auslösen könnte.«

»Wir könnten über Frankreich mit dem Zug fahren«, schlug er vor. »Das ist doch sicherlich völlig ungefährlich für unser Baby.«

Sie strich ihm liebevoll eine Locke aus der Stirn. »Ich sagte dir doch schon, dass ich mich nicht stark genug fühle, so eine anstrengende Reise zu unternehmen. Aber ich werde in Gedanken bei dir sein, und im Fernsehen schaue ich mir die Übertragung natürlich auch an.«

»Ich werde nach der Verleihung gleich die nächste Maschine zurück nach München nehmen.« Philipp bedeckte Lenas Handfläche mit zärtlichen kleinen Küssen und rieb dann seine Wange an ihrem Unterarm. »Du fehlst mir jetzt schon. Weißt du eigentlich, dass wir zum ersten Mal während unserer Ehe so weit voneinander weg sein werden?«

Lena nickte. »Mir wird auch ganz elend bei dem Gedanken, dass ich nicht bei dir sein kann.«

»Wenn du nachts nicht allein bleiben möchtest, bitte doch Therese oder Claudia, hier zu schlafen«, schlug er vor. »Mir wäre es lieber, wenn ich jemanden in deiner Nähe wüsste, solange ich unterwegs bin.«

Sie lachte kopfschüttelnd und erwiderte: »Ich bin doch kein kleines Kind mehr, das sich vor der Dunkelheit fürchtet. Bevor ich dich kannte, war ich nachts immer allein, und niemand hat mich im Schlaf geraubt, wie du siehst.«

*

Inständig hoffte Lena, dass es während Philipps Aufenthalt in England im Hause ruhig bleiben würde. Doch mittlerweile war sie der Meinung, dass sie sich das Gewisper und die Schattenspiele an der Schlafzimmerdecke sowieso nur einbildete und es ihr überhaupt nichts nützte, wenn Philipp in ihrer Nähe war.

»Wirst du dich nicht langweilen, wenn ich fort bin?«, fragte er und strich behutsam über Lenas Bauch.

»Ich werde mir die Zeit damit vertreiben, das Kinderzimmer nebenan zu tapezieren. Was hältst du von der Idee?«

»Überhaupt nichts!«, rief er entsetzt. »Ich hätte keine ruhige Minute, wenn ich wüsste, dass du auf eine Leiter kletterst. Bitte lass jemanden kommen, der das Zimmer tapeziert.«

»Ich könnte Alfred bitten, die Renovierungsarbeiten zu übernehmen. So viel ist es ja nicht. Außer einer neuen Tapete, Teppichboden und den Möbeln ist der Raum perfekt. Ich werde Claudia bitten, mit mir gemeinsam die Möbel auszusuchen.« Sie warf ihm einen schnellen Blick zu. »Oder ist es dir nicht recht, wenn ich ohne dich unser Babyzimmer gestalte?«

Er hob lachend die Hände. »Ich habe doch keine Ahnung davon, wie man ein Kinderzimmer einrichtet. Das überlasse ich mit Freuden dir, mein Schatz.«

*

Es war eisig kalt draußen und endlich hatte es auch geschneit. Lena blickte nach dem Frühstück aus dem Esszimmerfenster und nahm sich vor, später einen Spaziergang in der frischen Luft zu machen.

Philipp war bereits ins Atelier gefahren, und Lena setzte sich noch einmal an den Tisch und goss sich die letzte Tasse Kaffee ein. Während sie lächelnd die zarten Bewegungen in ihrem Leib registrierte, fiel ihr Blick plötzlich zu der Anrichte aus schwerem Mahagoni, und das Lächeln auf ihren Lippen erstarb. Dort, in der Mitte der polierten Abstellfläche, wo sonst ein achtarmiger Silberleuchter stand, herrschte gähnende Leere.

Langsam erhob sich und blickte sich vorsichtig um. Als sie Therese in der Küche mit Geschirr klappern hörte und sich unbeobachtet fühlte, tastete sie zögernd die gesamte Oberfläche der Anrichte ab, als wäre der Leuchter unsichtbar geworden und nur durch Fühlen zu erkennen.

Der Leuchter war eindeutig fort und wieder beschlich sie dieses Gefühl der Angst. Hatte sie etwa in einem neuerlichen Anfall von geistiger Umnachtung den Silberleuchter an sich genommen und irgendwo versteckt?

Stöhnend rieb sich Lena die Stirn und dachte angestrengt nach, doch sie konnte sich beim besten Willen nicht erinnern, den Leuchter in den Händen gehalten zu haben. Ihre Knie gaben nach und verzweifelt hielt sie sich an der Anrichte fest.

»Frau Gabriel, ist Ihnen nicht gut?« Thereses besorgte Stimme ließ Lena zusammenzucken.

Wie in Zeitlupe drehte sie sich der Haushälterin zu und zwang sich zu einem Lächeln. »Ich hatte eben nur einen kleinen Schwächeanfall.« Dann fiel ihr Blick auf den Gegenstand, den Therese in den Händen hielt – es war der verschwundene Silberleuchter.

Auf ihren fragenden Blick sagte Therese: »Ich habe den Leuchter mal wieder gründlich geputzt. Er war ganz grässlich angelaufen.«

»Dann haben Sie ihn von der Anrichte genommen?« Man konnte Lenas Erleichterung an ihren sich entspannenden Gesichtszügen deutlich erkennen. »Und ich dache schon …«

»... dass ihn jemand gestohlen hat?«, fragte Therese und stellte ihn zurück an seinen Platz. »So, jetzt glänzt er wieder.«

Lena musste schlucken; ihr Hals war wie zugeschnürt. »Nein, an einen Diebstahl dachte ich weniger, sondern eher daran, dass ich ...«

Das Läuten des Telefons enthob sie einer Erklärung. Erleichtert sagte sie: »Ich gehe schon ran.«

Es war Claudia, die einen gemeinsamen Einkaufsbummel vorschlug.

*

Mit Begeisterung hatte Claudia eingewilligt, einige Geschäfte für Kinderzimmermöbel aufzusuchen. Sie war fast noch aufgeregter als die werdende Mutter und plapperte auf dem Weg munter drauflos. »Hast du schon eine bestimmte Vorstellung?«, fragte sie, und als Lena ratlos die Schultern hob, fügte sie hinzu: »Na, dann verlasse dich am besten ganz auf eine Fachfrau.«

»Meinst du etwa dich damit? Du hast ja auch schon so viele Kinder, da kann ich mich getrost auf deinen sicheren Geschmack verlassen.«

Im Laden angekommen stürzte Claudia sofort auf ein wunderhübsches Himmelbettchen zu. Sie strahlte über das ganze Gesicht. »Das möchte ich dir schenken.«

»Aber das geht doch nicht!«, rief Lena fassungslos. »Hast du denn gar nicht auf den Preis gesehen?«

»Selbstverständlich«, gab Claudia vergnügt zurück. »Für mein zukünftiges Patenkind ist mir kein Preis zu hoch. Ach bitte, Lena. Lass mich das Bettchen für dich kaufen.«

Nach einigen Sekunden nickte Lena. Es hatte sowieso keinen Sinn, sich gegen Claudias Willen zu stellen. »Also schön, wenn du unbedingt ein kleines Vermögen für ein Bettchen ausgeben willst, in dem das Baby nur ein paar Wochen schlafen wird ...«

Claudia umarmte ihre Freundin. »Ich mache mich sofort auf die Suche nach einem Verkäufer. Wir brauchen ja auch noch andere Möbel.«

Es dauerte dann auch gar nicht lange, bis die beiden Freundinnen mit Begeisterungsrufen ein wunderschönes Kinderzimmer-Programm entdeckten. Wickelkommode, Gitterbett, Schrank und Regal waren aus hellgrün gestrichenem Holz; sogar eine Spielzeugkiste und ein Kindersitz gehörten zu der Serie.

»Da bekomme ich direkt Lust, auch ein Baby zu bekommen«, sagte Claudia seufzend, als sie die Möbel genauer betrachteten. »Was meinst du? Gefällt dir diese Einrichtung?«

Lena nickte zerstreut. In Gedanken war sie bereits damit beschäftigt, die Möbel im Kinderzimmer aufzustellen. »Die Wickelkommode kommt unter das Fenster und das Bettchen neben die Tür.«

»Sieht bestimmt himmlisch aus.«

Eine halbe Stunde später war der Einkauf abgewickelt. Die Möbel hatte Lena mit ihrer Kreditkarte gleich bezahlt und vereinbart, dass sie in die Gabriel'sche Villa geliefert werden sollten.

»Jetzt fehlen nur noch Tapeten und Gardinen«, sagte sie, nachdem sie das Geschäft verlassen hatten.

*

Unruhig wälzte sich Lena im Bett herum. Gerade hatte sie wieder die Augen geschlossen und war kurz vor dem Einschlafen, als sie im Untergeschoss eine Tür knarren hörte. Sie setzte sich im Bett auf und lauschte angestrengt; dabei raste ihr Puls und das Blut rauschte ihr in den Ohren. Wieder war ein Knarren zu hören – diesmal schien es, als stiege jemand die Treppe herauf.

Mit Lenas Selbstbeherrschung war es nun endgültig vorbei. Sie rüttelte Philipp ziemlich unsanft an der Schulter. Er stieß noch halb schlafend einen Schreckensschrei aus. »Was zum Teufel ...?«

»Philipp, ich glaube, es ist ein Einbrecher im Haus«, wisperte Lena mit zitternder Stimme und tastete sich zu seinem Arm, um sich an ihm festzuklammern.

Er erhob sich langsam und senkte seine Stimme. »Wie kommst du denn darauf?«

»Ich habe erst unten eine Tür gehört und dann Schritte auf der Treppe. Bitte sieh nach, ich habe furchtbare Angst.«

Philipp seufzte. »Bestimmt hast du nur geträumt, Liebling.«

»Nein.« Ihre Stimme versagte fast. »Ich war wach, als ich die Geräusche hörte.«

Er schwang die langen Beine aus dem Bett und griff nach seinen Shorts. »Okay, ich sehe mal nach, aber ich bin überzeugt, dass du dir das alles nur einbildest.«

»Bitte sei vorsichtig«, flüsterte sie ihm zu, als er sich auf Zehenspitzen der geschlossenen Schlafzimmertür näherte. Ängstlich klammerte sie sich an der Bettdecke fest, als könne diese sie vor einem nächtlichen Angriff finsterer Gestalten schützen.

Philipp öffnete lautlos die Tür und lauschte. Alles war still. Er warf Lena, die inzwischen das Licht angeschaltet hatte, einen ratlosen Blick zu und sagte: »Ich kann nichts hören.«

»Vielleicht hat der Einbrecher uns reden gehört und versteckt sich irgendwo.«

Philipp hob die Schultern und verließ das Zimmer. Es schien wie eine Ewigkeit, bevor er zurückkam. »Und? Hast du etwas festgestellt?«, fragte sie atemlos. Sie hatte die ganze Zeit über wie gelähmt im Bett gesessen.

Philipp kroch wieder unter die warme Bettdecke. »Das Einzige, was ich festgestellt habe, ist, dass ich schrecklich kalte Füße bekommen habe.«

Sie warf ihm einen ungläubigen Blick zu. »Du hast nichts gesehen?«

»Nein.« Er nahm ihren Arm und zog sie an sich. »Vermutlich arbeitet das Holz, das soll in alten Häusern öfter vorkommen.«

»Aber ich bin mir ganz sicher, dass …«

»Schluss jetzt.« Er bettete ihren Kopf auf seine Brust und legte seinen Arm beschützend um ihre bebenden Schultern. »Ich habe jeden Winkel des Hauses durchsucht. Außer uns beiden befindet sich niemand hier. Lass uns jetzt bitte weiterschlafen.«

Sie gab keine Antwort, sondern nickte nur. Philipp war schnell wieder eingeschlafen, doch bei ihr war an Schlaf in dieser Nacht nicht mehr zu denken. Immer wieder hob sie den Kopf und lauschte angestrengt – doch es blieb alles ruhig.

*

Alfred Biegler kam, mit Zollstock und Notizblock bewaffnet, bereits am nächsten Morgen in die Villa. Lena konnte seinen Ausführungen über die Neugestaltung des Kinderzimmers nur halb folgen, denn noch immer bewegten sie die Ereignisse der letzten Nacht.

Beim Frühstück hatte Philipp kein Wort davon erwähnt und getan, als habe der nächtliche Vorfall nie stattgefunden.

»In welcher Höhe möchten Sie denn die Bordüre angebracht haben?«, fragte Alfred, und Lena fuhr ertappt zusammen.

»Oh, ich dachte ...« Sie winkte ab. »Ach, am besten machen Sie es so, wie Sie denken.«

Alfred sah sie besorgt an. »Ist alles in Ordnung mit Ihnen?«

»Sicher. Tut mir Leid, wenn ich Ihnen eben nicht meine ganze Aufmerksamkeit geschenkt habe.«

»Ist doch in Ordnung.« Der ältere, hagere Mann lächelte. »Ihnen gehen zurzeit jede Menge Dinge durch den Kopf, nicht wahr?«

Lena starrte ihn an. Hatte Therese bereits gemerkt, dass sie sich verändert hatte, und dies ihrem Mann erzählt?

»Ich meine, bald ein Baby im Haus zu haben, bedeutet nicht nur für Sie, sondern auch für Ihren Mann eine enorme Umstellung. Da hat man einiges zu bedenken.« Alfred klappte seinen Zollstock aus und begann die Zimmerwände abzumessen.

Erleichtert atmete Lena auf. »Da haben Sie Recht. Wann können Sie mit dem Renovieren beginnen?«

»Wenn es Ihnen recht ist, fange ich morgen an«, gab er zurück.

»Schön, aber lassen Sie sich ruhig Zeit.«

Alfred wies auf Lenas Bauch. »Wann ist es denn so weit?«

»In knapp vier Monaten.«

Lena freute sich, dass es nicht mehr lange dauern würde, bis sie die Möbel liefern lassen konnte, und sah sich im Zimmer um. »Ich glaube, wenn alles fertig ist, wird es sehr hübsch aussehen.«

»Möchte jemand eine Tasse Kaffee?« Therese steckte den Kopf durch den Türspalt. »Ich habe gerade frischen gekocht.«

»Gern.« Alfred zählte die Tapetenrollen durch. »Für mich bitte einen ganz großen Becher.«

Therese schmunzelte. »Nimmersatt.« Und zu Lena gewandt: »Mein Mann kann von Kaffee nie genug bekommen.«

»Aber nur, wenn du ihn machst«, gab Alfred mit erhobenem Zeigefinger zurück. »Finden Sie nicht auch, dass meine Frau einen fabelhaften Kaffee kochen kann, Frau Gabriel?«

Lena nickte eifrig. »Und ob ich das finde! Auch mein Mann lässt dafür alles stehen und liegen.«

Vor Verlegenheit errötete Therese. Sie wusste, dass sie eine gute Köchin war – doch dieses hin und wieder auch zu hören, machte sie stolz und glücklich. Bevor sie zurück in die Küche ging, sagte sie zu Lena: »Ich mache später für Sie und Ihren Mann einen Hackbraten mit Buttergemüse, wenn Sie möchten.«

»Darauf freue ich mich jetzt schon«, erwiderte Lena ehrlich. »Ich glaube, mein Mann wäre mir längst davongelaufen, wenn ich ihn mit meinen eigenen Kochkünsten quälen würde.«

Therese lachte. »Na, dafür bin ich ja da. Aber ich glaube kaum, dass Ihr Mann Sie wegen meiner Küche geheiratet hat.«

Verstohlen betrachtete Lena Philipp, als er am Nachmittag nach Hause kam. Er war lieb und zärtlich wie immer und hatte anscheinend die nächtliche Ruhestörung durch seine Frau längst vergessen.

*

Alfred kam zügig mit den Renovierungsarbeiten im Kinderzimmer voran. Als er schließlich Tapeziertisch und Kleistereimer zusammenpackte, konnte Lena kaum glauben, dass aus dem vorher eher nüchternen Raum ein wahres Kinderparadies geworden war.

»Das haben Sie großartig gemacht«, sagte sie und blickte sich immer wieder mit Begeisterung um. »Ich weiß gar nicht, wie ich Ihnen danken soll.«

»Sie haben mich doch schon großzügig bezahlt. Jeder gelernte Handwerker hätte die Arbeit ebenso gut verrichtet. Jetzt können Sie Ihre Möbel liefern lassen.«

Lena war glücklich. Für den gepflegten Parkettfußboden hatte sie bereits einen runden bunten Webteppich besorgt, und die Gardinen waren dank Therese auch schon fertig genäht. Voller Stolz führte sie Philipp an diesem Nachmittag in das zukünftige Kinderzimmer, und mit Erleichterung stellte er fest, dass von ihren Depressionen nichts mehr zu spüren war. Im Gegenteil, sie sprühte förmlich vor Unternehmungslust. Ihre Augen leuchteten, als sie ihrem Mann genau erklärte, wo die Möbelstücke aufgestellt werden sollten.

»Ich schätze, du wirst dich in nächster Zeit öfter hier aufhalten«, sagte er. »Wenn ich nach Hause komme, weiß ich wenigstens, wo du steckst.«

»Hast du Lust, mit mir auf den Dachboden zu kommen?«, fragte Lena.

»Was willst du denn da?« Er runzelte erstaunt die Stirn. »Sag nicht, dass du dort ein zweites Babyzimmer einrichten willst.«

»Quatsch. Aber ich erinnere mich an den alten Schaukelstuhl meines Großvaters, der passt sicherlich gut hier hinein.«

Philipp nahm sie an der Hand. »Na, dann lass uns mal nachsehen, welche Schätze wir dort oben finden werden.«

6. KAPITEL

Der Dachboden war voll gestopft mit alten, verstaubten Möbeln, jeder Menge Krimskrams und etlichen kitschigen Ölbildern, bei dessen Anblick Philipp unwillkürlich erschauerte. Schnell hatten sie den gut erhaltenen Schaukelstuhl entdeckt, und nachdem Lena ihn von Staub und Spinnweben befreit hatte, trug Philipp ihn hinunter.

Bei Tageslicht sah das gute Stück nicht mehr ganz so schön aus wie in der schmeichelnden Schummrigkeit des Dachbodens. Hier und da war die dunkle Lackierung abgeplatzt und auch der Ledersitz wies einige unschöne Risse auf.

»Ich denke, der braucht eine vollständige Restaurierung«, sagte Philipp. »Ich kenne jemanden, der macht aus diesem alten Wrack für wenig Geld ein Prachtexemplar.«

Lena nickte. »Ja, so will ich den Stuhl auf keinen Fall ins Kinderzimmer stellen. Er würde den Raum nur verschandeln.«

»Gut, dann rufe ich meinen Bekannten an und frage, wann ich das gute Stück vorbeibringen kann.«

Skeptisch umrundete Lena das lädierte Möbel. »Am liebsten wäre mir, er würde weiß gestrichen und die Sitzfläche mit einem hellen, freundlichen Stoff bezogen werden.«

»Kein Problem.« Philipp zog sie an sich. »Zuvor möchte ich aber einen ganz besonders dicken Kuss von meiner Frau haben. Lässt sich das eventuell einrichten?«

Sie grinste verschmitzt und erwiderte fröhlich: »Ich denke, das lässt sich machen.«

*

Die folgenden Nächte schlief Lena ausgesprochen gut. Nicht ein einziges Mal erwachte sie. Doch gerade als sie dachte, dass ihre

Nerven sich wieder erholt hatten, schrak sie wieder mitten in der Nacht auf.

Das Rosenmuster an der Zimmerdecke schien sich diesmal um die eigene Achse zu drehen, und zwar mit einer Geschwindigkeit, die Lena schwindlig machte. Sie setzte sich auf und blickte angestrengt nach oben. Schon lange machte sie sich nicht mehr die Mühe, zum Fenster zu laufen und nachzusehen, was es mit den seltsamen Schattenrosen auf sich hatte. Stattdessen schluckte sie, kniff die Augen zu und betete, dass der Spuk vorüber wäre, wenn sie die Augen wieder öffnete.

Doch das Muster bewegte sich noch immer; sogar stärker als vorher. Lena nahm sich vor, dieses Phänomen einfach zu ignorieren, legte sich wieder hin und kuschelte sich dicht an den tief schlafenden Philipp.

Natürlich konnte sie unter diesen Umständen nicht einschlafen, obwohl sie sich vornahm, nicht mehr an die Zimmerdecke zu blicken. Es war unmöglich, abzuschalten in der Gewissheit, dass sich über ihr die merkwürdigsten Dinge abspielten.

Einen Augenblick kam Lena der Gedanke, Philipp zu wecken. Das Geschehen an der Decke musste auch er sehen. Doch die Angst, dass er nichts sah, war größer als die Vernunft, und so versuchte Lena erneut, sich in den Schlaf zu flüchten. Sie lenkte sich mit Gedanken an ihr Baby ab und konnte sogar lächeln. Doch plötzlich war sie wieder hellwach.

Sie hörte gedämpfte Geräusche, und dieses Mal schienen sie nicht von der Treppe, sondern aus dem Kinderzimmer zu kommen. Lena hielt den Atem an und lauschte: Es war, als würden sich zwei Menschen leise unterhalten.

Sie schlüpfte in ihre Pantoffeln und warf Philipp einen vorsichtigen Blick zu, bevor sie auf Zehenspitzen das Schlafzimmer verließ.

Lenas Herz klopfte zum Zerspringen, als sie vor der Kinderzimmertür stehen blieb und ein Ohr gegen das Holz presste. Noch immer waren das Knarren des Parkettbodens und das Wispern zu hören, und Lena musste sich zwingen, die zitternde Hand auf den Türgriff zu legen und diesen behutsam niederzudrücken.

Schließlich öffnete sie mit einem Ruck die Tür und blickte angestrengt in die Dunkelheit. Automatisch fuhren ihre Finger zum Lichtschalter. Doch dann fiel ihr ein, dass noch gar keine Lampe installiert war, und sie wartete, bis sich ihre Augen an die Dunkelheit gewöhnt hatten.

Das Zimmer zu betreten, wagte Lena nicht, obwohl mit dem Öffnen der Tür die Stimmen und das Knarren verschwunden waren. Sie stellte fest, dass sich niemand im Raum aufhielt. Noch waren die Möbel nicht gekommen, und so war es ein Leichtes, das Zimmer mit einem Blick zu überschauen.

Zögernd schloss sie wieder die Tür. Plötzlich begann sie zu frieren und stellte erschrocken fest, dass ihr ganzer Körper schweißbedeckt war.

Es war bereits weit nach Mitternacht; trotzdem duschte Lena ausgiebig und schlüpfte dann in einen frischen Pyjama. Als sie endlich wieder neben Philipp ins Bett kroch, bemerkte sie, dass die Schattenrosen an der Zimmerdecke verschwunden waren, und unvermittelt schoss Lena ein schrecklicher Gedanke durch den Kopf. Möglicherweise bildete sie sich überhaupt nichts ein. Vielleicht spukte es in dem alten Haus.

*

Bereits am nächsten Tag versuchte Lena alles über die Villa in Erfahrung zu bringen, was gar nicht so einfach war. Therese stammte zwar aus der Nähe, doch viel konnte sie nicht berichten.

»Ich weiß nur, dass das Haus Ende des vorletzten Jahrhunderts von einem vermögenden Kaufmann gebaut wurde«, sagte sie. »Das war natürlich lange, bevor ich geboren wurde.«

Lena saß nachdenklich am Küchentisch, während die Haushälterin Gemüse putzte.

»Gibt es einen besonderen Grund, weshalb Sie sich plötzlich für die Geschichte Ihres Hauses interessieren?« Therese blickte erwartungsvoll auf.

»Nein, aber ich fand letztens, als ich mit meinem Mann auf dem Dachboden nach dem Schaukelstuhl suchte, einige Möbel, die nicht von meiner Familie stammen. Es ist reine Neugier. Hatte dieser Kaufmann auch eine Familie?«

»Welcher Kaufmann?« Therese war mit ihren Gedanken längst beim Kochen. »Ach, Sie meinen den Erbauer der Villa. Ich glaube, er hatte eine Frau und drei Kinder, aber mit Bestimmtheit kann ich das natürlich nicht sagen.«

»Wo könnte ich denn Näheres erfahren? Ich möchte die ganze Geschichte dieses Hauses kennen, damit ich sie an meine Tochter weitergeben kann.«

»So geht es vielen Leuten, die ein altes Haus gekauft haben. Schauen Sie doch mal im Stadtarchiv nach.«

»Das ist eine gute Idee!«, rief Lena voller Begeisterung. »Gleich morgen Vormittag werde ich dort hinfahren.«

*

Lena war überwältigt, als die Kinderzimmermöbel an ihrem Platz standen. Sie konnte sich an dem Anblick gar nicht satt sehen.

»Jetzt fehlt nur noch das Baby«, sagte Therese gut gelaunt. »Die Augen Ihres Mannes möchte ich sehen, wenn Sie ihm das alles hier zeigen.«

Strahlend stand Lena mitten im Raum. »Er wird genauso begeistert sein wie wir. Am liebsten möchte ich die Schränke und Regale schon jetzt mit Babywäsche füllen. Es sieht alles so unbelebt aus, finden Sie nicht? Ich kann es kaum noch erwarten.«

»Das füllt sich mit der Zeit wie von selbst«, erklärte Therese. Obwohl sie selbst keine Kinder hatte, war sie in diesen Dingen erfahrener als Lena. »Sie werden sehen, im Laufe der nächsten Wochen wird das Zimmerchen immer gemütlicher werden.«

Selbstverständlich war auch Philipp begeistert. »Du hast wirklich wunderschöne Möbel ausgesucht.«

»Das Himmelbettchen ist übrigens ein Geschenk von Claudia.« Lena strich zärtlich über den seidigen Stoff.

»Ach ja? So einen guten Geschmack habe ich ihr gar nicht zugetraut«, erwiderte Philipp und grinste frech. »Jedenfalls wird sich unser

Baby hier pudelwohl fühlen.« Er trat näher an Lena heran. »Apropos, wie geht es denn unserem kleinen Sonnenschein heute?«

»Prima«, antwortete sie wahrheitsgemäß, »genauso gut wie seiner Mama.«

»Da bin ich aber beruhigt. Heute Morgen machtest du wieder so einen abwesenden, verstörten Eindruck, dass ich dachte, du fühlst dich nicht wohl.«

Nun, als Lena die Möglichkeit sah, dass es in der Villa spuken konnte, betrachtete sie die nächtlichen Ereignisse nicht mehr ganz so verbissen. »Ich fühle mich so wohl wie schon seit langem nicht mehr.«

Philipps Augen leuchteten vor Freude. »Keine Kopfschmerzen mehr, kein Zweifeln an deinem Verstand?«

Überschwänglich schüttelte Lena den Kopf. »Ich glaube, das ist alles vorbei.«

Hätte sie auch nur die geringste Ahnung gehabt, dass dieser Albtraum noch lange nicht vorbei war, wäre sie mit Sicherheit nicht so fröhlich gewesen.

*

Schon seit einer Stunde saß sie brütend vor dem riesigen alten Buch, das ihr die freundliche Dame im Stadtarchiv gegeben hatte. Mit gerunzelter Stirn durchforstete Lena jede Seite der Stadtchronik, und schließlich stieß sie auf den Namen des Kaufmannes Anton Buchlmaier, der im Jahre 1898 nach eigenen Entwürfen die Villa in der Gotenstraße 34 für sich und seine Familie errichten ließ. Nachdem die beiden Töchter und der Sohn erwachsen und somit ihre eigenen Wege gegangen waren, verkaufte Anton Buchlmaier das Haus an den schwedischen Diplomaten Gunnar Fredriksson, der bis zum Zweiten Weltkrieg dort lebte. Nach dem Krieg stand die prächtige Jugendstilvilla einige Zeit leer, bis sie von einem Münchner Bauunternehmer gekauft und liebevoll restauriert wurde. Ein paar Jahre bewohnte das Haus dann ein vermögender Junggeselle, bis es schließlich von Lenas Eltern erworben wurde.

Lenas Enttäuschung wuchs mit jeder Zeile, die sie las. Sie hatte gehofft, auf ein schreckliches Geheimnis zu stoßen – etwa eine plötzlich spurlos verschwundene Tochter, deren Geist noch immer in den hohen Räumen herumspukte.

*

Auf dem Heimweg nahm sich Lena vor, ein wenig auf dem Dachboden zu stöbern. Möglicherweise stieß sie dort auf alte Aufzeichnungen, die wichtig sein konnten.

Die Suche erwies sich als erfolglos. Es gab einige verwitterte Bücher, doch es handelte sich ausschließlich um Romane und Reiseberichte. Niedergeschlagen schloss Lena schließlich die Tür des Dachbodens ab. Nein, in diesem Haus spukte es nicht und hatte es auch nie gespukt!

»Möchten Sie jetzt einen kleinen Imbiss?«, rief Therese aus der Küche.

»Nur etwas Salat«, gab Lena ohne Begeisterung zurück. »Ich habe keinen großen Hunger.« Erst jetzt merkte sie, dass sie fror. Auf dem Dachboden war es bitterkalt gewesen und die dünne Strickjacke hatte die Kälte kaum abhalten können. »Eine Tasse heiße Schokolade wäre auch nicht schlecht.«

»Kommt sofort.« Therese war in ihrem Element, wenn sie Lena einen Wunsch erfüllen konnte. »Ach, übrigens rief Ihr Mann vorhin an, als Sie unterwegs waren.«

Sofort hob Lena den Kopf. »Gab es einen bestimmten Grund dafür?«

»Ich denke schon. Er lässt Ihnen ausrichten, dass der Schaukelstuhl fertig ist und er ihn heute Nachmittag mitbringt.«

Lenas Augen leuchteten auf. »Wie schön, dann ist das Kinderzimmer ja komplett.«

Der Stuhl sah wie neu aus und Lena konnte sich überhaupt nicht daran satt sehen. Natürlich musste sie ihn gleich ausprobieren.

»Hier könnte ich immerzu sitzen«, sagte sie. »Am liebsten würde ich den Stuhl ins Wohnzimmer stellen.«

»Na, dann tu's doch« schlug Philipp vor. »Wir können für das Babyzimmer einen anderen Schaukelstuhl besorgen.«

Lena hob abwehrend die Hände. »Nein, das kommt gar nicht infrage. Ich wollte ihn doch unbedingt für das Kinderzimmer haben.«

Er war schneeweiß lackiert, und der Bezug passte genau zu der Tapete und den Gardinen.

»Richte deinem Bekannten meinen Dank aus«, sagte Lena schließlich. »Er hat wirklich großartige Arbeit geleistet. So schön habe ich mir den Stuhl gar nicht vorstellen können.«

*

Claudia war von dem neu gestalteten Kinderzimmer ebenso hingerissen und behauptete ernsthaft, noch nie so einen wunderbaren Raum gesehen zu haben. Ausnahmsweise hatten sich die beiden Freundinnen in der Villa getroffen, da Claudia sich großzügig selbst einen Nachmittag freigegeben hatte.

»Weißt du eigentlich, dass ich seit Monaten nicht mehr hier gewesen bin?«, fragte Claudia, als sie bei der obligatorischen Tasse Kaffee im Wohnzimmer saßen. »Ich habe tatsächlich ganz vergessen, wie schön ihr es habt. Wie geht es dir eigentlich gesundheitlich? Du hast schon lange nicht mehr über deine Migräne geklagt.«

»Weil sie bis auf ein gelegentliches Aufflackern verschwunden ist.«

»Im Ernst? Dann hatte Dr. Strecker ja doch Recht mit seiner Vermutung, dass du durch die Schwangerschaft geheilt bist.«

Lena holte tief Luft. »Ach, lass uns doch über etwas Erfreulicheres reden. Hättest du Zeit und Lust, mich in die Stadt zu begleiten und etwas Babywäsche auszusuchen?«

Claudias Augen wurden groß. »Ich dachte, du kaufst aus Aberglauben nichts für dein Baby, bevor es nicht auf der Welt ist.«

Lena winkte ab. »Das war albern, denn das Kinderzimmer ist ja auch bereits fertig. Die Schränke sehen aber noch so verwaist aus, das kann ich gar nicht mit ansehen.«

»Wenn ich das früher gewusst hätte, hätte ich dir den Strampler mitgebracht – du erinnerst dich doch noch an ihn?«

»Natürlich, er ist ganz bezaubernd, und ich würde ihn sehr gern als Erstes in einen der Schränke legen.«

»Komm doch bei Gelegenheit in die Apotheke, dann kannst du ihn mitnehmen«, schlug Claudia gut gelaunt vor. »Nächsten Donnerstag könnte ich dich übrigens bei deinen Einkäufen begleiten.«

»Ich freue mich darauf«, gab Lena zurück. Mit Claudia machte selbst der Kauf von Einmachgummis Spaß.

*

Wohlig seufzend drehte sich Lena auf die andere Seite. Die letzten Tage waren ausgefüllt gewesen mit Aussuchen und Einkaufen, und sie fühlte sich so gut wie seit langem nicht mehr.

Im Schlaf schlang Philipp seinen Arm um ihre Schultern, und sie kroch ganz dicht an ihn heran und atmete seinen vertrauten Geruch in tiefen Zügen ein. Philipp murmelte etwas und Lena küsste sanft seine leicht behaarte Brust. Mit einem Lächeln auf den Lippen schloss sie die Augen und dachte an das Kind in ihrem Bauch, dessen Bewegungen von Tag zu Tag kräftiger zu werden schienen.

Zunächst achtete Lena nicht auf das leise Knarren, doch dann war sie plötzlich wieder hellwach. Das Geräusch schien aus dem angrenzenden Kinderzimmer zu kommen.

»Nicht schon wieder«, murmelte sie seufzend, stand aber schließlich doch auf, um nachzusehen. Vor der Kinderzimmertür horchte sie angestrengt. Das gleichmäßige Knarren kam eindeutig aus diesem Raum. Wie schon beim letzten Mal zögerte Lena, die Tür zu öffnen. Als sie es dann doch tat, blieb sie wie erstarrt im Rahmen stehen.

Der Schaukelstuhl wippte vor und zurück, als säße jemand darin. Lena presste die Hand vor den Mund, um nicht entsetzt aufzuschreien. Monoton wippte der leere Stuhl weiter – vor und zurück, vor und zurück.

Sie schloss die Augen und öffnete sie wieder. Insgeheim hoffte sie, dass ihre Augen ihr in dem fahlen Mondlicht, das durch das große Fenster drang, einen Streich gespielt hatten.

Doch das lebendig gewordene Möbelstück setzte das wippende Vor und Zurück fort. Völlig entnervt schloss Lena die Tür und lehnte sich zitternd und mit Schweißperlen auf der Stirn gegen die Wand.

»Ich drehe wirklich durch«, sagte sie leise zu sich selbst. Fassungslos warf sie einen letzten Blick auf die geschlossene Tür zum Kinderzimmer, um dann fluchtartig ins Bett und in Philipps Arme zu sinken, der von allem nichts mitbekommen hatte.

*

Einige Nächte blieb es ruhig im Haus und Lena fühlte sich besser. Philipp betrachtete sie zufrieden, während sie mit großem Appetit ihr Frühstück verschlang.

»Ich werde heute dein Ticket nach London aus dem Reisebüro abholen und danach Claudia einen Besuch in ihrer Apotheke abstatten.«

»Schatz, ich kann das Ticket auch selbst abholen«, sagte er. »Du musst keine Botengänge für mich machen.«

Sie lachte. »Sei nicht albern, ich habe doch sonst nichts zu tun. Dies ist wenigstens eine kleine Aufgabe, die ich erfüllen kann.«

»Nach der Preisverleihung werde ich mir mehr Zeit für dich nehmen, das verspreche ich«, gab er zerknirscht zurück. »Im Augenblick habe ich so viele Aufträge, dass ich im Atelier übernachten könnte.«

»Damit wäre ich aber nicht einverstanden.« Lena setzte eine gespielt strenge Miene auf. »Ein wenig will ich als Ehefrau schließlich auch von dir haben.«

Er beugte sich zu ihr hinüber und gab ihr einen Kuss auf die Nasenspitze.

*

Claudia freute sich über den unangekündigten Besuch der Freundin.

»Wie gehen die Geschäfte?«, fragte Lena, nachdem sie sich an den kleinen Tisch im Hinterzimmer gesetzt hatte. »Du hast dich schon längere Zeit nicht mehr beschwert.«

Claudia grinste. »Das hat nichts zu sagen. Mittlerweile habe ich mich daran gewöhnt, dass meine monatlichen Ausgaben die Einnahmen fast übersteigen. Lange wird es nicht mehr dauern, bis ich eine meiner Angestellten entlassen muss.«

»Wirst du die Apotheke schließen?«

Claudia schnitt eine Grimasse und erwiderte: »Mit dem Gedanken spiele ich tagtäglich, aber ich werde das Geschäft so lange weiterführen, bis es wirklich nicht mehr geht. Das bin ich meinen treuen Mitarbeitern schuldig.«

»Wenn du Geld brauchst …«

»Oh nein!« Claudia hob abwehrend die Hände. »Auf keinen Fall würde ich mir etwas von dir leihen. Ich habe mir geschworen, es aus eigenen Stücken zu schaffen oder aufzugeben.«

Lena seufzte, sie kannte mittlerweile Claudias Stolz. »Aber wir sind doch Freundinnen, und Freundinnen helfen sich aus der Patsche.«

Claudia stand auf, um den pfeifenden Wasserkessel vom Herd zu nehmen. »Sicher, aber du weißt, dass diese Apotheke nie mein Lebenstraum war. Wenn ich den Laden dichtmachen muss, kann mir niemand Vorwürfe machen, denn ich habe mein Bestes gegeben.«

Lena musste lächeln. Typisch Claudia: Sie hatte bei allem Negativen noch ein kleines Zipfelchen Optimismus. »Na gut, wenn du meinst. Aber du weißt hoffentlich, dass du auf mich zählen kannst, wenn du Hilfe brauchst.«

*

Zufrieden traf Lena am frühen Nachmittag zu Hause ein. Kaum hatte sie die Halle betreten, klingelte das Telefon. Es war Philipp, der sich erkundigte, ob sie das Ticket wirklich abgeholt hatte.

»Aber ja«, gab sie gut gelaunt zurück. »Dachtest du, ich würde etwas so Wichtiges vergessen?«

»Schön, dann bis später. Und bevor ich es vergesse: Ich liebe dich.«

Wie auf Wolken ging Lena in ihr Zimmer. Sie öffnete ihre Handtasche, um das Flugticket herauszunehmen, fand es aber nicht. Fieberhaft durchwühlte sie den Inhalt der Tasche, obwohl sie absolut sicher war, es ganz obenauf gelegt zu haben.

Sie schüttete den gesamten Inhalt auf den Fußboden. Parfümflasche und Puderdöschen schepperten laut auf die Marmorfliesen, und sie hockte sich davor und drehte verzweifelt jeden Gegenstand um, obwohl sie inzwischen wusste, dass das Ticket nicht da war.

Sie musste es verloren haben! Aber wann und wo? Als sie bei Claudia eintraf, hatte es noch zwischen Führerschein und Kreditkartenmäppchen gesteckt.

Hilflos blickte sich Lena in ihrem Zimmer um, als hoffte sie, dass der dunkelblaue Umschlag mit dem Flugticket ihr aus einer der Ecken entgegenlachte. Vor Wut und Verzweiflung traten ihr Tränen in die Augen, die sie jedoch mit einer unwilligen Handbewegung wegwischte.

Sie ging in die Garage und durchsuchte ihr Auto. Aber sie konnte nichts finden. In Panik stellte sie fest, dass Philipp bald nach Hause kommen würde. Was sollte sie ihm nur sagen, wenn er nach dem Ticket fragte?

»Aber natürlich«, murmelte sie in einer plötzlichen Eingebung. »Warum bin ich nur nicht schon früher darauf gekommen?« Mit fliegenden Schritten eilte sie zum Telefon und wählte die Nummer von Claudias Apotheke. »Claudia? Gott sei Dank erwische ich dich!« Ihrer Stimme war die Erleichterung anzuhören. »Tust du mir einen Gefallen?«

»Mein Gott, wo brennt's denn?« Claudia klang belustigt. »Du weißt doch, dass ich dir fast jeden Gefallen tue.«

Lena ging nicht auf den lockeren Tonfall ein. »Bitte sieh mal hinten nach, ob ich dort etwas liegen gelassen habe.« Einen Augenblick zögerte sie, dann sagte sie leise: »Philipps Flugticket ist weg. Meine einzige Hoffnung ist, dass es mir aus der Handtasche gerutscht ist, als ich bei dir war.« Ihre Stimme klang kläglich und beschämt.

»Nun lass mal nicht den Kopf hängen. Ich sehe sofort nach.«

Lena wartete, bis ihre Freundin wieder an den Apparat kam. »Das Ticket ist nicht bei mir. Ich habe überall gesucht.«

»Was soll ich denn jetzt nur tun?«, fragte Lena mit bebender Stimme.

»Sag Philipp doch einfach die Wahrheit und ruf im Reisebüro an, damit ihm ein neues Ticket ausgestellt wird.«

»Versprichst du mir, dass du ihm nichts verrätst?«

»Lena, was soll das denn? Glaubst du, dein Mann reißt dir den Kopf ab, weil etwas abhanden gekommen ist?«

*

Erst als die Haustür zuschlug und Philipp ihren Namen rief, erwachte Lena aus ihrer Erstarrung.

»Hallo, mein Engel!« Gut gelaunt kam er auf sie zu.

Sie legte ihre Arme um seinen Hals. »Bekomme ich keinen Begrüßungskuss?«

»Sofort.« Er rückte sie etwas von sich ab. »Aber zuerst will ich wissen, weshalb du so blass bist.«

»Ach.« Sie winkte lässig ab. »Ich habe vergessen, mein Eisenpräparat zu nehmen.«

Zu ihrer Erleichterung verkündete er, vor dem Essen unter die Dusche gehen zu wollen. »Ich freue mich schon seit heute Morgen auf Thereses Königsberger Klopse.«

Lena ging langsam in die Küche, während sie Philipp vergnügt unter der Dusche pfeifen hörte. Die Stunde der Wahrheit rückte immer näher – und noch immer wusste sie nicht, wie sie ihrem Mann schonend den Verlust des Tickets beibringen sollte.

Sie stand vor dem Mikrowellengerät und bemerkte nicht, dass Philipp hinter sie getreten war.

»Vielen Dank, mein Liebes.«

»Wofür?«, fragte sie verdutzt, als sie sich von dem Schock erholt hatte, ihren Mann so unvermittelt und frisch duftend neben sich zu sehen. »Du solltest dich lieber bei Therese für ihre Kochkunst bedanken anstatt bei mir fürs Aufwärmen.«

Philipp lachte schallend und sagte kopfschüttelnd: »Ich meine, weil du mir meine Reiseunterlagen abgeholt hast!«

Lena wurde gleichzeitig heiß und kalt.

»Ich habe das Ticket gleich in meine Nachttischschublade gelegt, damit es nicht verloren geht.« Er küsste ihren Nacken und begann dann ohne Aufforderung, Teller und Besteck aus den Schränken zu holen, um im Esszimmer den Tisch zu decken.

Er bemerkte nicht, dass seine Frau ihn ungläubig und mit halb geöffnetem Mund anstarrte. Was hatte Philipp da gerade gesagt? »Entschuldige mich einen Augenblick.« Lena streifte den Kochhandschuh ab und warf ihn achtlos auf die Anrichte. »Ich muss kurz nach oben.«

»Aber was gibt es denn jetzt Dringenderes als Königsberger Klopse?«, rief er ihr lachend nach, doch Lena hörte es nicht mehr, sondern lief hastig hinauf ins Schlafzimmer, um dann atemlos vor Philipps Nachtschränkchen stehen zu bleiben.

Sie streckte die Hand nach der Schublade aus – und zögerte. Dort drinnen lag Philipps Meinung nach das verloren geglaubte Flugticket. Aber das konnte einfach nicht stimmen! Hatte er irgendeinen anderen Umschlag gefunden und mit den Reiseunterlagen verwechselt? Oder ...

Der dunkelblaue Umschlag schien Lena höhnisch anzugrinsen, als sie schließlich die Schublade öffnete. Sie presste die Hand vor den Mund, um nicht laut aufzuschreien. Wie zum Teufel kamen die Unterlagen nur hierher? Kraftlos sank sie auf die Bettkante.

»Lena, ist alles in Ordnung?«, rief Philipp besorgt vom Erdgeschoss herauf. »Das Essen ist fertig!«

»Ich komme in einer Minute!«, rief sie zurück. »Ich möchte mich nur noch etwas frisch machen.« Schwerfällig wie eine alte Frau erhob sie sich und blickte sich im Schlafzimmer um, als sähe sie es zum ersten Mal in ihrem Leben.

*

Obwohl Philipp sich die größte Mühe gab, konnte er seine Nervosität und Aufregung kaum verbergen. Nun, da die Preisverleihung unmittelbar bevorstand, war von seiner eher lockeren Einstellung nicht mehr viel übrig geblieben. Immer wieder fragte er Lena, ob sie daran glaubte, dass ausgerechnet er den begehrten Künstlerpreis bekommen würde.

»Ich bin fest davon überzeugt«, gab sie zurück. Den Schock über die Geschichte mit dem Flugticket hatte sie noch längst nicht überwunden – im Gegenteil, die Gedanken daran nahmen sie so mit, dass sie an kaum etwas anderes denken konnte.

Doch vor Philipp tat sie, als wäre alles in bester Ordnung. Claudia hatte bereits angerufen, um zu erfahren, ob Lena einen neuen Flugschein angefordert hatte. Und Lena war ihr sehr dankbar, dass sie nicht weiterbohrte, als sie erfuhr, dass sich das Ticket wieder eingefunden hatte.

*

Am Morgen seiner Abreise fragte Philipp: »Bist du dir ganz sicher, dass nicht Therese oder Claudia die nächsten zwei Nächte bei dir übernachten sollen? Mir wäre es wesentlich lieber, dich nicht allein im Haus zu wissen.«

»Du solltest dich lieber auf deinen großen Abend konzentrieren. Ich habe keine Angst, allein zu bleiben.«

»Vergisst du auch nicht, die Sendung heute Abend anzusehen?«

»Ganz bestimmt nicht, sie beginnt um 21 Uhr und ich werde keine Sekunde davon verpassen.«

Philipp zupfte an seiner Krawatte. Er fühlte sich nicht sonderlich wohl in dem ungewohnten Anzug und gestärkten Oberhemd, doch er hatte sich von Lena überreden lassen, einmal auf seine geliebten Jeans zu verzichten. »Ich bin ehrlich froh, wenn ich wieder hier bin«, stöhnte er.

»Ich hole eben meine Handtasche, dann kann es meinetwegen losgehen.«

Therese stand an der Haustür. »Verzeihen Sie, Herr Gabriel – aber ich bin so glücklich, dass man ausgerechnet Sie nach England eingeladen hat.«

Spontan nahm Philipp die dralle Haushälterin in den Arm. »Ihre Freude ehrt mich, Therese. Ich bin aber nur einer von zehn Künstlern, die für diesen Preis vorgeschlagen wurde. Sie müssen heute Abend also kräftig die Daumen drücken, damit ich wirklich als stolzer Sieger heimkomme.«

»Mache ich, Herr Gabriel«, sagte Therese eifrig nickend. »Das mache ich ganz bestimmt.«

»Schön, und passen Sie gut auf meine Frau auf.« Philipp folgte Lena hinaus.

»Aber selbstverständlich. Leider hat sie es abgelehnt, dass ich hier übernachte. Es würde mir nichts ausmachen, wissen Sie.«

»Aber ich bin kein kleines Mädchen mehr, auf das man aufpassen muss!«, rief Lena von draußen. »Wenn ich mich einsam fühle, werde ich Sie anrufen, Therese!«

»Ach, das tun Sie ja doch nicht.« Die Haushälterin winkte schmunzelnd ab. »Kommen Sie gleich wieder nach Hause, wenn Sie Ihren Mann zum Flughafen gebracht haben?«

»Nein, ich werde noch einen Abstecher in die Stadt machen und später dort einen Imbiss nehmen. Bitte kochen Sie für heute Abend nur eine Kleinigkeit für mich.«

»Natürlich. Ich weiß ja, dass Sie wie ein Mäuschen essen, wenn Sie allein sind.«

Philipp hatte Lena den Wagenschlüssel abgenommen und das Auto inzwischen aus der Garage gefahren. Als sie dann auf dem Beifahrersitz Platz genommen hatte und Therese von der Haustür aus zuwinkte, sagte er seufzend: »Es kommt mir fast so vor, als würde ich für ein halbes Jahr verreisen und nicht für zwei Tage.«

»Zwei Tage können für Menschen, die sich lieb haben, wie ein halbes Jahr sein«, erwiderte sie mit einem zärtlichen Seitenblick.

Lena fühlte einen leichten Stich ins Herz, als sie Philipp an der Absperrung nachwinkte. In diesem Augenblick bereute sie es, ihn nicht doch nach London begleitet zu haben.

*

Therese war bereits gegangen, als Lena nach Hause kam. Es war gespenstisch still im Haus und fröstelnd zog sie ihre Strickjacke enger um die Schultern. Sie nahm den Stapel Post mit ins Wohnzimmer und blätterte ihn ohne Interesse durch. Etwas Besonderes war nicht darunter, sodass Lena sich entschloss, ein Buch zu lesen und auf Philipps Anruf zu warten.

Doch richtig konzentrieren konnte sie sich nicht auf ihren Krimi und immer wieder warf sie einen sehnsüchtigen Blick zum stummen Telefon. Eigentlich musste Philipp schon im Hotel sein.

Als es dann tatsächlich läutete, zuckte sie zusammen, war jedoch mit zwei Schritten am Apparat. Ja, Philipp war gut angekommen, das Hotelzimmer war nett und die Leute alle höflich und zuvorkommend.

Lena versprach noch einmal, die Fernsehsendung am Abend anzusehen, dann musste Philipp das Gespräch beenden. Beruhigt zog sie schließlich die Schuhe aus und legte sich in voller Kleidung auf das Sofa. Sie war plötzlich schrecklich müde.

Es war längst dunkel, als sie wieder erwachte. Zunächst wusste sie gar nicht, wo sie war – nur dass sie tief und fest wie seit langem nicht mehr geschlafen hatte. Der linke Fuß war eingeschlafen, und sie massierte ihn, bis sie wieder einigermaßen auftreten konnte.

Unvermittelt verspürte sie Hunger und humpelte in die Küche, um nachzusehen, was die gute Therese gekocht hatte. Natürlich fand sie nicht wie gewünscht nur eine Kleinigkeit im Kühlschrank vor, sondern ein komplettes Menü mit Suppe und Nachtisch.

»Gütiger Himmel, das schaffe ich doch niemals im Leben!«, murmelte Lena und kam sich plötzlich ziemlich albern vor, mit sich selbst zu reden.

Während die Speisen im Mikrowellengerät warm wurden, schaltete sie im gesamten Erdgeschoss die Lampen an. Jetzt, am Abend, bereute sie es, dass sie Thereses oder Claudias Angebot, bei ihr zu bleiben, nicht angenommen hatte.

»Angsthase«, sagte sie halblaut und schüttelte den Kopf. Gleich würde sie Philipp sehen. Noch lief eine Sendung über ägyptische Ausgrabungen, doch es wurde bereits eingeblendet, dass die Verleihung des Londoner Kunstpreises in einigen Minuten übertragen werden würde. Lena lief noch einmal in die Küche, um sich ein paar gesalzene Erdnüsse zu holen.

Als sie zurück ins Wohnzimmer kam, schwenkte eine Kamera über das nächtlich erleuchtete London. Lenas Herz schlug mittlerweile bis zum Hals, und als schließlich die Nominierungen vorgelesen wurden, hielt sie den Atem an. Philipp war der einzige Deutsche, dessen Werk nominiert wurde, und Lena jauchzte vor Freude auf, als sein sanftes Gesicht kurz eingeblendet wurde.

Die nächste Stunde zog sich mit Vorträgen und Vorstellungen der nominierten Gemälde hin. Lena hielt die Spannung kaum noch aus, und als dann die Preisverleihung begann, hätte sie sich am liebsten die Ohren zugehalten.

Zunächst wurde der Gewinner des dritten Preises verlesen, ein junger Franzose mit einer wilden Farbkomposition. Der zweite Preis ging an einen Engländer, was vom Publikum mit anhaltendem Applaus belohnt wurde. Und dann hörte Lena wie durch Watte Philipps Namen und hätte sich beinahe an einer Hand voll Erdnüsse verschluckt.

Auch Philipp schien noch gar nicht richtig zu begreifen, weshalb ihm die Leute wohlwollend auf die Schulter klopften und ihn zum Rednerpult zerrten. Erst als er gebeten wurde, eine kleine Ansprache zu halten, wurde er wieder hellwach und betrat mit hölzernen Schritten die kleine Plattform.

Lena hatte das Gefühl, dass er sie direkt ansah, als er seine kleine Rede, die er schon seit Wochen auswendig konnte, mit ruhiger Stimme vortrug. Er bedankte sich bei der Jury, erzählte kurz von seinem Werdegang als bildender Künstler und erwähnte zum Schluss seine Ehefrau, die ihn leider aus gesundheitlichen Gründen nicht hatte begleiten können. *Die fliegenden Kraniche* wurden noch einmal in Großformat eingeblendet und dann war die Sendung zu Ende.

Noch minutenlang ließ Lena das Programm weiterlaufen. Sie hatte ja insgeheim geahnt, dass ausgerechnet Philipp den begehrten Preis gewinnen würde. Dass er ihn nun tatsächlich bekommen hatte, musste sie erst einmal in Ruhe verdauen.

Das Telefon schrillte so unvermittelt, dass sie vor Schreck das Glasschüsselchen mit den Erdnüssen fallen ließ. Sie eilte zum Apparat.

»Liebling, bist du noch wach?«

»Philipp!«, rief sie und umklammerte den Hörer. »Ich gratuliere dir!«

»Dann hast du die Sendung gesehen?« Seine Stimme klang stolz und noch immer etwas ungläubig.

»Was denkst du denn? Ich habe keine Sekunde verpasst.« Im Hintergrund war Stimmengewirr zu hören.

»Hier stehen jede Menge Reporter herum, die mir unbedingt ein paar Fragen stellen wollen. Tut mir Leid, dass wir nicht ungestört telefonieren können.«

»Ich bin wahnsinnig stolz auf dich, mein Schatz.«

Er lachte leise. »Das ist mir mehr wert als jeder Preis auf dieser Erde. Grüß unser Baby von mir. Gute Nacht, und vergiss mich nicht.«

Nach dem Telefonat fühlte sich Lena nicht mehr so einsam. Schnell fegte sie die Erdnüsse fort und löschte das Licht im Wohnzimmer.

*

Zuerst war es nur ein Windhauch, der Lena Stunden später aus dem Schlaf fahren ließ. Benommen setzte sie sich auf und blickte sich in der Dunkelheit um. Kopfschüttelnd bettete sie schließlich ihren Kopf wieder auf das Satinkissen. Sie musste geträumt haben.

Doch kaum hatte sie die Augen wieder geschlossen, schrak sie erneut auf. Aus irgendeinem Grund zog es im Schlafzimmer, als ob bei starkem Wind sämtliche Türen und Fenster im Haus offen stünden. »Das kann doch gar nicht sein«, murmelte Lena, verließ zögernd das Bett und kontrollierte das Fenster.

Es war verschlossen. Und trotzdem wurde es kälter und kälter im Zimmer, obwohl die Heizung angestellt war. Der weiße Seidenpyjama schützte Lena nicht vor der Kälte und unwillkürlich begann sie zu zittern. Hilfesuchend blickte sie zu dem breiten Bett – Philipps Seite war natürlich leer.

Dann glitt ihr Blick zaghaft zur Zimmerdecke. Das wohl bekannte Schattenmuster war wieder zu sehen. Die filigranen Rosen schienen sich im Wind zu wiegen.

Ohne die lebendig gewordenen Schatten aus den Augen zu lassen, tastete sich Lena zum Lichtschalter und sank dann seufzend auf die Bettkante.

»Aufhören«, bat sie leise, erhob sich wieder und trat ans Fenster. Sie war nicht sonderlich überrascht, die Bäume im Vorgarten bewegungslos vorzufinden. Verzweifelt klammerte sie sich an die Fensterbank und bekam plötzlich schreckliche Angst. Wie hatte sie nur so naiv sein können anzunehmen, dass die merkwürdigen Ereignisse der letzten Monate mit einem Schlag vorbei sein könnten?

Die Schlafzimmertür war angelehnt, und einige Sekunden zögerte Lena, den dunklen Flur zu betreten. Ihre Füße waren mittlerweile eiskalt, doch sie spürte es nicht. Mit kleinen, unsicheren Schritten schlich sie zur Tür, hielt den Atem an und öffnete sie dann mit einem Ruck.

Sie wagte kaum, sich zum Lichtschalter vorzutasten. Ihr Mund war trocken, sodass das Schlucken mühsam war. Ihr Herz schlug laut und das Blut rauschte in ihren Ohren. Erleichtert stieß Lena den angehaltenen Atem aus, als sie den Schalter fühlte und es gleich danach taghell in der oberen Etage wurde.

Der Pfeifen des Windes war mit dem Einschalten des Lichtes verstummt, und es war wieder vollkommen still im Haus. Lena hörte nur noch ihren eigenen Herzschlag und ihr stoßweises Atmen.

In dem Augenblick, als sie sich wieder mit zitternden Knien dem Schlafzimmer zuwandte, hörte sie es: ein leises Geräusch. Es kam eindeutig wieder aus dem Kinderzimmer.

Unfähig, sich von der Stelle zu bewegen, starrte sie mit weit aufgerissen Augen auf die geschlossene Tür. Einen winzigen Moment lang spielte sie mit dem Gedanken, hinunter in die Halle zu schleichen und die Polizei anzurufen.

Doch schnell verwarf sie diese Idee. Sie befürchtete, dass die Polizei keinen Anhaltspunkt für eine fremde Person im Haus finden würde und Philipp schließlich davon erfahren könnte.

Das Geräusch verstärkte sich und Lena presste sich die Fäuste gegen die Ohren. Sie schwankte, trat einen Schritt zurück und fühlte die kühle Wand an ihrem Rücken. Erschrocken prallte sie zurück.

Wie in Trance setzte sich Lena schließlich in Bewegung. Sie musste wissen, was hinter der Tür des Kinderzimmers vor sich ging – vorher würde sie in dieser Nacht kein Auge mehr zumachen können.

Minutenlang lag ihre Hand auf dem kalten Türgriff. Mittlerweile war aus dem monoton wippenden Ton ein schnelles, fast wütendes Geräusch geworden.

»Ich will nicht«, flüsterte Lena mit zitternder Stimme, und doch drückte sie Millimeter um Millimeter den Griff hinunter, bis sich die Tür einen Spalt öffnete. Noch wagte sie nicht, einen Blick in das Zimmer zu werfen.

Unvermittelt setzte der eigenartige Wind wieder ein und drückte die Tür vollkommen auf. Wie angewurzelt stand Lena da und sah fassungslos auf das Chaos in dem liebevoll eingerichteten Raum.

Sämtliche Babywäsche war aus den Schränken gerissen und lag in einem heillosen Durcheinander über den ganzen Fußboden zerstreut. Die Plüschtiere, die normalerweise auf dem Regal standen, waren in einer Zimmerecke wie auf einem Scheiterhaufen aufgetürmt. Das Fenster war weit geöffnet und die luftige Gardine wehte wie ein mysteriöser Schleier ins Zimmer hinein. Doch das Schlimmste war der Schaukelstuhl: Er wippte so stark, als würde er sich jeden Augenblick überschlagen. Dabei ächzte er laut. Es hörte sich an wie das Jammern einer alten Frau.

Lena wusste nicht, wie lange sie dort gestanden hatte. Als sie aus ihrer Erstarrung erwachte, schrie sie auf und machte auf dem Absatz kehrt. Sie wollte weg von diesem grauenvollen Ort, weit weg.

Als das Licht im Flur plötzlich erlosch, war Lena einer Ohnmacht nahe. In dem Moment, als sie den bohrenden Schmerz hinter ihrer Schläfe bemerkte, hörte sie ein leises Geräusch. Sie tastete sich zur Treppe, dorthin, woher das Geräusch kam. Plötzlich war es hinter ihr. Obwohl sie nichts sehen konnte, drehte sie sich um. Und dann spürte sie eiskalte Hände auf ihren Schultern. Unfähig, einen Ton von sich zu geben, versuchte Lena, sich am Geländer festzuhalten. Doch sie verlor den Halt und stürzte mit einem lauten Aufschrei die Treppe hinunter. Ein heftiger Schmerz durchzuckte ihren Körper. Es wurde dunkel.

IM DUNKEL

7. KAPITEL

In dem Augenblick, in dem Hauptkommissarin Ute Schäfer sich endgültig entschloss, den halbvertrockneten Efeu aus dem Fenster zu nehmen und in den Papierkorb zu werfen, wurde die Tür aufgerissen.

»Es gibt etwas zu tun!« Kriminalassistent Heiner Weiß legte einen dünnen Aktenordner auf den Schreibtisch seiner Chefin. »Viele Informationen gibt es nicht, aber wir sollten uns trotzdem mal darum kümmern.«

»Worum geht's?«

Weiß setzte sich auf die Schreibtischkante und tippte auf den Ordner. »Eine Frau behauptet, dass sie heute Nacht in ihrem Haus die Treppe hinuntergestoßen wurde.«

»Von wem?« Ute ließ sich wieder hinter ihrem Schreibtisch nieder und lehnte sich in dem altersschwachen Bürostuhl zurück.

*

Seit Jahren war Ute Schäfer damit beschäftigt, kleinere, nicht besonders aufregende Delikte aufzuklären. Ihre männlichen Kollegen bearbeiteten alle komplizierten Fälle selbst. Bei jeder Besprechung hieß es: »Liebe Kollegin, von der grausamen Wirklichkeit wollen wir Sie verschonen. Sie sind für die Feinarbeit zuständig.« Sie war zwar nicht scharf auf Mord und Totschlag oder Vergewaltigung, aber ständig Diebstahlsdelikte zu bearbeiten war auf Dauer nicht gerade befriedigend. Dabei hatte sie sich ihren Beruf hart erkämpfen müssen.

Wie schwer hatte ihr Vater es ihr gemacht, ihre eigenen Wünsche durchzusetzen! Jahrelang hatte es heiße Auseinandersetzungen mit ihm gegeben. Er war Richter, klein, untersetzt und rechthaberisch. Sie sah ihn wenig; nur das gemeinsame Abendessen war ihm heilig. In der Regel verlief es so, dass er dozierte und sie und ihre Mutter andächtig zuhörten. Dann wurde der nächste Tag oder das Wochenende besprochen; das hieß, er gab vor, was an diesen Tagen stattfinden sollte.

Jeder Versuch zu widersprechen war sinnlos. Ihre Mutter nahm mittlerweile alles ohne Widerstand hin, und die wenigen Versuche ihrerseits, auch einmal ihre eigenen Vorstellungen durchzusetzen, wurden mit einem milden Lächeln und dem tollen Satz abgeschmettert: »Ach Dummerle, wenn du mal erwachsen bist, machst du alles so, wie du es willst.«

Wenn sie schon »Dummerle« hörte, zog sich ihr vor Wut der Magen zusammen. Schließlich war sie damals bereits vierzehn Jahre alt. Bei einem dieser Abendessen hatte ihr Vater dann den perfekten Plan entworfen. Er hatte sich ohnehin schon seit längerem Gedanken über ihre Zukunft gemacht. »Eigentlich habe ich mir seit deiner Geburt gewünscht, dass auch du einmal Jura studierst, und jetzt habe ich beschlossen, dass du in meine Fußstapfen trittst.«

Empört war sie aufgesprungen. Sie konnte einfach nicht mehr an sich halten. Sie hatte das Gefühl, alles Blut sei ihr aus dem Kopf gewichen. »Mir reicht es! Bis zu meinem Abitur habe ich noch fünf Jahre, und du quatschst mich schon jetzt mit deinen Vorstellungen zu. Was weißt du, wozu ich geeignet bin? Du hast doch nur deine Paragraphen im Kopf, jedes Gespräch mit dir wird juristisch behandelt. Nie hörst du mir zu, mich kotzt das an!«

Noch bevor ihr Vater reagieren konnte, war sie zur Haustür hinausgerannt. Das Einzige, was sie damals noch mitbekam, waren die entsetzten Gesichter ihrer Eltern. Draußen regnete es. Da sie kaum etwas anhatte, fror sie und fing an zu laufen. Sie hatte das Gefühl, sie müsste bis ans Ende der Welt rennen, um sich von ihrem Vater zu befreien. Allmählich ließ ihr Zorn nach, und sie vergoss bittere Tränen. Als sie ihre Umwelt wieder wahrnahm, stellte sie fest, dass sie in der Straße ihrer Großmutter gelandet war. Kurz entschlossen rannte sie zu dem Haus und klingelte Sturm.

Ihre Großmutter öffnete und sah sie völlig verdutzt an. »Ja Ute, wie siehst du denn aus? Komm herein, was ist denn los?«

Ohne zu antworten fiel Ute ihr um den Hals und weinte bitterlich. Langsam führte ihre Großmutter sie ins Wohnzimmer und übergab sie in die Arme ihres Großvaters. Zu dritt führten sie ein langes Gespräch mit dem Ergebnis, dass der Großvater mit seinem Sohn reden wollte. Ute hatte ihren Großeltern klar gemacht, dass der Druck ihres Vaters für sie im Moment unerträglich wäre und dass sie, um einen guten Schulabschluss zu machen, erst einmal bei ihnen bleiben wollte. Ihre Eltern waren tatsächlich damit einverstanden, und erst nach zwei Jahren zog sie wieder in ihr altes, so genanntes Kinderzimmer ein.

Ihr Beruf war nie wieder Thema und ihr Vater hörte ihr manchmal auch tatsächlich zu.

Erst nach dem Abitur kam es abermals zu heftigsten Auseinandersetzungen, als sie ihrem Vater mitteilte, dass sie sich bei der Kriminalpolizei beworben hatte. Er war absolut dagegen und der Auffassung, dass das ein Männerberuf war. Außerdem wäre sie viel zu klein und zierlich, um sich in dieser rauen Welt behaupten zu können. »Du hast ein hervorragendes Abiturzeugnis, bitte studier doch Jura!«

Ihr Entschluss stand fest: Sie wollte kein Paragraphenreiter werden, sondern in die Praxis. »Vater, sei doch froh, wenn du weißt, dass dir ein intelligenter Mensch zuarbeitet. Ihr seid doch von den guten Recherchen der Kriminalpolizei abhängig. Bitte hör auf, mit mir zu diskutieren.«

Resigniert ging er in sein Arbeitszimmer. Vier Wochen später legte Ute ihm ihre Zusage auf den Schreibtisch.

Mit Bravour hatte sie ihre Ausbildung durchlaufen und war nun mit achtundzwanzig Jahren die jüngste Hauptkommissarin in ganz München. Sie liebte ihren Beruf und war sich sicher, die richtige Entscheidung getroffen zu haben. Nur in einem Punkt hatte ihr Vater Recht: Es war sehr schwer, sich gegen die männlichen Kollegen durchzusetzen. Ihr war klar, dass sie dafür kämpfen musste, endlich einen größeren Fall übertragen zu bekommen. Ihr größter Wunsch war es, zur Mordkommission überzuwechseln.

*

Heiner Weiß war noch sehr jung und mit Leidenschaft Polizist. Er war Ute Schäfer direkt unterstellt, doch es machte ihm nichts aus, eine

Frau als Chefin zu haben. Im Gegenteil, er verstand sich besser mit ihr als mit manchen männlichen Kollegen, und im Laufe der Zeit war aus dem beruflichen Verhältnis fast eine Freundschaft geworden.

Während Ute den Aktendeckel aufschlug, setzte Heiner zu einer Erklärung an. »Heute Morgen wurde eine gewisse Lena Gabriel ins Krankenhaus eingeliefert. Sie wurde gegen sieben Uhr früh von der Haushälterin gefunden.«

»Wo gefunden und in welchem Zustand?«, fragte Ute knapp.

Heiner wies auf die Mappe. »Steht dort alles drin. Die Frau war bewusstlos und lag auf dem untersten Treppenabsatz.«

»Dann ist sie wohl die ganze Treppe hinuntergestürzt.« Ute schürzte die Lippen. »Hat die Frau inzwischen das Bewusstsein wiedererlangt?«

»Ja, und sie gab an, von jemandem heute Nacht hinuntergestoßen worden zu sein. Sie hat weiterhin angegeben, dass sie allein im Hause war.«

»Also Einbrecher. Haben sich die Kollegen von der Streife schon darum gekümmert?«

Heiner schüttelte den Kopf. »Professor Windhammer, der behandelnde Arzt von Frau Gabriel, hat direkt aus der Klinik die Kripo informiert. Ich bin sofort dort hingefahren, und der Professor hat mir mit ein paar Sätzen berichtet, was Frau Gabriel ihm erzählt hatte.«

Ute nickte und blätterte weiter. »Dann sollten wir uns dieses Haus mal näher ansehen, bevor die Spuren versehentlich vernichtet werden.«

»Eines solltest du noch wissen: Lena Gabriel war im siebten Monat schwanger.«

»War?«

Der Assistent seufzte. »Ja, die Frau hat ihr Kind verloren. Den schweren Sturz hat es nicht überlebt. Frau Gabriel muss etwa sechs Stunden bewusstlos auf dem kalten Fußboden gelegen haben.«

Ute fuhr sich mit einer müden Geste über die Augen und murmelte: »Verdammt. Wie geht es der armen Frau jetzt?«

»Den Umständen entsprechend.« Heiner hob die Schultern. »Der Professor sagte, die Patientin wäre ansprechbar, aber schwach und sehr verstört. Sie ist nicht vernehmungsfähig.«

»Weiß sie schon, dass ihr Kind tot ist?« Ute stand auf und trat ans Fenster. Da draußen pulsierte der Verkehr, die Menschen hasteten ihrem Ziel entgegen – und irgendwo hatte eine junge werdende Mutter vor wenigen Stunden ihr Kind verloren. Trotzdem ging das Leben weiter, als wäre nichts geschehen. Sie drehte sich langsam zu ihrem Assistenten um. »Also, was ist? Weiß Frau Gabriel, dass sie ihr Baby verloren hat?«

Heiner senkte den Blick. »Nein, der Professor wollte noch etwas warten, bis sich die Frau einigermaßen erholt hat.«

»Worauf warten wir noch? Lass uns sofort das Haus aufsuchen, wo der Unfall passierte. Hast du die Adresse?«

»Klar.« Er fischte einen Zettel aus der Jackentasche. »Habe ich mir schon notiert. Die Haushälterin heißt übrigens Therese Biegler. Ich habe uns bereits telefonisch angekündigt.«

»Gut. Hast du ihr auch gesagt, dass sie nichts anrühren soll?«

Heiner sah seine Chefin fast mitleidig an. »Wann begreifst du endlich, dass ich einige Jahre Polizeischule hinter mir habe?«

»In Ordnung.« Ute nahm ihre Handtasche und knuffte ihren Assistenten an. »Hast du den Wagenschlüssel parat? Während der Fahrt kannst du mir erzählen, was du sonst noch über den Fall in Erfahrung gebracht hast.«

»Wir müssen in die Gotenstraße 34, also ans andere Ende der Stadt. Bei dem Feierabendverkehr brauchen wir bestimmt eine halbe Stunde, bis wir dort sind. Also genügend Zeit, dir alles haarklein zu erzählen.«

»Gotenstraße?« Ute runzelte nachdenklich die Stirn. »Ist das nicht in diesem Villenvorort?«

»Tja, noble Ecke, aber Lena Gabriel kann es sich leisten, dort zu leben. Nach meinen Recherchen waren ihre Eltern sehr wohlhabend, sie besaßen mehrere gut gehende Modegeschäfte. Lena Gabriel ist eine geborene Wichert. Dadurch war es auch einfach, in der kurzen Zeit ein paar Fakten herauszufinden.«

Ute blieb stehen. »Der Name kommt mir bekannt vor.«

»Kein Wunder, die Wicherts kamen vor etwa zehn Jahren bei einem Flugzeugunglück ums Leben.«

»Stimmt, jetzt erinnere ich mich. Die Zeitungen waren damals voll davon.« Ute rieb sich die Arme, als sie auf dem Parkplatz angekommen waren, denn es war kalt, und sie ärgerte sich, nicht ihre pelzgefütterte Lederjacke angezogen zu haben.

Heiner ging zur Fahrertür des Dienstautos – ein unauffälliger, grauer Mittelklassewagen – und öffnete sie. »Die Tochter hat die Geschäfte verkauft und das Vermögen angelegt.«

»Also eine gute Partie. Würdest du die Güte haben, die Beifahrertür zu öffnen, bevor ich erfroren bin?«

Heiner grinste. »Tatsächlich, du hast ja schon ganz blaue Lippen.«

»Idiot«, murmelte sie und stieg ein. »Wer ist eigentlich Herr Gabriel?«

»Ein begabter Kunstmaler mit dem schönen Vornamen Philipp.«

Während der Assistent schimpfend den Wagen aus der viel zu schmalen Parklücke manövrierte, machte sich Ute Schäfer bereits Notizen. »Wo befand sich der Ehemann gestern Abend? Warum war er nicht zu Hause?«

Heiner warf seiner Chefin einen schnellen Seitenblick zu. »Keine Ahnung.«

»Gib zu, dass du die Haushälterin nicht danach gefragt hast.«

»Ich habe ihr ja auch nur gesagt, dass sie das Haus nicht verlassen soll, bis wir dort eintreffen. Mist, kaum ist man auf der Straße, gerät man in den ersten Stau!«

Ute blickte kurz auf. »Hör auf zu meckern. Hast du den Ehemann im Krankenhaus gesehen?«

»Ich habe doch nur kurz mit dem Professor gesprochen. Wieso fragst du ständig nach Philipp Gabriel?«

»Na ja, immerhin ist er ein Künstler mit einer schwerreichen Frau.«

Heiner grinste. »Typisch Kriminalistin. Wittert hinter jedem Unfall ein Verbrechen.«

Die Kommissarin ließ ihr in schwarzes Leder gebundenes Notizbuch wieder in der Tasche verschwinden. »Du kennst doch das Sprichwort: Vorsicht ist die Mutter der Porzellankiste. Bieg mal da hinten ab.«

*

Es dauerte vierzig Minuten, bis sie in die Gotenstraße einbogen. Langsam fuhr Heiner die Straße mit den alten, ehrwürdigen Villen ab und sagte mit anerkennendem Pfeifen: »Hier lässt es sich bestimmt nicht schlecht leben.«

»Hör auf zu träumen und achte lieber auf die Hausnummern.« Ute beugte sich etwas vor und wies dann auf eines der Häuser. »Hier ist es.«

Beim Passieren des Gartentores überprüfte der Assistent den schmiedeeisernen Türknauf, während Ute bereits mit kritischem Blick den gepflasterten Weg zur Villa entlangging. Heiner erreichte seine Chefin, bevor sie auf den Klingelknopf drücken konnte, und sagte: »Nicht die Spur eines Einbruchs.«

»Das hat nichts zu bedeuten. Vermutlich ist nachts das Tor unverschlossen und der oder die Täter hatten freien Zugang zum Grundstück.«

Eine knappe Minute verging nach dem Läuten, bis die Haustür geöffnet wurde und eine ältere, mollige Frau mit verweinten Augen sichtbar wurde. »Sind Sie von der Polizei?«

»Ja.« Ute nickte und stellte sich und ihren jungen Kollegen vor. »Dürfen wir eintreten?«

»Natürlich.«

»Sie müssen Frau Biegler sein, stimmt's?«, fragte Heiner und schlug bewusst einen lockeren Ton an. Aus Erfahrung wusste er, dass die meisten Menschen sich unwohl fühlten, wenn sie jemandem von der Kripo gegenüberstanden.

Therese nickte. »Die arme Frau Gabriel.« Sie griff nach einem Taschentuch, das sie aus der geblümten Kittelschürze zog. »Niemals in meinem Leben werde ich diesen Anblick vergessen, wie sie so dagelegen hat – wie tot.«

»Würden Sie uns wohl genau die Stelle zeigen, wo Sie Frau Gabriel heute Morgen gefunden haben?«, fragte die Kommissarin sanft. Die Haushälterin stand noch immer sichtlich unter Schock.

Zögernd führte sie die beiden Polizeibeamten zum untersten Treppenabsatz. »Hier war es. Ein Wunder, dass Frau Gabriel sich nichts gebrochen hat, so verdreht, wie ihre Arme und Beine waren.« Sie schluchzte erneut und fügte kopfschüttelnd hinzu: »Als Herr Gabriel mich kurz aus der Klinik anrief, sagte er, dass die Ärzte das Baby nicht mehr retten konnten. Ist das wirklich wahr?«

»Ich fürchte, ja.« Ute hatte ein komisches Gefühl im Magen, wie immer, wenn sie das Leid und den Kummer anderer Menschen hautnah miterlebte. »Wissen Sie, wo sich Herr Gabriel aufhält?«

»Er ist im Krankenhaus. Heute Morgen rief er aus London an, und ich hatte die undankbare Aufgabe, ihm vom Unfall seiner Frau zu erzählen. Er hat sich in die nächste Maschine gesetzt und fuhr sofort in die Klinik. Ich habe seit dem Telefonat heute Morgen nichts mehr von ihm gehört.«

»Was hat Herr Gabriel in London gemacht?«

»Er hat einen begehrten Kunstpreis bekommen. Gestern Abend war die Verleihung, und Alfred, mein Mann, und ich sahen die Übertragung im Fernsehen.«

»Oh«, sagte Ute überrascht. »Dann ist Herr Gabriel ein richtiges Genie, was?«

Unter Tränen lächelte Therese. »Ja, Frau Kommissarin, das ist er.«

»Kommt es öfter vor, dass er nachts nicht zu Hause ist?«

Therese machte ein empörtes Gesicht. »Aber nein. Es war das erste Mal, dass er seine Frau allein lassen musste, eben wegen dieser Preisverleihung, zu der sie ihn wegen ihrer Schwangerschaft nicht begleiten wollte. Herr Gabriel bat mich, hier im Haus zu übernachten, während er fort war. Er machte sich Sorgen.«

»Weshalb?«

Die Haushälterin hob die Schultern. »Wegen der Depressionen, unter denen Frau Gabriel zuweilen leidet, nehme ich an. Sie hat es aber abgelehnt, dass ich oder ihre Freundin, Frau Ferrer, bei ihr bleiben, und scherzend gemeint, dass sie schließlich kein Kind mehr sei.«

Ute Schäfer sah sich in der Halle um. »Dann muss es Zufall gewesen sein, dass sich die Einbrecher ausgerechnet die vergangene Nacht für ihre Tat ausgesucht haben.«

Die wässrig-blauen Augen der Haushälterin weiteten sich. »Einbrecher?«

»Ja, Frau Gabriel gab ihrem Arzt an, die Treppe hinuntergestoßen worden zu sein. Wieso fragen Sie?«

Hilflos blickte Therese hinauf in das obere Stockwerk. »Ich habe keinerlei Anzeichen für einen Einbruch entdeckt.« Dann wandte sie sich an den Assistenten. »Deshalb sagten Sie also, dass ich nichts im Haus berühren soll?«

»Ganz recht. Sie glauben, dass Frau Gabriel ohne Fremdverschulden gestürzt ist?«

Die Haushälterin nickte zögernd. »Ja, das nahm ich bisher an. Ich hätte doch sehen müssen, wenn heute Morgen ein Fenster offen gestanden hätte. Aber es war alles wie jeden Morgen.«

»Schildern Sie doch noch einmal, was Sie sahen, als Sie das Haus betraten«, bat Heiner mit einem freundlichen Lächeln.

Therese wischte sich die feuchten Hände an der Kittelschürze ab. »Nun, ich kam wie immer um sieben Uhr und sah Frau Gabriel dort liegen.«

»Was taten Sie dann?«

»Ich rief sofort einen Rettungswagen, nachdem ich sah, dass Frau Gabriel ohne Bewusstsein war.«

»Brannte irgendwo Licht?«

Therese nickte eifrig. »Ja, im gesamten Flur, oben und unten – und auch im Schlafzimmer. Dafür müssen drei verschiedene Schalter betätigt werden.«

»Und sonst fiel Ihnen nichts Ungewöhnliches auf?«

»Mein Kollege möchte wissen, ob irgendwelche Dinge im Hause fehlen oder es Anzeichen dafür gibt, dass zum Beispiel Schränke durchwühlt wurden?«, schaltete sich Ute Schäfer ein. »Frau Gabriel ist schließlich der Meinung, dass sie nicht allein war.«

Die Haushälterin blickte die beiden Beamten nachdenklich an. »Ich konnte bisher jedenfalls nichts feststellen. Möchten Sie nun die oberen Räume sehen?«

»Gern.« Ute wandte sich an ihren Assistenten. »Ruf doch noch mal die Spurensicherung an. Ich verstehe nicht, weshalb die sich immer so viel Zeit lassen.«

Heiner griff nach seinem Handy, während seine Chefin der rundlichen Therese die Treppe hinauf folgte. Im Schlafzimmer brannte noch immer das Deckenlicht, eine Seite des Ehebettes war zerwühlt, die andere Seite war unberührt.

»Sieht aus, als wäre Frau Gabriel in der Nacht von etwas aufgewacht, das sie dazu brachte, das Schlafzimmer zu verlassen und im ganzen Haus die Lichter anzumachen«, sagte Ute. »Dürfte ich auch die anderen Zimmer sehen?«

»Selbstverständlich.« Nacheinander öffnete Therese bereitwillig alle Türen der Zimmer im oberen Stockwerk. Vor der Tür zum Kinderzimmer zögerte sie. »Frau Gabriel hat es so liebevoll eingerichtet.«

»Darf ich einen Blick hineinwerfen?«

Der Raum war von hellem Sonnenlicht durchflutet und Ute tat der Anblick fast weh. Man konnte sehen, wie sehr sich Lena Gabriel auf ihr Kind gefreut hatte.

Nachdem alle Zimmer inspiziert worden waren, sagte Ute seufzend zu Heiner: »Es deutet nichts auf einen Einbruch hin. Trotzdem möchte ich das Haus von der Spurensicherung gründlich untersuchen lassen.«

Der Assistent kratzte sich am Kinn. »Frau Biegler, dürfen wir noch ein paar Fragen stellen?«

»Ich werde Ihnen alles sagen, was ich weiß. Möchten Sie eine Tasse Kaffee?«

Wenig später saßen die Kommissarin und ihr Kollege am Küchentisch. Therese eilte aufgeregt hin und her, stellte Tassen auf den Tisch und kontrollierte das Kaffeewasser.

»Gibt es im Haus irgendwelche Wertgegenstände?«, fragte Ute mit gezücktem Kugelschreiber. »Vielleicht irgendetwas Außergewöhnliches, dessen Verschwinden man nicht sofort bemerkt?«

Therese lehnte sich an die Anrichte und verschränkte die Arme. »Nur die Gemälde an den Wänden, einige Perserteppiche und den Schmuck von Frau Gabriel. Ich zeigte Ihnen ja vorhin die Schatulle im Schlafzimmer.«

»Herr Gabriel ist ein bekannter Kunstmaler«, warf Heiner ein. »Befinden sich einige seiner Gemälde im Haus?«

»Nein, nur die, die er für seine Frau gemalt hat. Und die hängen alle noch an ihrem Platz. Viel Bargeld hat Frau Gabriel auch nie im Haus, und sonst wüsste ich nicht, was einen Einbrecher interessieren könnte.«

»Wer hat einen Schlüssel für das Haus?«

»Herr und Frau Gabriel natürlich – und ich.«

»Ist vielleicht einer dieser Schlüssel in letzter Zeit abhanden gekommen?«

Therese schüttelte den Kopf. »Davon hätte ich erfahren.«

Utes Stift flitzte über das Papier. Sie fragte, ohne den Kopf zu heben: »Und Sie sind ganz sicher, dass es nur diese drei Schlüssel gibt?«

»Aber ja. Als vor einigen Jahren eine neue Haustür eingebaut wurde, händigte man Frau Gabriel drei Schlüssel dafür aus. Mir ist nicht bekannt, dass einer nachgemacht wurde.« Therese setzte sich der Kommissarin gegenüber. »Aber vielleicht sind die Verbrecher mit einem Dietrich ins Haus gekommen?«

»Nun, die Spurensicherung wird herausfinden, ob am Haustürschloss manipuliert wurde.« Heiner Weiß blickte auf die Uhr. »Jetzt müssten die Kollegen aber bald eintreffen.«

Wie aufs Stichwort läutete es an der Haustür und Heiner sprang auf. »Lassen Sie mal, Frau Biegler. Ich kümmere mich schon darum.«

»Sagen Sie, führen die Gabriels eine glückliche Ehe?«, fragte Ute und nahm dankend die Tasse Kaffee entgegen. »Sehen Sie mich nicht so schockiert an. Ich muss leider solche unangenehmen Fragen stellen.«

»Entschuldigen Sie.« Therese schluckte hart. »Ich dachte nur daran, wie sich die beiden jetzt wohl fühlen werden.«

Ute lächelte. »Ist schon in Ordnung. Was passiert ist, ist schrecklich – aber wenn es einen Schuldigen gibt, dann werden wir ihn finden.«

Wieder griff die Haushälterin zum Taschentuch. »Frau Gabriel hat jahrelang darunter gelitten, ihre Eltern auf solch grauenvolle Art verloren zu haben. Sie war still und verschlossen und führte ein zurückgezogenes Leben, bis sie ihren zukünftigen Ehemann kennen lernte. Herr Gabriel trägt seine Frau auf Händen, wenn Sie verstehen, was ich meine.«

»Sicher. Wann war die Hochzeit?«

»Vor etwa einem Jahr«, kam es wie aus der Pistole geschossen.

Ute Schäfer hob die Augenbrauen. »Und wie lange kannte sich das Paar vorher?«

»Na ja, genau kann ich das nicht sagen. Ich weiß nur noch, dass Frau Gabriel plötzlich wie ausgewechselt war. Sie lachte und scherzte den ganzen Tag – trotz ihres Leidens.«

»Welches Leiden?«

Therese fuhr sich über die Schläfen. »Diese schlimmen Migräneanfälle, wissen Sie. Seit ihrer Jugend leidet Frau Gabriel unter diesen Attacken. Doch seit sie verheiratet ist, erträgt sie das alles viel leichter.«

»Meine Mutter hatte früher auch oft Migräne«, erwiderte Ute. »Sie hatte schreckliche Schmerzen und kein Arzt konnte ihr richtig helfen.«

»Ach, und jetzt?«

Ute räusperte sich. »Sie ist bereits vor einigen Jahren gestorben.«

»Oh, das tut mir Leid.« Therese blickte durch die geöffnete Küchentür auf die Männer von der Spurensicherung, die vor dem Haustürschloss knieten. Heiner Weiß stand daneben und unterhielt sich mit einem Kollegen von der Kripo.

»Lassen Sie sich nicht durch unsere Leute irritieren.« Ute versuchte, die Aufmerksamkeit der Haushälterin erneut zu gewinnen. »Philipp Gabriel ist ein gefragter Künstler, wie ich hörte. War er das schon, bevor er seine Frau kennen lernte?«

Thereses empörter Blick sprach Bände. »Worauf wollen Sie hinaus? Natürlich war er schon vorher bekannt. Er hat es mit seinem Talent doch gar nicht nötig, von jemandem unterstützt zu werden.«

»Nichts für ungut, Frau Biegler. Das war doch nur eine Frage.« Ute lehnte sich zurück. »Sagen Sie, haben sich beide ein Kind gewünscht oder ging der Wunsch eher von Frau Gabriel aus?«

»Eigentlich wollten die beiden ja noch ein paar Jahre allein leben, bevor sie sich Kinder anschafften. Aber dann erzählte mir Frau Gabriel, dass ihr Arzt ihr empfohlen hätte, bald ein Baby zu bekommen, da durch die Schwangerschaft die Migräne gestoppt werden könnte.«

»Ach? Und hat das funktioniert?«

»Ja, seit Frau Gabriel schwanger ist …« Therese hielt inne und fügte traurig hinzu: »Als sie schwanger war, hatte sie kaum noch Kopfweh.«

Impulsiv griff Ute nach der kräftigen Hand der Haushälterin. »Es ist sehr schwer für Sie, das alles zu verarbeiten, nicht wahr?«

Über Thereses breites Gesicht kullerten Tränen und unter Schluchzen nickte sie kaum sichtbar. »Herr und Frau Gabriel sind für mich fast wie meine eigenen Kinder. Ich werde mein Lebtag nicht vergessen, wie sie dalag.«

»Beruhigen Sie sich, Frau Biegler, ich bin gleich fertig mit meinen lästigen Fragen.«

Therese winkte ab. »Sie tun doch nur Ihre Pflicht, das verstehe ich schon. Es tut mir nur so Leid für die beiden.«

Ute trank vorsichtig einen Schluck des heißen Kaffees. »Herr und Frau Gabriel haben sich also gleichermaßen über das Baby gefreut?«

Wortlos nickte die Haushälterin, dann seufzte sie und sagte leise: »Herr Gabriel war außer sich vor Freude, als er erfuhr, dass er Vater wird. Er war so stolz und schwärmte immer von seinem Sohn. Er war fest davon überzeugt, dass es ein Junge werden würde. Doch als sich herausstellte, dass es ein Mädchen sein würde, freute er sich genauso.«

»Fehlanzeige.« Heiner Weiß lehnte am Türrahmen. »Es gibt weder an der Vorder- noch an der Terrassentür Anzeichen für Manipulationen am Schloss.«

Ute stand auf. »Auf jeden Fall sollen die Leute das Haus nach Fingerabdrücken absuchen.« Zu Therese gewandt, fügte sie hinzu: »Bitte bleiben Sie so lange hier, bis die Kollegen mit ihrer Arbeit fertig sind!«

»Natürlich.« Auch Therese war aufgestanden und begleitete die Kommissarin und ihren Assistenten zur Haustür. »Werden Sie mich informieren, wenn Sie etwas erfahren?«

»Darauf können Sie sich verlassen.« Ute reichte der Haushälterin die Hand. »Ich bedanke mich für Ihre Kooperation. Ach, eine Frage habe ich noch …«

»Ja?«

»Dieser Arzt, der Frau Gabriel zu der Schwangerschaft geraten hat – war das Professor Windhammer?«

»Aber nein, ihr Nervenarzt Dr. Strecker war das.«

Ute setzte ein strahlendes Lächeln auf. »Also dann, bis demnächst.«

8. KAPITEL

Heiner hatte die Hände in seine Jackentasche gesteckt, als er neben seiner Chefin durch den Vorgarten ging. »Weshalb wolltest du wissen, wer Frau Gabriel behandelt?«

Die Kommissarin hob die Schultern. »Keine Ahnung, aber vielleicht könnte es wichtig sein.«

»Soll ich dich gleich nach Hause fahren, oder willst du noch ins Präsidium, um deine Jacke zu holen?«

»Keins von beidem. Wir fahren jetzt ins Krankenhaus.«

»Ich dachte, wir machen für heute Feierabend«, erwiderte Heiner enttäuscht. »Ich habe nämlich heute Abend eine Verabredung mit einem wirklich netten Mädchen.«

Ute schloss den Sitzgurt und sagte grinsend: »Dann kann sich dieses wirklich nette Mädchen schon einmal daran gewöhnen, wie es ist, mit einem Kripo-Beamten befreundet zu sein.«

Sie musste an ihren letzten Freund denken. Sie hatte Peter im Skiurlaub kennen gelernt. Es war sozusagen Liebe auf den ersten Blick. Er verkörperte alles, was sie an Männern liebte: Er war groß und schlank und hatte braunes, langes, lockiges Haar, eine erotische Stimme, dunkle Augen und schöne schmale Hände. Und sein Lächeln war umwerfend.

Sie saß mit einer Gruppe ehemaliger Schulfreunde in der Skihütte, als er hereinkam und sie fragte, ob er sich zu ihnen setzen dürfte. Er setzte sich ihr gegenüber und bald waren sie in ein intensives Gespräch verwickelt. Noch am gleichen Abend landeten sie zusammen im Bett. Ihre Freunde staunten nicht schlecht, denn eigentlich kannten sie so etwas von ihr nicht. Die letzte Woche ihres Skiurlaubs verlief wie im Traum, Peter und sie waren unzertrennlich. Dann mussten sie sich trennen; er fuhr nach Augsburg, sie wieder nach München. Sie telefonierten jeden Tag und Peter drängte jedes Mal auf ein Treffen. Oft musste sie ihm absagen. Ein paarmal wartete er vergeblich auf sie. Sie konnte nicht telefonieren, weil sie bei irgendwelchen Ortsterminen war oder Besprechungen länger dauerten als vorhergesehen.

Anfangs nörgelte er, dann wurden die Vorwürfe heftiger. »Was machst du eigentlich für einen Scheißjob? Kripobeamte ist doch das Letzte! Du bist doch noch jung. Warum studierst du nicht Jura?«

Bei dem Wort Jura hatte es bei ihr ausgehakt: »So was wie du hat mir gerade noch gefehlt! Was bildest du dir eigentlich ein? Entwirfst von morgens bis abends Klos und Küchen, mehr macht ihr Architekten doch nicht für eure Reihenhauskultur, und meinst, mir Berufsratschläge geben zu können. Hab ich alles schon gehabt, brauche ich nicht mehr, mach's gut und ciao!« Sie hatte den Hörer auf die Gabel geknallt und Peter meldete sich nicht mehr. Auf ihre Bitten, die sie auf seinem Anrufbeantworter hinterließ, reagierte er nicht. Ein paar Wochen trauerte sie noch um ihn, dann hatte sie das Ganze überwunden. Doch vergessen hatte sie ihn noch nicht.

*

Heiner startete mit finsterem Gesicht den Motor. »Du kannst einem aber auch wirklich jeden Spaß verderben. Was willst du denn jetzt in der Klinik? Wir können Lena Gabriel sicherlich noch nicht sprechen.«

»Nein, aber den Professor und Philipp Gabriel«, gab Ute trocken zurück. »Ich bin schon richtig gespannt auf dieses Wunderkind.«

»Vergiss nicht, ihm zu seinem Preis zu gratulieren.«

Sie warf ihm einen schrägen Blick zu. »Ich glaube nicht, dass er in dieser Situation daran denkt.«

»Du hast diese Frau Biegler nach ihm ausgefragt«, sagte Heiner nach einigen Minuten. »Hattest du dafür einen besonderen Grund?«

Sie zuckte die Achseln. »Nicht direkt. Aber wenn eine reiche Frau einen weniger reichen Mann heiratet, ist immer Vorsicht geboten.«

Heiner schüttelte den Kopf. »Deine Fantasie ist einmalig. Nur schade, dass Philipp Gabriel ein hieb- und stichfestes Alibi hat.«

»Besorg mir mal ein Video von diesem Kultursender«, erwiderte Ute. »Und dann möchte ich noch die Bestätigung des Flughafens, dass er tatsächlich erst heute wieder in München eingetroffen ist.«

»Ja, ja. Und dann möchtest du natürlich auch noch Zeugenaussagen von dem Londoner Hotel und eine Gegenüberstellung, ob wirklich der echte Philipp Gabriel bei der Preisverleihung anwesend war oder ob er ein Double engagiert hat, während er seine Frau von der Treppe stieß. Mensch, Ute! Diesmal bist du aber ehrlich auf dem Holzweg.«

»Vielleicht.«

»Vorsicht ist die Mutter der Porzellankiste.« Heiner grinste, wurde aber gleich darauf wieder ernst. »Lena Gabriel hat unwahrscheinlich viel Glück gehabt, dass sie sich nicht das Genick gebrochen hat. Hast du die steile Treppe in der Villa gesehen?«

»Klar. Als ich oben stand, dachte ich auch daran, welch unangenehmes Gefühl es wäre, von dort oben hinuntergestoßen zu werden.« Ute erschauerte bei dem Gedanken. »Wir müssen so schnell wie möglich versuchen, mit Lena Gabriel persönlich zu reden. Vielleicht ist ihr etwas aufgefallen, was wichtig sein könnte.«

Heiner verzog das Gesicht. »Das wird schwierig werden. Professor Windhammer erklärte mir sehr eindeutig heute Morgen, dass seine Patientin in den nächsten Tagen völlige Ruhe braucht.«

»Wir werden sehen. Hat sich Frau Gabriel bei dem Sturz noch andere Verletzungen zugezogen?«

Der junge Kripo-Beamte setzte den Blinker. »Nein. Gleich sind wir da, du wirst staunen, wie diese Privatklinik aussieht – wie ein Luxushotel!«

»Merkwürdig, dass Professor Windhammer gerade dort seine Patientin betreut«, überlegte Ute laut.

Heiner warf ihr einen schnellen Seitenblick zu. »Überhaupt nicht merkwürdig. Die Klinik am Moorsee ist das nächste Krankenhaus von der Gotenstraße aus.«

»Donnerwetter«, murmelte Ute und pfiff anerkennend durch die Zähne. »Du hast ausnahmsweise mal nicht übertrieben: Die Klinik sieht tatsächlich wie ein Schickimicki-Hotel aus.«

Heiner stellte den Wagen auf dem Personalparkplatz ab, und seine Chefin war schon ausgestiegen, bevor der Motor abgestellt war. Mittlerweile war es stockfinster geworden, doch die Klinik wurde von dutzenden Scheinwerfern angestrahlt.

»Erinnert mich an ein Hotel in Las Vegas«, murmelte Ute und trat ungeduldig von einem Fuß auf den anderen. »Würdest du die Güte haben, dich ein wenig zu beeilen?«

»Ich weiß, deine Jacke fehlt dir.« Heiner war mit zwei Schritten bei ihr. »Ich habe dir ja vorgeschlagen, ins Präsidium zu fahren, um sie zu holen.«

Ute winkte ab. »Zeitverschwendung. Lass uns jetzt lieber auf die Suche nach dem Professor gehen.«

»Er hat in der Klinik als Belegarzt ein eigenes Zimmer«, erklärte Heiner, während sie das gläserne Eingangsportal passierten.

Mit einem unverbindlichen Lächeln wandte sich Ute der Frau an der Rezeption zu, die wie eine Sekretärin in einer Werbeagentur aussah. »Wir möchten zu Professor Windhammer.«

Die junge Frau, deren Namensschild sie als Berit Droste auswies, hob die Augenlider mit den künstlichen Wimpern und erwiderte: »Sie sind sicherlich von der Polizei, nicht wahr?«

Und als Ute ohne Aufforderung ihren Dienstausweis zeigte, sagte sie: »Der Herr Professor erwartet Sie bereits. Sie kennen den Weg?«

»Ich nicht, aber mein Kollege.« Ute steckte ihren Ausweis wieder ein und folgte ihrem Assistenten, der bereits mit langen Schritten vorausgegangen war.

»Wieso erwartet uns der Professor?« Ute senkte unwillkürlich ihre Stimme. Sie mochte Krankenhäuser nicht besonders, vor allem nicht, wenn die Gänge menschenleer waren wie meist im Gerichtsmedizinischen Institut. »Woher konnte er wissen, dass wir ihn heute Abend noch aufsuchen würden?«

»Von mir.« Heiner grinste. »Ich habe mir die Freiheit genommen, ihn heute Morgen darüber zu informieren, dass wir uns heute noch mal melden werden.«

Er blieb vor einer hellblau gestrichenen Tür stehen und wies mit dem Zeigefinger darauf. »Hier ist es.«

»Worauf wartest du?« Ute machte eine ungeduldige Handbewegung. »Klopfe endlich.«

Erst als ein sonores »Herein« aus dem Inneren des Raumes erklang, öffnete Heiner die Tür.

Professor Windhammer saß an dem kleinen Schreibtisch und arbeitete. Jetzt stand er auf und kam auf die beiden Beamten zu. Heiner stellte seine Chefin vor, und nachdem der Arzt telefonisch Kaffee bestellt hatte, sagte er entschuldigend: »Verzeihen Sie die Unordnung hier. Ich habe immer sehr viel Arbeit in der kurzen Zeit, in der ich hier bin.«

Ute und ihr Assistent nahmen auf den angebotenen Besucherstühlen Platz. Automatisch kramte Ute ihr Notizbuch hervor. Sie hatte sich angewöhnt, alles, was sie erfuhr, aufzuschreiben, denn es konnte eventuell wichtig sein.

»Professor Windhammer, woher erfuhren Sie von Frau Gabriels Unfall?«

»Die Haushälterin hatte dem Notarzt gesagt, dass Frau Gabriel schwanger ist und ich der behandelnde Arzt bin. Ich wurde dann umgehend informiert, habe in meiner Praxis alles stehen und liegen gelassen und raste hierher – gerade rechtzeitig, als Frau Gabriel in den OP gebracht wurde.«

»Dann haben Sie sie persönlich operiert?«

Professor Windhammer nickte bedächtig. »Leider musste wegen der starken Blutung nicht nur das Kind, sondern auch der Uterus entfernt werden.«

Die Kommissarin schluckte. »Gab es keine Möglichkeit, wenigstens die Gebärmutter zu erhalten?«

»Glauben Sie mir, wenn es eine Möglichkeit gegeben hätte, wäre sie ergriffen worden. Wäre Frau Gabriel einige Stunden früher gefunden worden, hätte ich möglicherweise mehr für sie tun können.«

Auch Heiner fühlte sich unbehaglich. »Weiß sie inzwischen davon?«

»Nein, dazu ist es noch zu früh. Zunächst muss sie den Schock überwinden, dass sie ihr Baby verloren hat. Es wäre übrigens ein Mädchen geworden.«

»Mein Kollege erwähnte, dass Frau Gabriel bei dem Sturz außer der Fehlgeburt keine weiteren Verletzungen davongetragen hat. Ist das richtig?«, fragte Ute.

Der Professor fuhr sich mit einer müden Geste über die Augen und erwiderte: »Das stimmt. Natürlich hat sie Prellungen und Blutergüsse am gesamten Körper, aber ich glaube, es wäre ihr lieber gewesen, sich sämtliche Knochen gebrochen zu haben, als ihr Kind zu verlieren.«

»Verständlich.« Ute nickte nachdenklich. »Wann hat Frau Gabriel Ihnen erzählt, dass sie von der Treppe gestoßen wurde?«

»Als sie aus der Narkose erwachte, das war so gegen Mittag. Ich fragte sie, wie es zu dem Unfall kommen konnte, und sie sagte mir, dass es kein Unfall war, sondern sie einen Stoß in den Rücken gespürt hat. Auf die Frage, ob denn ihr Mann nicht hätte zu Hilfe eilen können, erklärte sie, dass er in London war.«

»Das ist richtig. Frau Gabriel verbrachte die vergangene Nacht allein in ihrem Haus.« Ute nagte an ihrem Stift. »Was hat Sie veranlasst, uns zu benachrichtigen?«

»Nun, allein die Tatsache, dass Frau Gabriel von einer fremden Person sprach, machte mich stutzig. Sicher haben Sie längst erfahren, dass die Patientin sehr vermögend ist. Da liegt es nahe, an einen nächtlichen Einbruch zu denken. Habe ich mich etwa falsch verhalten?«

»Ganz im Gegenteil«, beeilte sich Ute zu sagen. »Es war gut, dass Sie Ihren Verdacht an uns weitergegeben haben. Können wir ein paar Minuten mit Lena Gabriel sprechen?«

»Heute noch? Ausgeschlossen! Frau Gabriel ist noch immer sehr geschwächt von der Operation. Ich kann ihr eine Befragung nicht zumuten.«

Ute machte eine beschwichtigende Handbewegung; sie hatte nichts anderes erwartet. »In Ordnung, Sie sind der Arzt. Besteht die Möglichkeit, in den nächsten Tagen mit ihr zu reden?«

Der Professor hob die Schultern. »Das kann ich noch nicht sagen. Meine Patientin ist nicht nur körperlich geschwächt, sondern muss erst einmal den Verlust ihres Kindes verarbeiten. Ich wage mir gar nicht vorzustellen, wie sie die Nachricht aufnehmen wird, dass der Traum von weiteren Kindern für alle Zeit aus ist.«

»Wann wollen Sie es ihr sagen?«, fragte Heiner Weiß zögernd.

»Überhaupt nicht. Herr Gabriel will es seiner Frau selbst beibringen – zu gegebener Zeit natürlich erst.«

»Philipp Gabriel ist noch im Haus?«

Der Arzt nickte ernst. »Ja, er sitzt an ihrem Bett, seit er die Klinik betreten hat.«

»Wie hat er das Unglück aufgenommen?«, fragte Ute.

»Er ist total am Boden zerstört, wie Sie sich sicherlich vorstellen können. Gehe ich recht in der Annahme, dass Sie mit ihm heute noch reden möchten?«

»Wenn er nicht zu durcheinander ist ...«

»Ich werde eine Schwester zu ihm schicken und ihn holen lassen. Ach, endlich kommt der Kaffee.«

»Den kann ich jetzt gut gebrauchen«, sagte Ute ganz in Gedanken versunken.

»Schwester Saskia, würden Sie bitte Herrn Gabriel herbitten? Die Herrschaften von der Polizei haben ein paar Fragen an ihn.«

Ute Schäfer schaute den Arzt an. »Welchen Eindruck macht Philipp Gabriel auf Sie?«

»Wie meinen Sie das?«, fragte er verblüfft zurück. »Falls Sie denken, dass Herr Gabriel nicht wirklich um das verlorene Baby trauert, irren Sie sich. Der arme Mann macht sich die schlimmsten Vorwürfe, dass er seine Frau gestern Abend allein gelassen hat.«

»Ach ja, er hat ja diesen Kunstpreis in London bekommen.«

Der Professor nickte bedächtig. »Und er bedauert zutiefst, nach England geflogen zu sein.«

»Wie lange kennen Sie ihn schon?«

Er runzelte unwillig die Stirn. »Sagen Sie mal, soll das ein Verhör sein?«

»Keineswegs, doch wir müssen jede Möglichkeit ausschließen, dass Philipp Gabriel etwas mit dem Unfall zu tun hat. Also, wie lange kennen Sie ihn?«

Professor Windhammer hob die Schultern. »Es tut mir aufrichtig Leid, Ihnen kein genaues Bild von dem Mann geben zu können, denn ich habe ihn erst heute Mittag kennen gelernt. Ich hatte schließlich die undankbare Aufgabe, ihm zu erklären, dass seine Frau nicht nur ihr Kind verloren hat, sondern auch, dass sie nie wieder …« Er unterbrach sich, als es zaghaft an der gepolsterten Tür klopfte, und nickte der Kripo-Beamtin zu. »Jetzt können Sie Herrn Gabriel all Ihre Fragen selbst stellen.« Er erhob sich und schickte sich an, die Tür zu öffnen. »Ich sehe bei der Gelegenheit mal nach meiner Patientin. Sie möchten sicher allein mit ihm reden.«

»Vielen Dank für Ihr Verständnis.«

Zögernd betrat Philipp das kleine Arztzimmer. Er sah blass und mitgenommen aus. »Sie möchten mich sprechen?«, fragte er mit belegter Stimme, und Ute wunderte sich über den weichen Klang seiner Stimme.

Sie erhob sich, reichte ihm höflich die Hand und stellte sich und ihren Assistenten vor. »Ich muss Ihnen wohl nicht sagen, wie Leid es mir und meinem Kollegen tut, was Ihrer Frau passiert ist«, sagte sie. »Professor Windhammer hat uns eingeschaltet, weil er den Verdacht hegt, dass es sich nicht um einen Unfall handelt.«

Philipp ließ sich mit hängenden Schultern in den schwarzen Ledersessel in der Besucherecke fallen. »Ich weiß, jemand hat meine Frau die Treppe hinuntergestoßen. Wenn ich den Kerl erwische, bringe ich ihn um.«

Ute räusperte sich und warf ihrem Assistenten einen hilflosen Blick zu, der daraufhin sofort das Wort ergriff. »Herr Gabriel, es gibt keine Anzeichen für einen Einbruch in Ihrem Haus.«

Fassungslos hob Philipp den Kopf. »Aber jemand muss sich doch Einlass verschafft haben! Wenn meine Frau sagt, dass sie gestoßen wurde, dann ist es die Wahrheit.« Er war vor Erregung aufgesprungen.

»Ich verstehe Ihre Verzweiflung und Ihren Zorn«, sagte Ute ruhig. »Und ich versichere Ihnen, dass wir alles Menschenmögliche tun werden, um herauszufinden, was letzte Nacht wirklich geschah.«

»Ich war nicht zu Hause, als es passierte. Ich kann Ihnen auch nur das sagen, was mir meine Frau erzählt hat. Ich weiß überhaupt nicht, wie ich meiner Frau klar machen soll, dass sie keine Kinder mehr bekommen kann.« Er fuhr sich mit einer verzweifelten Geste durch die Haare. »Natürlich habe ich sie vorsichtig gefragt, ob es stimmt, was mir der Professor erzählt hat – ich meine diesen Stoß von der Treppe.«

Erwartungsvoll blickten ihn die beiden Kripo-Beamten an.

»Sie sagte mir genau dasselbe wie dem Professor: Nach Mitternacht erwachte sie von einem Geräusch und wollte nachsehen. Plötzlich erlosch das Licht, und als sie sich zum Treppenabsatz tastete, spürte sie eine Bewegung hinter sich. Noch bevor sie sich umdrehen konnte … den Rest kennen Sie ja.«

Wieder nickte die Kommissarin. »Ja, den Rest kennen wir bereits. Entschuldigen Sie meine nächste Frage, aber sie ist sehr wichtig: Ist es schon öfter vorgekommen, dass Ihre Frau Geräusche oder Stimmen gehört hat?«

»Was wollen Sie damit sagen?« Philipps blasses Gesicht verfärbte sich dunkelrot. »Glauben Sie, dass meine Frau unter Hirngespinsten leidet?«

Ute hob abwehrend die Hand. »Jetzt sind Sie doch böse auf mich, nicht wahr? Aber es gibt zwei gute Gründe für meine Frage. Erstens: Unsere Kollegen von der Spurensicherung haben keinerlei Anhalt für ein gewaltsames Eindringen in Ihr Haus feststellen können. Es fehlt nichts laut der Haushälterin, Frau …« – Ute warf einen Blick auf ihre Notizen – »… Therese Biegler – weder Wertgegenstände noch Geld. Können Sie sich das erklären? Wer könnte Interesse daran haben, dass Ihre Frau ihr Kind verliert?«

Philipp hob ratlos die Schultern. »Das weiß ich auch nicht. Sie sind doch ausgebildet, so etwas herauszufinden, nicht ich!«

»Wir haben doch nur gefragt. Wäre es möglich, dass sich jemand einen Nachschlüssel hat anfertigen lassen?«

»Wer denn?«

»Das frage ich Sie.«

Nachdenklich schüttelte Philipp den Kopf. »Nein, meines Wissens gibt es nur drei Schlüssel für das Haus. Ich trage meinen immer bei mir, und meine Frau und Therese tun es ganz bestimmt ebenfalls.«

Ute runzelte die Stirn. »Gibt es vielleicht eine Hinter- oder Kellertür, die möglicherweise hin und wieder nicht verschlossen ist?«

»Nein, außer dem Haupteingang gibt es keine Außentür – höchstens die Terrassentür.«

»Und die war fest verschlossen, erzählte uns Frau Biegler.«

Philipp hob ruckartig den Kopf. »Vielleicht kam der Ganove durch die geöffnete Terrassentür, schloss sie wieder und ging nach seiner abscheulichen Tat durch die Eingangstür aus dem Haus? Wäre das möglich?«

»Kaum, denn Ihre Frau hatte wie jeden Abend die Haustür abgeschlossen, erzählte uns Frau Biegler. Außerdem halte ich es für unwahrscheinlich, dass Ihre Frau bei diesem Wetter die Terrassentür offen stehen hatte.«

»Wir kommen also nicht um die Tatsache herum, dass sich jemand einen Nachschlüssel besorgt hat, oder ...«

»... oder was?«

Ute suchte nach den passenden Worten. »Nun, Ihre Frau ist bei einem Neurologen in Behandlung, nicht wahr?«

»Wollen Sie damit andeuten, dass meine Frau sich das alles nur eingebildet hat? Sie ist wegen ihrer verdammten Migräne in Behandlung, und das seit vielen Jahren.«

»Beruhigen Sie sich doch. Wir müssen alle Möglichkeiten ausschöpfen, verstehen Sie das nicht?«

In Philipps hellen blauen Augen glänzte es verdächtig. »Bitte finden Sie diese Bestie, die meiner Frau und mir das angetan hat. Bitte ...«

»Ich glaube, wir haben Sie jetzt genug gequält.« Ute warf Notizbuch und Stift in ihre Tasche und erhob sich. »Wir danken Ihnen, dass Sie trotz Ihres Kummers mit uns gesprochen haben.« Sie machte eine Kopfbewegung in Heiners Richtung. »Mein Kollege und ich werden uns weiterhin bemühen, herauszufinden, wer für den Unfall verantwortlich ist.«

Philipp schluckte. »Danke.«

»Haben Sie etwas dagegen, wenn wir ein paar Fragen an Dr. Strecker stellen? Sie oder Ihre Frau müssten sich schriftlich damit einverstanden erklären.«

»Fangen Sie schon wieder damit an?«, fragte Philipp und stöhnte leise auf. »Ich sagte Ihnen doch bereits, dass meine Frau einzig wegen ihrer Migräne in Behandlung ist.«

»Schon, aber ich würde das gern aus dem Mund des Arztes hören. Ist das ein Problem für Sie?«

»Ich will nicht, dass Sie in der Krankenakte meiner Frau herumschnüffeln«, erwiderte Philipp tonlos. »Aber wenn Sie meinen, dass es wichtig für die Ermittlungen ist ...«

»Das kann ich natürlich nicht versprechen; doch ich erwähnte ja bereits, dass wir jede Möglichkeit ausschöpfen müssen.«

Er nickte zögernd.

»Wir erfahren erst etwas über den Gesundheitszustand Ihrer Frau, wenn Sie diese Einwilligung unterschreiben. Dieses Formular dient der Entbindung von der Schweigepflicht.«

»Meinetwegen«, murmelte Philipp. Seine Hand zitterte stark, als er seine Unterschrift auf das Papier setzte. »Sind Sie jetzt zufrieden?«

*

»Was hältst du von dem Mann?«, fragte Heiner, als sie zurück in die Stadt fuhren. »Klingt glaubwürdig, was er angibt, oder?«

Ute Schäfer nickte nachdenklich. »Ja, allerdings. Bevor ich ihn kennen lernte, hatte ich den leisen Verdacht, dass er möglicherweise seine vermögende Frau aus dem Weg räumen wollte, aber jetzt bin ich mir ziemlich sicher, dass er mit der Sache nichts zu tun hat. Trotzdem werde ich ihn im Auge behalten.«

»Wie sollte er auch? Er war doch gar nicht im Lande, als es passierte.«

Ute lehnte sich zurück in die Polster und schloss für einen Moment die übermüdeten Augen. »Philipp Gabriel liebt seine Frau offensichtlich über alles, was uns ja auch diese Haushälterin schon sagte.« Ute hatte dennoch ein komisches Gefühl, sagte aber nichts mehr.

»Warte erst einmal ab, was der Seelenklempner morgen sagt.«

Ute warf ihrem Kollegen einen erstaunten Blick zu. »Was sollte uns Dr. Strecker anderes sagen als Gabriel?«

»Vielleicht leidet Lena Gabriel unter einer Psychose, von der ihr Mann nichts ahnt«, erwiderte Heiner und bog in die Straße ein, in der seine Chefin wohnte. »Na ja, immerhin wäre es eine Möglichkeit.«

Ihr Assistent sprach aus, woran auch Ute schon gedacht hatte. »Was tust du denn da?« Ute blickte sich verwundert um. »Ich muss noch ins Präsidium, um meinen Wagen zu holen!«

Heiner Weiß bremste direkt vor ihrer Haustür. »Den brauchst du heute nicht mehr. Morgen früh um Punkt neun Uhr hole ich dich ab. Und vergiss nicht wieder, eine Jacke anzuziehen. Es soll bitterkalt werden.«

»Ist es schon.« Ute verschränkte die Arme. »Also gut, du hast mich überredet. Bis morgen dann – und viel Spaß bei deiner Verabredung.«

Heiner warf einen vorsichtigen Blick auf die beleuchtete Uhr am Armaturenbrett. Es war fast zehn Uhr abends. »Die kann ich wohl vergessen. Inzwischen wird sich meine bezaubernde Eroberung längst mit einem anderen Mann getröstet haben.«

»Ach, das tut mir aber Leid«, erwiderte Ute mit schadenfrohem Grinsen. »Ich habe dir ja schon oft vorgeschlagen, solo zu bleiben wie ich. Unsere unbequemen Dienstzeiten lassen sich eben nicht mit einer festen Beziehung vereinbaren.«

»Wer sagt denn was von einer *festen* Beziehung?«, murmelte Heiner und gab Ute einen Kuss auf die Wange. »Und jetzt ab mit dir. Du siehst nicht nur verfroren, sondern auch ziemlich müde aus. Wir haben einen anstrengenden Tag vor uns, vergiss das nicht.«

Sie lachte kurz auf. »Wie könnte ich? Also, dann bis morgen.«

Obwohl Ute tatsächlich todmüde war, dauerte es lange, bis sie in einen leichten Schlaf fiel. Der Fall Gabriel ging ihr nicht aus dem Kopf. Immer wieder musste sie an die traurigen Augen Philipp Gabriels denken. Je länger sie über alles nachdachte, desto mehr Fragen gingen ihr im Kopf herum. Ihr wurde klar, dass dies kein einfacher Fall war. Aber seit Jahren hatte sie sich gewünscht, endlich mal eigenverantwortlich arbeiten zu können.

*

Ute war keineswegs ausgeschlafen, als sie am nächsten Morgen um neun Uhr wartend auf dem Bürgersteig stand. Heiner hatte Recht behalten: Es war bitterkalt geworden, vom nahen Frühling keine Spur. Frierend trat Ute von einem Fuß auf den anderen und fluchte leise. Hatte Heiner nicht um absolute Pünktlichkeit gebeten?

Gerade, als sie zum Handy greifen wollte, bog sein roter Polo um die Ecke und hielt mit quietschenden Reifen direkt vor ihr.

»Na endlich«, sagte Ute statt einer Begrüßung. »Ich dachte schon, du hättest verschlafen.«

»Oh, haben Gnädigste nicht wohl geruht?«, fragte Heiner feixend. »Euer Durchlaucht sehen etwas unausgeschlafen aus.«

Sie warf ihm einen vernichtenden Blick zu. »Ich musste die halbe Nacht an unseren mysteriösen Fall denken. Wieso siehst du morgens eigentlich immer aus, als kämest du gerade aus einem dreiwöchigen Erholungsurlaub?«

»Betriebsgeheimnis.« Er grinste und startete den Motor. »Übrigens habe ich mir erlaubt, unseren Besuch bei Dr. Strecker telefonisch anzumelden. Der gute Doktor erwartet uns.«

Ute nickte zufrieden. »Ich mag Mitarbeiter, die mitdenken. Mal sehen, was er uns zu erzählen hat.«

*

Das Sprechzimmer glich einem Salon in einem herrschaftlichen Haus. Der Arzt selbst trug statt des weißen Kittels einen gut sitzenden, dunkelgrauen Anzug mit passender Krawatte.

»Wie ich bereits von Ihrem jungen Kollegen hörte, geht es um meine Patientin Frau Lena Gabriel, wenn ich mich nicht irre«, sagte Dr. Strecker und bot den beiden Beamten einen Stuhl an. »Ich hoffe, Sie haben eine von ihr unterschriebene Entbindung der Schweigepflicht bei sich, ansonsten darf ich Ihnen keinerlei Auskünfte erteilen.«

»Selbstverständlich.« Ute zeigte ihm das Formular. »Allerdings wurde es von Herrn Gabriel unterschrieben – seine Frau ist derzeit leider nicht in der Lage, selbst zu unterschreiben.«

Dr. Strecker warf einen Blick auf das Papier und fragte dann verwundert: »Was ist denn mit Frau Gabriel passiert?«

In knappen Sätzen erzählte Ute von dem tragischen Unglück.

»Gütiger Gott«, murmelte er. »Sie hatte sich so sehr auf ihr Baby gefreut. Doch wie kann ich Ihnen weiterhelfen?«

»Indem Sie uns einige Fragen beantworten«, erwiderte Ute schnell. »Es gibt da nämlich ein paar Dinge, die noch unklar sind.«

Dr. Strecker war anzusehen, dass er ehrlich betroffen war. »Selbstverständlich, fragen Sie nur – obwohl ich mir nicht vorstellen kann, wie ich Ihnen bei den Ermittlungen behilflich sein könnte.«

»Eigentlich möchten wir nur wissen, aus welchem Grund sich Frau Gabriel bei Ihnen in Behandlung befindet. Ihr Mann gab an, dass sie seit Jahren unter Migräneanfällen leidet. Ist das richtig?«

Dr. Strecker nickte ernst. »Ja, schon seit ihrer Jugend.«

»Ist es besser geworden?«

»Nun, seit Frau Gabriel schwanger ist, haben die Anfälle nachgelassen, was keine Seltenheit ist. Ich hatte ihr sogar zu dieser Schwangerschaft geraten.«

»Das ist uns bereits bekannt.«

Dr. Strecker öffnete die Patientenkarte. »Frau Gabriel verriet mir bei einem ihrer letzten Besuche, dass ihr einiges schleierhaft vorkäme.«

Ute setzte sich aufrecht hin. »Interessant«, sagte sie langsam. »Erzählen Sie uns das doch bitte etwas genauer.«

9. KAPITEL

Therese hatte sich seit dem Vortag etwas gesammelt. Nein, auch bei genauerem Überprüfen würde nichts im Hause fehlen, erklärte sie den beiden Kripo-Beamten bei deren Besuch eifrig. »Ich habe sogar das Tafelsilber nachgezählt, es ist alles noch an seinem Platz. Frau Kommissarin, haben Sie denn inzwischen eine Spur?«

Ute macht eine bedauernde Handbewegung. »Leider nicht. Frau Biegler, Sie erwähnten gestern, dass Frau Gabriel hin und wieder etwas durcheinander war ...«

»Nun, manchmal wirkte sie etwas ... verwirrt«, gab die Haushälterin zurück.

»Wann ist Ihnen diese Veränderung aufgefallen? Seit der Schwangerschaft oder schon vorher?«

Therese runzelte angestrengt die Stirn. »Das kann ich Ihnen nicht genau sagen, aber ich denke, es begann schon früher.«

»Also keine Schwangerschaftspsychose?«

»Wissen Sie, ich kenne Frau Gabriel schon, seit sie mit ihren Eltern in dieses schöne alte Haus gezogen ist. Wie geht es ihr übrigens?«

»Nach Angaben des Professors geht es ihr sehr schlecht«, erklärte Heiner und blickte die ältere Frau mitfühlend an. »Wir dürfen noch keine Fragen an sie stellen.«

Therese seufzte. »Ob sie sich jemals von diesem Schock erholen wird? Sie ist doch so zart.«

»Das kann ich Ihnen leider auch nicht sagen. Hätten Sie etwas dagegen, wenn wir uns noch einmal in Frau Gabriels Schlafzimmer umsehen?«

*

Im Schlafzimmer war alles aufgeräumt. Auf dem Nachttisch lag ein kleines, in rotes Leder eingeschlagenes Buch. Ute setzte sich vorsichtig auf den Bettrand, damit die glatte Seidendecke nicht verrutschte. Interessiert blätterte sie in dem Buch.

»Und?« Heiner lehnte am Türrahmen.

»Sieh mal einer an, Frau Gabriel hat öfter ihren Seelendoktor aufgesucht, als er uns erzählt hat.«

»Na und? Ist das etwa verboten?«

Ute blätterte ohne Kommentar weiter. »Ich kann nichts Außergewöhnliches feststellen. Hier sind nur noch Termine mit Frau Gabriels Frauenarzt und einem Möbelhändler eingetragen. Komisch, da hört man über eine Person so viel und mischt sich in ihr Privatleben, ohne sie persönlich zu kennen. Ich bin schon richtig gespannt auf sie.«

»Lena Gabriel ist sehr hübsch«, erwiderte Heiner. »Zwar nicht unbedingt mein Typ, aber äußerst attraktiv.«

Erstaunt sah Ute ihn an. »Woher weißt du das?«

Heiner hielt ihr ein gerahmtes Hochzeitsfoto hin. »Frau Gabriel war eine sehr schöne Braut.«

»Lass uns ins Präsidium fahren und den ganzen Schreibkram erledigen.«

Er stöhnte. »Muss das sein?«

»Allerdings«, kam es ungerührt zurück.

Im Auto lehnte sich Ute entspannt zurück, fuhr sich mit den Händen durch die kurzen Haare und schloss die Augen. Ihre Gesichtszüge entspannten sich und sie sang vor sich hin. »Arbeit, Arbeit, du mein Vergnügen, Arbeit, Arbeit, du meine Lust. Hätt' ich keine Arbeit ...«

»Es reicht«, unterbrach sie Heiner mürrisch und gab Gas.

*

»Du hast ja schon wieder etwas Farbe bekommen.« Philipp strich seiner Frau mit einer zärtlichen Geste über die eingefallene Wange. »Jetzt dauert es nicht mehr lange, bis du nach Hause kannst.«

Lena drehte das Gesicht zur anderen Seite, damit Philipp nicht die Tränen in ihren Augen sehen konnte. »Ich möchte nicht dorthin zurück.«

»Aber wohin willst du dann? Es ist doch dein Zuhause. Auch Professor Windhammer ist der Meinung, dass dich ein unnötig langer Klinikaufenthalt noch mehr deprimieren wird.«

Sie griff nach seiner Hand. »Philipp, in diesem Haus ist unser Kind gestorben. Wie kann ich jemals wieder unbeschwert die Treppe sehen, auf der es passiert ist?«

»Du wirst es eines Tages vergessen«, sagte er wenig überzeugend.

»Vergessen? Wie sollte ich vergessen, dass ich nie wieder ein Baby haben kann? Du bist so hart geworden.« Sie schluchzte auf. »Und ich dachte, du stehst zu mir.«

Erschrocken schüttelte er den Kopf. »Ich stehe zu dir und werde es immer tun. Lena, ich liebe dich mehr als mein Leben, das musst du mir glauben. Aber die Tatsache, dass wir niemals Eltern werden können, müssen wir einfach akzeptieren, es lässt sich leider nicht ändern.«

»Ich werde mich nie damit abfinden können«, entgegnete sie leise. »Was ist eine Ehe ohne Kinder?«

»Wir haben doch uns. Bedeutet dir unsere Beziehung denn überhaupt nichts?«, fragte er mit Verzweiflung in der Stimme. »Auch wenn es schwer fällt, wir werden es gemeinsam schaffen, über den schrecklichen Verlust hinwegzukommen. Es wird sicherlich lange dauern, bis es so weit ist, aber ich werde nicht zulassen, dass daran unsere Ehe zerbricht.«

Lena setzte sich auf. »Nein, das will ich doch auch nicht. Ich möchte am liebsten alles vergessen, was geschehen ist, und ganz neu beginnen. Aber das geht nicht.« Sie seufzte. »Wenn dieser Unmensch, der mir das angetan hat, gefunden wird, geht es mir sicherlich etwas besser.«

Philipp blickte sie eindringlich an. »Und sie werden ihn finden, davon bin ich fest überzeugt.«

In plötzlicher Wut ballte sie die Faust und schlug auf die Bettdecke. »Warum ist das ausgerechnet mir geschehen? Es gibt so viele Frauen, die ihre ungeborenen Kinder gar nicht haben wollen. Warum ist das Schicksal so ungerecht?«

Es klopfte sacht, und gleich darauf steckte Claudia ihre dunkle Lockenmähne durch den Türspalt. »Störe ich?«

»Überhaupt nicht.« Philipp winkte sie heran. »Im Gegenteil, vielleicht gelingt es dir, Lena aufzuheitern.«

Claudia seufzte. »Das werde ich wohl kaum schaffen.« Sie setzte sich auf die Bettkante und küsste Lenas Wange. »Wie geht es dir heute?«

Lena lächelte schwach. »Genau wie gestern und vorgestern. Nun ist es schon drei Wochen her.«

»Gefallen dir wenigstens die Blumen?« Claudia nahm den Strauß, den sie zuvor auf die Bettdecke gelegt hatte, wieder hoch. »Ein erster zarter Frühlingsgruß.«

»Danke, sie sind sehr schön. Dort hinten am Waschbecken müsste eigentlich noch eine leere Vase stehen.«

Philipp räusperte sich. »Kann ich die Damen ein paar Minuten allein lassen? Ich würde gern einen Kaffee trinken gehen.«

Nachdem Lena genickt hatte, verließ er das Zimmer.

»Ich mache mir Sorgen um Philipp«, sagte Lena.

Erstaunt blickte Claudia sie an. »*Du* machst dir Sorgen um *ihn*?«

»Er verbringt so viel Zeit bei mir und sieht nicht gerade gesund aus. Therese erzählte mir, dass er kaum etwas isst und nur grübelnd vor sich hin starrt, wenn sie morgens kommt.«

»Nun, Philipp leidet genauso wie du.« Claudia zog sich einen der Besucherstühle heran.

Lena richtete sich etwas auf. »Wenn die Polizei wenigstens den Unmensch finden würde, der in dieser Nacht im Haus war, dann hätte ich etwas Genugtuung.«

»Was sagt Philipp denn dazu?«

»Er wurde nur einmal von der Kripo kurz befragt, und Therese sagte mir, dass die Polizei zweimal im Haus gewesen sei.«

Claudia beugte sich etwas vor. »Und? Was haben sie herausgefunden?«

»Nichts, absolut nichts.«

»Na, hör mal! So was gibt es doch gar nicht! Bei den heutigen Methoden, die die haben, müssen sie doch eine Spur gefunden haben.«

»Ich weiß doch auch nicht«, gab Lena zurück und knetete dabei ihre Hände. »Es scheint, als wäre diese Person durch eine Fensterritze gekrochen. Was macht das Geschäft?«

»Deine Gedankensprünge sind wirklich enorm«, sagte Claudia überrascht. »Es plätschert so vor sich hin. Ich vermisse die Kaffee- und Plauderpausen mit dir im Hinterzimmer.« Sie lächelte wehmütig. »Es wird Zeit, dass du entlassen wirst.«

Lena senkte den Blick. »Es wird nie wieder so unbeschwert sein wie früher.«

»Das ist nicht schlimm. Hauptsache, meine beste Freundin leistet mir ab und zu Gesellschaft.«

*

Als Ute Schäfer die zarte blonde Frau in dem viel zu groß wirkenden Bett liegen sah, überfiel sie unvermittelt eine Flut von Mitleid und Anteilnahme. »Mein Kollege und ich werden Sie nicht lange stören, Frau Gabriel.«

»Was wollen Sie von mir wissen?« Lenas Augen blickten leer zu den beiden Beamten hinüber. »Ich glaube, mein Mann hat Ihnen bereits alles über diese Nacht erzählt.«

Ute zog sich einen Stuhl heran, während sich ihr Assistent mit verschränkten Armen gegen das Fensterbrett lehnte.

»Ich möchte gern noch einmal die Geschehnisse aus Ihrem Mund hören«, erklärte Ute und lächelte ihr aufmunternd zu. »Keine Angst, ich beiße nicht.«

Nur zögernd erzählte Lena. Abschließend sagte sie mit etwas festerer Stimme: »Es war jemand im Haus, das habe ich mir nicht eingebildet.«

Heiner schickte einen bezeichnenden Blick zu seiner Chefin, den sie jedoch ignorierte.

»Sie müssen doch die Unordnung im Kinderzimmer gesehen haben«, schloss Lena ihren Bericht. »Und dann diese Geräusche und …«

Ute blätterte ihre Notizen durch. »Mir ist nichts bekannt von einem unordentlichen Kinderzimmer. Auch Ihre Haushälterin erwähnte nichts davon.«

»Es herrschte das reinste Chaos in dem Raum, das Fenster stand weit offen und der Wind heulte schrecklich.« Lena bedeckte die Augen. »Ich werde diesen Anblick niemals vergessen, niemals in meinem Leben.«

»Frau Gabriel«, begann Ute behutsam. »Es gibt im ganzen Haus keine Spur davon, dass sich in dieser Nacht jemand außer Ihnen dort befand.«

»Aber es *muss* Spuren geben!«, rief Lena in einer Mischung aus Zorn und Verzweiflung. »Oder wollen Sie mir etwa einreden, dass ich geistig nicht zurechnungsfähig bin? Sagen Sie es doch endlich!«

»Davon kann keine Rede sein, Frau Gabriel.« Ute erhob sich. »Wie ich sehe, regt Sie unsere Anwesenheit auf, was sicherlich nicht gut für den Heilungsprozess ist. Mein Kollege und ich werden uns bei Ihnen melden, falls wir etwas herausbekommen.«

»Ich habe das Gefühl, Sie sind davon überzeugt, dass ich spinne. Mit der Einstellung werden Sie die Spurensuche nicht ernsthaft betreiben und folglich nichts finden.«

»Wenn es einen Schuldigen gibt, dann werden wir die Sache aufklären«, gab Ute ruhig zurück. »Ich wünsche Ihnen eine gute Erholung.«

Ute konnte es kaum erwarten, das Krankenzimmer mit der unglücklichen, schluchzenden Frau zu verlassen. Es kam nicht sehr oft vor, dass sie so viel Mitgefühl mit einem Opfer hatte.

»In einem Punkt hast du dich getäuscht«, sagte sie zu Heiner, als sie auf dem Gang standen. »Lena Gabriel spielt uns nichts vor. Sie ist davon überzeugt, dass sie gestoßen wurde – und ich glaube ihr.«

Um Heiners Mundwinkel spielte ein spöttisches Lächeln »Was sagte Frau Gabriel? In dem zukünftigen Kinderzimmer herrschte das reinste Chaos … Wie erklärst du dir das? Außerdem wehte nach ihrer Aussage ein eisiger Wind, obwohl es draußen windstill war. Kannst du mir das erklären?«

Unschlüssig blieb Ute vor dem gläsernen Portal mit den sich automatisch öffnenden hohen Türen stehen. »Wir befragen noch einmal die Haushälterin.«

»Was versprichst du dir davon? Sie hat doch mehrmals erklärt, dass alles an seinem Platz stand, als sie morgens zur Arbeit kam.« Er folgte Ute, die mit festen, schnellen Schritten zum Auto eilte.

Heiner kannte seine Chefin gut. Er wusste, dass er nun besser den Mund hielt.

*

Nachdenklich schloss Ute Schäfer den dünnen Aktendeckel mit der Aufschrift ›Gabriel‹ und legte ihn seufzend in die Ablage. Das Gespräch mit Therese Biegler hatte bestätigt, dass kein Zimmer im gesamten Haus in Unordnung gebracht worden war – und schweren Herzens schloss sich die Kommissarin der Meinung ihres Assistenten an, dass Lena Gabriel Halluzinationen hatte. Zu viele Beweise gab es dafür, dass die Frau an einer Geistesstörung litt und sich etwas eingebildet hatte, was nicht existierte.

Noch einmal las Ute den Abschlussbericht durch. Sie hätte der armen Frau so gern geholfen – doch das würde wohl nur ein gut ausgebildeter Psychiater schaffen.

10. KAPITEL

»Wie lange muss meine Frau hier bleiben?« Philipp saß Dr. August Gärtner, dem Chefarzt des Sanatoriums, gegenüber. Am Vormittag war Lena nach dreiwöchigem Klinikaufenthalt auf Empfehlung Professor Windhammers in die noble Einrichtung knapp eine Autostunde von München entfernt gebracht worden. Philipp hatte sich zunächst dagegen gesträubt, sich aber gefügt, nachdem ihm Professor Windhammer gut zugeredet hatte.

Lena selbst war alles gleichgültig. Als die Kripo ihr vorsichtig mitgeteilt hatte, dass es keinerlei Anhaltspunkte für ein Verbrechen gab und aus diesem Grund die Ermittlungen abgeschlossen wurden, war Lena schluchzend zusammengebrochen. Wenn sie sich das alles nur eingebildet hatte, war sie ganz allein schuld am Tod ihres Babys!

Dr. Gärtner legte die Stirn in Falten und blätterte zum wiederholten Mal in Lenas Patientenakte. »Wie ich schon sagte: Ich kann beim besten Willen noch keine Aussagen machen, Herr Gabriel. Es wird vermutlich Monate dauern, bis ich und meine Kollegen Ihre Frau davon überzeugen können, dass der Sturz von der Treppe ein schrecklicher Unfall war und sie sich keine Vorwürfe machen darf. Wir werden unser Bestes tun, damit Sie sie bald nach Hause holen können.«

»Ich danke Ihnen.« Philipp erhob sich und reichte dem Chefarzt die Hand. »Darf ich mich noch von meiner Frau verabschieden?«

»Selbstverständlich, doch denken Sie daran, Ihren ersten Besuch hier erst in einem Monat zu planen. Für die Patientin ist es wichtig, erst einmal zur absoluten Ruhe zu kommen – ohne Einflüsse von außen.« Er stand ebenfalls auf und begleitete den niedergeschlagenen Ehemann hinaus.

Philipp seufzte leise. »Ist es tatsächlich nötig, dass sie mich so lange nicht sieht?«

Dr. Gärtner legte ihm die Hand auf den Arm. »Wir haben unsere Erfahrungen.«

»In Ordnung. Aber ich darf anrufen und mich nach ihr erkundigen, oder?«

»Sooft Sie möchten. Wenn Sie sich jetzt verabschieden würden, kann ich danach bereits das erste Gespräch mit Ihrer Frau führen.«

Lena saß noch am selben Platz, an dem Philipp sie verlassen hatte. Das helle Sommerkostüm, das sie trug, machte sie noch blasser, als sie schon war. Langsam trat Philipp zu ihr und gab ihr einen Kuss auf die Stirn. »Liebling, ich muss jetzt gehen.«

Sie starrte blicklos an ihm vorbei und reagierte nicht.

»Lena, Liebling«, versuchte es Philipp noch einmal. »Hast du verstanden, was ich gesagt habe? Ich muss dich jetzt leider verlassen.«

Durch ihren zarten Körper ging ein Ruck, und für einen kurzen Moment schien sie aus ihrer Lethargie zu erwachen. »Du verlässt mich? Warum?«

»Auf Anordnung des Arztes. Er möchte mit dir reden.«

»Was soll ich hier, Philipp?«, fragte sie, und in ihren Augen war plötzlich Angst zu erkennen. »Was soll ich hier? Das ist nicht mein Zuhause!«

»Nein, aber du wirst bald nach Hause kommen. Dr. Gärtner wird alles tun, damit es dir wieder besser geht.«

»Mir geht es schon viel besser. Lass uns nach Hause fahren.« Mit erstaunlicher Kraft stand Lena auf, wurde von Philipp jedoch wieder sanft in den Sessel gedrückt.

»Du kannst dich hier viel besser ausruhen als zu Hause und hast immer jemanden, mit dem du über deine Probleme sprechen kannst.«

Sie betrachtete ihn fast ungläubig. »Aber mit dir kann ich doch auch darüber reden. Warum hast du mich hierher gebracht?«

Philipp stöhnte leise auf. »Ich kann dir aber nicht helfen, mein Engel. Begreifst du das denn nicht?«

»Du lässt es also zu, dass ich hier eingesperrt werde?«

»Niemand will dich einsperren. Wenn du es partout nicht mehr aushältst, hole ich dich hier heraus. Ich möchte doch nur, dass du wieder so fröhlich bist wie früher.«

Sie lachte unglücklich. »Ich werde nie wieder so werden, wie ich einmal war, Philipp.«

»Versuche es wenigstens, Lena. Bitte.« Er blickte sie flehend an. »Tu es für unsere Ehe.«

Lena sank in ihrem Sessel zusammen und klang fast wie ein kleines Mädchen, als sie schließlich wisperte: »Gut, Philipp. Dir zuliebe werde ich es versuchen.«

Dr. Gärtner, ein hoch gewachsener, sportlicher Mann um die vierzig mit dunklem, kurzen Haar und markanten Gesichtszügen, lächelte Lena aufmunternd zu. Er hatte eine halbe Stunde verstreichen lassen, bevor er seine neue Patientin aufsuchte, nachdem ihr Ehemann gegangen war.

»Haben Sie sich schon ein wenig mit Ihrer neuen Umgebung vertraut gemacht?«, fragte er freundlich. »Sie werden über unser Freizeitangebot staunen. Wir verfügen nicht nur über ein wunderschönes Schwimmbad, sondern auch über Tennisplätze, ein Café, einen Minigolfplatz und ...«

»Herr Doktor«, unterbrach sie ihn unwirsch. »Ich möchte so schnell wie möglich wieder nach Hause. Also beginnen Sie mit der Therapie.«

Dr. Gärtner blickte sie erstaunt an. Diese rasche Antwort hatte er nicht erwartet. Er rieb seine Nase – eine unbewusste Reaktion, die häufig an ihm zu beobachten war, wenn er nach den richtigen Worten suchte, wie Lena während ihres Aufenthaltes noch feststellen sollte.

»Nun, Frau Gabriel.« Der Chefarzt blickte ihr ernst in die Augen. »Ich kann verstehen, dass Sie den Tag herbeisehnen, an dem Sie zu Ihrem Gatten zurückkönnen. Doch so schnell geht das leider nicht. Sie müssen sich erst einmal hier eingewöhnen. Danach können wir ganz langsam und behutsam anfangen, die Vergangenheit zu bewältigen. Es erfordert schon etwas Geduld.«

*

Langsam schien sich auch Philipp von dem Schock zu erholen. Sechs Wochen waren inzwischen seit dem Unglückstag vergangen.

»Essen Sie wenigstens die Spiegeleier, wenn Sie schon kein Brötchen mögen«, sagte Therese mütterlich besorgt. Der Hausherr tat ihr so Leid, wie er da vor seiner Kaffeetasse saß und dumpf vor sich hin brütete. »Seit Wochen scheinen Sie sich ausschließlich von Kaffee zu ernähren. Was soll denn Ihre Frau von Ihnen denken, wenn Sie sie besuchen und sie sieht, wie abgemagert Sie sind?«

Um Philipps Mundwinkel spielte ein müdes Lächeln. »Sie haben Recht, Therese. Eigentlich sollte ich mich nicht so gehen lassen. Den Verlust unseres Kindes werde ich wohl irgendwann akzeptieren können – aber nicht Lenas Zustand.«

Die Haushälterin setzte sich ihm gegenüber an den wie üblich liebevoll gedeckten Frühstückstisch. Fast hätte sie tröstend seine Hand gestreichelt. »Der Zustand Ihrer Frau wird sich bald bessern, Herr Gabriel. Sie sagten doch, dass dieses Sanatorium eines der besten in Deutschland ist, nicht wahr?«

Er nickte wortlos.

»Sehen Sie, auch Ihre Frau wird mithilfe der Ärzte eines Tages den Schock überwunden haben. Glauben Sie mir, auch mir fehlt Ihre kleine Frau entsetzlich. Immerhin ist sie so etwas wie eine Tochter für mich.«

»Das weiß ich doch, Therese«, sagte Philipp. »Aber ich bekomme kaum einen Bissen hinunter. Ich kann an nichts anderes denken als an Lena, sie fehlt mir in jeder Sekunde des Tages.«

»Haben Sie denn schon mit ihr telefonieren dürfen?«

»Nein, nur mit dem Chefarzt.« Er lehnte sich zurück und fuhr sich über die Augen. »Dr. Gärtner meint, dass sich Lena ganz gut eingelebt hat. Mein Gott, sie sah so unglücklich und verloren aus, als ich mich von ihr verabschiedete. Und ich kam mir richtig schuldig vor, als ob ich sie im Stich gelassen hätte.« Philipp erhob sich schwerfällig. »Ich fahre jetzt ins Atelier; vielleicht kann mich meine Arbeit etwas ablenken.« An der Tür drehte er sich noch einmal um. »Ach, richten Sie doch bitte Claudia Ferrer aus, dass es meiner Frau den Umständen entsprechend geht, falls sie wieder anrufen sollte. Sie geht mir mit ihren ständigen Fragen nach Lena mächtig auf den Wecker.«

Therese war bereits dabei, das kaum benutzte Geschirr zusammenzustellen. Sie blickte auf und nickte.

*

»Schwester Marion sagte, dass Sie zum ersten Mal das Mittagessen nicht zurückgehen ließen.« Dr. Gärtner sah zufrieden aus. »Ich freue mich, dass Sie wieder etwas Appetit haben, Frau Gabriel.«

Lena saß dem Arzt im Therapiezimmer, einem gemütlich eingerichteten Raum mit antiken Möbeln, dicken Teppichen und hohen Zimmerpflanzen, gegenüber. Sie war bereits seit über einer Woche im Sanatorium Bellevue und hatte den Chefarzt bedrängt, endlich mit der Therapie zu beginnen. »Möchten Sie sitzen bleiben oder sich lieber bequem dort drüben auf die Liege legen?«, fragte Dr. Gärtner und wies in eine abgedunkelte Ecke des Raumes. »Viele Patienten können sich besser entspannen, wenn sie liegen.«

»Nein, ich kann mich auch so entspannen. Was wollen Sie von mir wissen, Herr Doktor?«

»Hatten Sie in der letzten Zeit diese merkwürdigen Albträume, von denen mir der Kollege Strecker berichtete?«

»Seit dem Unglück hatte ich keinerlei Albträume mehr. Sagen Sie, gehören diese Fragen schon zur Therapie?«

»Aber ja. Zunächst muss ich mir doch ein Bild davon machen, wie weit Ihre Genesung fortgeschritten ist, damit ich weiß, wo ich ansetzen soll.«

»Erzählen Sie jetzt bitte nicht, dass ich wegen der frischen Luft hier so gut schlafe«, sagte Lena in einem Anflug von Galgenhumor. »Können Sie mir erklären, warum ich diese schrecklichen Träume überhaupt hatte?«

Dr. Gärtner zog die hohe Stirn kraus und schrieb etwas in die noch fast leere Patientenakte. »Dazu müsste ich mehr darüber wissen. Doch zunächst möchte ich, dass Sie mir Ihren Lebensweg erzählen.«

»Wie bitte? Was hat das denn mit dem Tod meines Kindes zu tun?«

»Vermutlich nichts, doch Sie werden verstehen, dass der kleinste

Hinweis dazu führen kann, Sie von Ihrem Trauma zu befreien. Werden Sie mitmachen?«

Nur zögernd begann Lena über ihr behütetes Elternhaus, ihre Jugendzeit im Schweizer Internat und die ersten Begegnungen mit ihrem Mann zu berichten. Dr. Gärtner unterbrach sie nicht ein einziges Mal, sondern nickte nur ab und zu und machte sich fast unentwegt Notizen.

»Dann kann man sagen, dass Sie eine glückliche Vergangenheit hatten?«

Lena nickte. »Ja, meine Eltern haben mir ein wunderschönes Leben ermöglicht.«

Dr. Gärtner schaute auf. »Wann traten die Migräneanfälle zum ersten Mal auf?«

Sie überlegte kurz und sagte dann langsam: »Genau kann ich das nicht mehr sagen, irgendwann im Laufe der Pubertät. Mit den Jahren wurden die Anfälle heftiger, sodass ich mich sogar in einer Spezialklinik untersuchen ließ. Doch körperlich fehlte mir nichts, wie sich herausstellte. Als ich dann ...« – sie schluckte – »... schwanger wurde, verschwanden die Migräneattacken fast vollständig.«

»Aha, und jetzt sind sie wieder da?«

Unwillkürlich fuhr sich Lena über die Stirn. »Eigentlich nur ein paarmal – und nicht so schlimm wie früher.«

»Frau Gabriel«, sagte der Arzt behutsam, »Sie sollten sich entspannen.«

»Ich bin entspannt!«

»Nein, das sind Sie nicht.« Er wies auf ihre Hände, die sich um die Sessellehne klammerten. »Glauben Sie mir, es lässt sich viel mehr erreichen, wenn Sie sich fallen lassen. Möchten Sie sich nicht doch lieber hinlegen?«

»Nein.« Lena löste die Hände und legte sie locker in den Schoß. Dabei kam sie sich wie ein dressiertes Äffchen vor. »Können wir fortfahren?«

»Gut, gut. Im Übrigen denke ich nicht, dass Ihre Albträume etwas mit den Migränebeschwerden zu tun haben.«

Lena holte tief Luft und sagte mit betont ruhiger Stimme: »Wenn

Sie meine nächtlichen Erlebnisse als Albtraum abtun wollen, dann sind Sie auf dem Holzweg, Herr Doktor. Ich war so hellwach, wie ich es jetzt bin.«

»In Ordnung.« Er hob beschwichtigend die Hände. »Dann zählen Sie mir jetzt bitte alle Dinge auf, die Ihnen merkwürdig erschienen.«

Lena berichtete von dem filigranen Schattenmuster an der Zimmerdecke, das sie nie zuvor bemerkt hatte, von den verschwundenen Dingen im Haus, den eigenartigen Geräuschen – und schloss mit dem Chaos im Kinderzimmer in jener schicksalhaften Nacht. Danach blickte sie atemlos und erschöpft auf ihre inzwischen zu Fäusten geballten Hände, die nach wie vor in ihrem Schoß lagen.

Dr. Gärtner hatte aufmerksam zugehört und sogar vergessen, sich Notizen zu machen. Einige Sekunden nach Lenas Bericht schwieg er, dann meinte er: »Ich denke, für heute ist es genug.« Er ging auf sie zu, löste ihre verkrampften Hände und legte ihr einen Arm um die Schultern. »Gehen Sie etwas im Park spazieren und ruhen Sie sich aus. Morgen werden wir unser Gespräch fortsetzen.«

Lena stand auf. »Kann ich wenigstens Besuch von meinem Mann empfangen? Ich vermisse ihn so.«

»Das glaube ich Ihnen gern, doch ich halte seinen Besuch für verfrüht. Allerdings habe ich nichts dagegen, dass Sie ihn anrufen.«

In ihren traurigen Augen sah er einen Funken von Freude.

*

»So, das wäre geschafft.« Philipp strich sich eine widerspenstige Locke aus der Stirn, nahm eine der Decken aus einem Karton und legte sie über den Schaukelstuhl. »Wenn meine Frau aus dem Sanatorium zurückkommt, soll nichts mehr daran erinnern, dass in diesem Hause ein Baby erwartet wurde.«

Therese seufzte tief. »Sie wird es auch ohne die Kinderzimmereinrichtung nicht vergessen, fürchte ich.«

Philipp stand mit hängenden Schultern auf dem Dachboden, auf dem es trotz Glühbirne stets ein wenig schummrig war. Er blickte sich wehmütig um und sagte mit schleppender Stimme: »Am besten, wir schließen hier ab und Sie verwahren den Schlüssel. Ich möchte nämlich nicht, dass meine Frau auf die versteckten Sachen stößt.«

»Verstehe.« Therese nickte bedächtig. »Möchten Sie diese Sachen nicht lieber weggeben?«

»Ich bin mir nicht sicher.« Philipp zupfte die Decke gerade und blickte sich um. »Möglicherweise geschieht ein Wunder und meine Frau kann sich mit dem Gedanken anfreunden, ein Kind zu adoptieren. Sie könnte dann nach der Kinderzimmereinrichtung fragen. Ich will vermeiden, dass sie wütend auf mich ist, weil ich ohne ihr Einverständnis alles fortgegeben habe.«

Es läutete, und Therese eilte mit ihren stämmigen Beinen zur Haustür. »Ach, Frau Ferrer.«

»Guten Tag, Therese.« Claudia trug einen großen Blumenstrauß und ein in Geschenkpapier gewickeltes Päckchen, das die Form eines Buches hatte. »Ist Herr Gabriel da?«

»Sie haben Glück, treten Sie ein.« Therese machte eine einladende Handbewegung. »Wären Sie eine halbe Stunde später gekommen, wäre er schon unterwegs gewesen.«

Claudia erblickte Philipp und winkte ihm zu. »Hallo, würdest du mir den Gefallen tun und Lena die Blumen mitnehmen?«

»Na klar. Möchtest du einen Kaffee trinken, etwas Zeit habe ich noch.«

»Gern.« Claudia legte den Strauß vorsichtig auf eine der Kommoden. »Vergiss nur nicht, Lena ganz herzlich von mir zu grüßen.«

Philipp lächelte lahm. »Wie könnte ich? Sie fragte mich schon öfter am Telefon, wie es dir geht.«

»Wie es mir geht?« Claudias dunkle Augen schienen vor Verblüffung noch größer zu werden. »Das Mädchen macht wohl Witze! Deine Frau durchlebt gerade die schlimmste Phase ihres Lebens und fragt nach *meinem* Befinden?«

Er hob die Schultern. »Du bist ihre beste Freundin.«

»Nehmen Sie im Wohnzimmer Platz, der Kaffee kommt sofort«, sagte Therese, während sie in die Küche ging.

Philipp und Claudia gingen ins Wohnzimmer hinüber. »Claudia, setz dich schon mal dorthin. Ich muss mich noch umziehen, bevor ich zu Lena fahre. Therese und ich haben das Kinderzimmer ausgeräumt.«

»Oh, das war bestimmt schmerzlich für dich.«

Philipp warf ihr einen langen Blick zu. Dann drehte er sich um und ging nach oben.

*

Bereits nach dem Mittagessen stellte sich Lena an das Flurfenster im ersten Stock und blickte mit brennenden Augen hinunter auf den Parkplatz. Obwohl sie noch immer häufig weinte aus Kummer über ihr verlorenes Kind, war Philipps Besuch ein Lichtblick. Sie konnte es kaum mehr erwarten, ihn wiederzusehen.

»Frau Gabriel, haben Sie denn keine Lust, bei dem schönen Wetter etwas im Park spazieren zu gehen?«, fragte eine Schwester im Vorübergehen. »Etwas Farbe würde Ihnen sicherlich gut stehen.«

»Mein Mann kommt heute«, gab Lena knapp zurück. Sie hasste es, wenn das Personal sie wie ein Kleinkind behandelte. »Ich werde später gemeinsam mit ihm einen Spaziergang machen.«

Erleichtert atmete sie auf, als die Schwester gegangen war. Konnte man sie denn nicht mal eine Minute in Ruhe lassen? Dann richtete sie sich auf, als sie die Umrisse des alten Volvos erkannte. Ihr Herz schlug heftig und für kurze Zeit trat ihre Trauer in den Hintergrund.

Sie eilte die Stufen hinunter, als säße ihr der Teufel im Nacken. Gott, wie sie sich danach sehnte, von Philipp in die Arme genommen zu werden!

Schon von weitem sah Philipp seine Frau auf sich zulaufen. Er eilte ihr strahlend entgegen und schloss sie in seine Arme. »Mein Liebling, endlich darf ich dich wiedersehen«, murmelte er.

Mit geschlossenen Augen schmiegte sie sich an seine Brust und stand für einige Sekunden ganz still da, um die vertraute Umarmung zu genießen. Dann erst hob sie den Kopf und sagte: »Ich liebe dich.«

»Und ich liebe dich auch«, gab er leise zurück und küsste sie mitten auf dem belebten Parkplatz.

Später saßen sie Händchen haltend auf einer Bank im Park wie ein frisch verliebtes Pärchen. Irgendwann sagte Philipp: »Du siehst richtig erholt aus, Kleines.«

»Ich werde hier auch gemästet. Außerdem schlafe ich zum ersten Mal seit einer Ewigkeit wieder prächtig – sogar ohne Schlafmittel.«

Zärtlich strich er ihr eine Haarsträhne aus der Stirn. »Ich bin sicher, dass du die längste Zeit hier warst. Vielleicht kann ich dich das nächste Mal schon mitnehmen.«

Sie seufzte. »Ich fürchte, damit wird Dr. Gärtner nicht einverstanden sein. Er betont zwar immer wieder, dass ich Fortschritte mache, es aber trotzdem noch eine Weile dauern wird, bis ich keine Depressionen und Schuldgefühle mehr habe.«

Bewusst vermieden beide, über ihr totes Kind zu reden. Dr. Gärtner hatte Lena geraten, später offen mit ihrem Mann darüber zu reden, doch dazu war es noch viel zu früh. Zuerst musste Lena mit sich und ihrem Schmerz fertig werden.

»Was macht Claudia denn?«, fragte sie unvermittelt. »Ich würde sie gern sehen.«

»Ich konnte sie nur knapp davon abhalten, mich heute zu begleiten. Bevor ich heimfahre, werde ich Dr. Gärtner fragen, ob Claudia dich auch bald einmal besuchen darf. Okay?«

Lena nickte. »Das wäre schön. Wie läuft es denn mit ihrer Apotheke?«

»Keine Ahnung.« Er zuckte die Achseln. »Ich sehe sie ja kaum, Gott sei Dank. Die Frau kann einem schon mal den letzten Nerv rauben.«

Fast gegen ihren Willen musste Lena lachen. »Ich finde Claudia witzig und unkompliziert. Und ich bin froh, dass wir uns wieder gefunden haben. Außerdem hast du doch früher sogar mit ihr in einer Wohnung gelebt …«

Er hob den Zeigefinger und korrigierte: »In einer Wohngemeinschaft, bitte schön. Zum Glück lief mir Claudia nur alle paar Tage über den Weg, und das hat mir schon gereicht.«

»Immerhin sind wir uns durch sie begegnet«, erinnerte sie ihn. »Ich finde, etwas Dankbarkeit deinerseits wäre da schon angezeigt.«

Er zog sie noch dichter an sich. »Wenn ich ihr nicht dankbar wäre, würde ich jedes Mal fliehen, wenn ich sie nur von weitem sehe.«

Inzwischen war die Sonne hinter den Bäumen verschwunden und Lena begann zu frösteln. »Ich freue mich auf den Sommer«, sagte sie. »Hoffentlich muss ich nicht bis zum Herbst hier bleiben.«

»Das glaube ich nicht.« Philipp erhob sich und zog seine Frau ebenfalls hoch. »Es wird Zeit, mit Dr. Gärtner zu reden. Ich bin gespannt, was er mir sagen wird.«

»Darf ich bei der Unterredung dabei sein?«

Philipp zog die Stirn kraus. »Soviel ich weiß, wollte er mit mir allein sprechen. Aber keine Angst, ich werde dir später brühwarm erzählen, was er gesagt hat.«

*

»Ihre Frau sprach in den letzten Tagen kaum von etwas anderem als von Ihrem Besuch«, begrüßte der Chefarzt Philipp in seinem Büro. »Nehmen Sie doch bitte Platz.« Ohne Übergang fügte er hinzu: »Welchen Eindruck macht Lena auf Sie?«

»Sie sieht erholt aus und wirkt auf mich nicht mehr ganz so niedergeschlagen. Das ist doch ein gutes Zeichen, nicht wahr?«

Dr. Gärtner nickte zustimmend. »Und ob es das ist! Manche Patienten brauchen viele Monate, manchmal sogar Jahre, um sich auch nur halbwegs von solch einem Schicksalsschlag zu erholen.«

»Dann glauben Sie, dass meine Frau inzwischen damit zurechtkommt, was geschehen ist?«, fragte Philipp hoffnungsvoll. »Hat Sie mit Ihnen darüber geredet?«

»Nein, nein!« Der Arzt hob abwehrend die Hände. »Akzeptiert hat sie noch lange nicht, dass sie ihr Baby verloren hat und nie wieder ein Kind bekommen wird.«

Philipp sah verwirrt aus. »Das verstehe ich nicht.«

»Ich erkläre es Ihnen: Lena weiß natürlich, dass sich ihr Kinderwunsch niemals erfüllen wird. Aber sie beginnt zu zweifeln, ob sie nicht doch in jener Nacht allein im Hause war. Sie schilderte mir ihre furchtbaren Albträume, die sie seit geraumer Zeit quälten. Und langsam fragt sie sich selbst, ob sie nicht doch nur geträumt hat, als es geschah.«

»Aber Lena ist noch nie im Schlaf durchs Haus gewandert!«, warf Philipp heftig ein.

Dr. Gärtner blickte ihn nachsichtig lächelnd an. »Woher wollen Sie das wissen? In der Regel bekommen Angehörige von Schlafwandlern selten etwas mit. Und in der Nacht, als das Unglück passierte, waren Sie doch hunderte von Kilometern entfernt, oder?«

»Das stimmt, aber mir wäre sicherlich vorher schon aufgefallen, wenn Lena nicht in ihrem Bett gelegen hätte. Sehen Sie ...« – er machte eine kurze Pause – »... meine Frau litt doch früher unter diesen grässlichen Migräneattacken, und wenn sie dann nachts aufstand, um eine Tablette zu nehmen, wurde ich regelmäßig wach.«

»Schon, aber Lena hat Ihnen doch sicherlich hin und wieder von merkwürdigen Geräuschen im Haus erzählt.« Dr. Gärtner heftete wachsam seinen Blick auf den Mann vor sich. »Mir gegenüber erwähnte sie jedenfalls etwas Ähnliches.«

Philipp überlegte. »Ja, jetzt fällt es mir wieder ein. Eines Nachts ertappte ich meine Frau, wie sie am geöffneten Fenster des Esszimmers stand.«

»Und?«

»Einer der Fensterläden hatte sich gelockert und gegen die Hauswand geschlagen. Bereits kurze Zeit später ist die Halterung des Fensterladens repariert worden.«

»Sonst hat Lena Ihnen nichts erzählt?« Der Arzt blickte auf die Aufzeichnungen, die vor ihm lagen. Dort stand jedes Wort, das Lena ihm gesagt hatte, jede Merkwürdigkeit, die ihr aufgefallen war. Anscheinend hatte sie dies alles ihrem Mann verschwiegen, vermutlich aus Angst, sich vor ihm lächerlich zu machen.

»Was denken Sie eigentlich?«, fragte Philipp vorsichtig. »Glauben Sie, dass Lena ...«

»... unter Wahnvorstellungen leidet?« Dr. Gärtner schüttelte den Kopf. »Nein, auch wenn sie selbst im Moment davon überzeugt ist.«

Philipp machte eine hilflose Handbewegung. »Aber was ist denn sonst mit meiner Frau los?«

Der Arzt lehnte sich zurück und sah sehr ernst aus. »Ich hege den Verdacht, dass alles, was angeblich vorgefallen ist, reine Einbildung war.«

»Jetzt begreife ich überhaupt nichts mehr.« Philipp griff sich stöhnend an den Kopf. »Eben noch sagten Sie, dass meine Frau geistig vollkommen auf der Höhe ist. Wie soll ich das jetzt verstehen?«

Der Arzt lächelte. »Verzeihen Sie mir, wenn ich mich etwas ungenau ausgedrückt habe. Eigentlich wollte ich damit nur sagen, dass Ihre Frau höchstwahrscheinlich eine Schlafwandlerin ist. Ich gehe sogar so weit zu behaupten, dass Lena in dieser Nacht am oberen Treppenabsatz nicht gestoßen wurde – sie *fühlte* sich gestoßen. Dabei hat sie vermutlich das Gleichgewicht verloren und ist gestürzt.«

»Und wie geht es jetzt weiter?«

»Zuerst werde ich versuchen, Ihrer Frau dieses Schuldgefühl auszureden, das sie sehr belastet. Wenn ich sie davon überzeugt habe, dass sich all diese eigenartigen Dinge ausschließlich in ihren Träumen abgespielt haben, wird es für sie einfacher, in die Normalität zurückzukehren und wieder Freude am Leben zu haben.«

Zögernd fragte Philipp: »Darf ich denn jetzt regelmäßig kommen? Ich werde sonst noch wahnsinnig allein zu Hause und müsste wohl auch bald Ihre Hilfe in Anspruch nehmen.«

»Überstürzen Sie bitte nichts«, sagte der Arzt. »Sie sollten Ihrer Frau noch etwas Ruhe gönnen.«

»Aber wieso?« In Philipps hübschem Gesicht spiegelte sich Ungläubigkeit. »Meinen Sie nicht, dass Lena genauso unter der Trennung leidet wie ich?«

»Das tut sie in der Tat, doch Sie müssen verstehen, dass zu häufige Besuche von Ihnen die Therapie verlängern könnten. Ich habe Ihnen doch bereits gesagt, dass sich Lena in den letzten Tagen kaum an unseren gemeinsamen Gesprächen beteiligte, weil Sie ständig an Ihren Besuch denken musste.«

»Trotzdem«, Philipp schüttelte nachhaltig den Kopf, »glaube ich nicht, dass es ihr schaden könnte, wenn ich öfter kommen würde.«

Dr. Gärtner beugte sich etwas vor und erwiderte mit verschwörerischer Miene: »Ich mache Ihnen einen Vorschlag, den anzunehmen sich sicherlich lohnt. Kommen Sie in Abständen von drei Wochen her, dann meinetwegen für den ganzen Tag. Wenn ich merke, dass Ihre Besuche für Ihre Frau zu etwas Normalem werden, können wir über eine weitere Lockerung gern reden.«

»Nur alle drei Wochen?« Philipp sah enttäuscht aus. »Lena braucht mich doch.«

»Selbstverständlich braucht sie Sie. Doch noch mehr braucht sie Zeit für sich, um ihre innere Ruhe wiederzuerlangen.«

»Dann werde ich mich in Gottes Namen danach richten. Übrigens lässt mich Lenas Freundin fragen, ob und wann denn ein Besuch von ihr möglich wäre.«

Dr. Gärtner blätterte in seinen Unterlagen. »Sie meinen Frau Ferrer?«

»Woher wissen Sie das?«

»Ich mache mir über alles, was mir Ihre Frau erzählt, Notizen. Diese Frau Ferrer ist eine sehr gute Freundin, nicht wahr?«

»Die einzige und gleichzeitig beste«, gab Philipp lächelnd zurück. »Die beiden verbringen oft ihre Zeit gemeinsam. Claudia wäre übrigens Patentante unseres Kindes geworden.«

»Sagen Sie Frau Ferrer, dass es im Moment noch nicht möglich ist.«

»Schon klar. Weil sich Lena nur ganz behutsam wieder an ein normales Leben gewöhnen soll.« Philipp erhob sich. »Haben Sie etwas dagegen, wenn ich bis zum Abendessen bleibe? Schließlich muss ich meiner Frau beibringen, dass ich erst in drei Wochen wiederkommen darf.«

»Natürlich, wenn Sie möchten, können Sie auch noch mit ihr zu Abend essen. Ich werde die Schwester bitten, ein weiteres Gedeck auf das Zimmer Ihrer Frau zu bringen.«

Lena war tief enttäuscht. »Dann sehe ich dich jetzt also wieder eine Ewigkeit nicht. Wenn ich doch nur mit dir gehen könnte.«

Er nahm ihre Hand fest in seine eigene. »Du bist nicht im Gefängnis, Liebling. Jederzeit kannst du die Therapie abbrechen und nach Hause kommen. Ein Anruf von dir – und ich hole dich hier raus.«

Es wurde tatsächlich Herbst, als Lena dem Chefarzt des Sanatoriums zur Abschluss-Besprechung gegenübersaß. Dr. August Gärtner war zufrieden mit seiner attraktiven Patientin, die während ihres Aufenthaltes in seinem Haus zugenommen und einen rosigen Teint bekommen hatte.

Lena sah wirklich erholt aus. Sie hatte nun auch seelisch von ihrem toten Baby Abschied genommen und die schwere Gewissheit akzeptiert, niemals Mutter zu werden.

Mit der Zeit hatte Dr. Gärtner sie davon überzeugen können, dass sie das Opfer ihres Schlafwandelns geworden war.

»Sie werden mir fehlen«, sagte Lena mit einem fast wehmütigen Lächeln. Obwohl sie fast ständig von Heimweh geplagt worden war, hatte sie sich an das Personal und die Therapiegespräche mit Dr. Gärtner gewöhnt.

Der Arzt lächelte und fasste sie behutsam am Arm. »Sie können Ihren Aufenthalt hier gern unbegrenzt verlängern, wenn Ihnen so viel daran liegt.«

»Nein, lieber nicht!« Auch Lena konnte wieder herzhaft lachen. »Ich kann es kaum erwarten, wieder in meinen eigenen vier Wänden zu leben.«

Bei seinen letzten Besuchen hatte Philipp die Erlaubnis bekommen, mit seiner Frau in die benachbarte Kleinstadt zu fahren, damit sich Lena langsam wieder an ein normales Leben gewöhnen konnte. Aus Erfahrung wusste Dr. Gärtner, dass viele Menschen, die monatelang im Sanatorium lebten, Angst vor dem Kontakt mit der Außenwelt hatten.

»Wann wird Ihr Mann denn hier sein?«, fragte er mit einem Blick auf die Uhr. »Nicht, dass Sie denken, ich will Sie loswerden – Sie waren eine überaus angenehme Patientin.«

»Vielen Dank, aber ich weiß, dass ich manches Mal recht unbequem war.« Sie lächelte, und plötzlich beneidete der Arzt Philipp Gabriel um seine bildschöne Frau.

»Lena«, sagte er noch behutsam. »Vergessen Sie nicht, was ich Ihnen mit auf den Weg gegeben habe. Versuchen Sie nicht, Ihr Schicksal zu verdrängen oder zu vergessen, denn das klappt niemals. Wenn Ihnen danach zu Mute ist, darüber zu reden, dann tun Sie es. Und es spielt keine Rolle, ob Sie sich dafür Ihren Mann, Ihre Freundin oder Dr. Strecker aussuchen – Hauptsache, Sie sprechen über Ihre Trauer. Und wenn Ihnen danach ist, können Sie auch jederzeit mich anrufen.«

Sie nickte, und plötzlich war sie froh, dass es so viele Menschen gab, die sich um sie sorgten.

11. KAPITEL

»Endlich zu Hause!« Lena strahlte über das ganze Gesicht. Noch immer schien die Sonne und tauchte die stattliche Villa in ein helles Licht. »Du kannst dir nicht vorstellen, wie sehr ich mich auf diesen Tag gefreut habe!«

Philipp parkte vor der Garage, nahm Lenas Hand und küsste sie. »Und ob ich das kann. Ich habe nämlich die Stunden gezählt, bis ich dich abholen durfte, und jetzt werde ich dich nicht mehr gehen lassen.«

Therese hatte das Motorengeräusch gehört und öffnete nun schwungvoll die Haustür. Ihr rundes Gesicht glühte vor Freude, als sie Lena endlich in die Arme nehmen konnte. Unter Tränen stammelte die Haushälterin: »Ach, ist das schön, dass Sie wieder hier sind. Und gut erholt sehen Sie aus.«

»Das Essen war aber nicht so gut wie Ihres«, gab Lena zurück. Dann holte sie tief Luft. Einen Moment zögerte sie, das Haus zu betreten.

Als sie dann in der Halle stand, vermied sie zunächst den Blick zu der schweren, mit Schnitzereien überladenen Holztreppe. Aber dann sah sie hin und war erstaunt, dass außer einem leichten Stich in der Herzgegend nichts passierte.

*

Gegen Abend kam Claudia vorbei. Die Begrüßung fiel ähnlich herzlich aus wie die mit der Haushälterin.

»Dein fieser Ehemann hat mir glatt verboten, dich im Sanatorium zu besuchen«, sagte Claudia mit einem gespielt zornigen Blick auf Philipp. »Und wenn es nur für ein klitzekleines Momentchen gewesen wäre – aber nein, da war nichts zu machen. Egal. Hauptsache, du bist wieder gesund. Du siehst großartig aus.«

»Danke, ich fühle mich auch großartig. Ja, ich habe akzeptiert, dass ich mein Kind verloren habe.«

Claudias Augen weiteten sich erstaunt. »Du kannst einfach darüber sprechen? Also dieser Arzt muss ja ein richtiger Wunderdoktor sein!«

»Du irrst dich, wenn du glaubst, dass es nicht mehr wehtut, an das Kind zu denken«, sagte Lena nach kurzer Pause. »Es wird immer schmerzen, solange ich lebe. Aber inzwischen bin ich so weit, dass ich das Grab sehen möchte.«

Philipp sprang auf. »Ist das dein Ernst? Ich denke, dafür ist es noch zu früh. Was hat denn Dr. Gärtner dazu gesagt?«

»Beruhige dich.« Lena deutete mit einer Handbewegung an, dass er sich wieder setzen sollte. »Gerade er riet mir zu diesem Schritt, damit ich endlich richtig Abschied nehmen kann.«

Claudia und Philipp warfen sich einen bedeutungsvollen Blick zu. Es hatte lange gedauert, bis Lena ihren Mann nach dem Grab gefragt hatte. Auch für ihn war es schwer gewesen, die Beerdigung zu organisieren, hatte er erklärt, aber einer hatte es ja machen müssen.

Philipp räusperte sich. »Nun, wenn du meinst, dass du stark genug bist, fahren wir in den nächsten Tagen zum Friedhof.«

Claudia legte ihren Arm um Lenas Schultern. »Wenn du möchtest, begleite ich dich auch.«

»Nein, ich halte es für besser, wenn ich ganz allein an diesem Grab stehe. Seid mir bitte nicht böse deswegen.«

»Wie sollte ich dir jemals böse sein? Dein Wunsch ist mir Befehl, aber nur, wenn du mir mal wieder einen Besuch in der ollen Apotheke abstattest. Das hat mir nämlich im letzten halben Jahr am meisten gefehlt.«

Wenig später verabschiedete sich Claudia nach Lenas Versprechen, in den nächsten Tagen in der Apotheke vorbeizuschauen.

Wohlig seufzend schmiegte sich Lena an Philipps Brust. Der Sex mit ihm war genauso aufregend und erfüllt gewesen wie vor dem Unfall. Philipp hatte ihre verblasste Narbe minutenlang geküsst und gestreichelt, bevor sie miteinander geschlafen hatten.

»Lass mich nie wieder so lange allein, hörst du?«, murmelte er in ihr Haar. »Noch einmal ertrage ich es nicht, von dir getrennt zu sein.«

Sie hauchte einen Kuss auf seine Brust. »Für mich war es auch die Hölle, das kannst du mir glauben, mein Liebling. Aber jetzt wird alles gut.«

Bevor sie einschlief, warf Lena einen vorsichtigen Blick zum Fenster. Durch das Oberlicht fiel sanftes Mondlicht ins Zimmer – doch die Rosenornamente waren trotzdem kaum zu erkennen, und beruhigt schloss sie die Augen.

*

Drei Tage später trat Lena ihren schweren Gang zum Friedhof an. Philipp führte seine Frau zu dem kleinen Grab, auf dem sonnengelbe Astern gepflanzt waren. Auf dem Grabstein aus weißem Marmor stand der Name »Felicitas Gabriel«.

Philipps Stimme klang traurig, als er erklärte: »Entschuldige, dass ich eigenmächtig gehandelt habe. Wir hatten ja noch keinen Namen für unsere Tochter. Der Pfarrer benötigte ihn für die Beerdigung.«

Lena nickte und starrte wie gebannt auf das Grab zu ihren Füßen. In ihrem Inneren war eine tiefe Traurigkeit, doch es war nicht so schlimm, wie sie befürchtet hatte. »Felicitas ist ein sehr schöner Name. Ich danke dir, dass du das alles organisiert hast.«

»Möchtest du jetzt allein sein?«

Sie nickte.

»Dann warte ich auf dem Parkplatz auf dich, in Ordnung?«

»Nein, du kannst ruhig in dein Atelier fahren. Ich nehme mir nachher ein Taxi, du weißt ja, dass ich noch zu Claudia will. Vielleicht kann sie mich später nach Hause fahren.«

Erst nach längerem Zureden ging Philipp schließlich zögernd. Lena wickelte den Blumenstrauß aus dem Seidenpapier, nahm aus ihrer Handtasche die kleine Vase, die sie extra gekauft hatte, und sah sich nach einer Wasserleitung um.

Dann setzte sie sich auf die Bank gegenüber und starrte mit brennenden Augen auf den Grabstein. Ganz still saß sie da, und als sie sich schließlich erhob, war sie davon überzeugt, dass sie das Schlimmste überwunden hatte.

Claudia freute sich, als sie ihre Freundin durch die Schaufensterscheibe entdeckte. Beide begrüßten sich herzlich, dann senkte Lena unbewusst ihre Stimme. »Ich war vorhin auf dem Friedhof …«

»Oh nein!«

»Doch, und es hat mir gut getan, dorthin zu gehen. Weißt du, bisher konnte ich nur trauern, doch jetzt habe ich einen Ort, an den ich immer gehen kann, um mein Kind zu besuchen.«

Claudia warf der Freundin einen vorsichtigen Blick zu. »Bist du okay?«

»Vollkommen.« Lena holte tief Luft. »Ich gebe zu, dass es mir nicht leicht gefallen ist, doch ich muss lernen, mit den Geschehnissen einigermaßen umzugehen.«

»Du wirst es schon schaffen.« Claudia tätschelte ihre Hand. »Als du aus dem Sanatorium zurückkamst, habe ich über deine Verfassung und dein gutes Aussehen gestaunt.«

»Hättest du einen Schluck Kaffee für mich?« Lena schob ihre Tasse quer über die Tischplatte. »Ich bin glatt am Verdursten.«

Claudia lachte befreit auf. »Für dich doch immer. Kannst du dich noch an unsere Musiklehrerin im Internat erinnern, die ständig mit einem Becher Kaffee in der Hand zum Unterricht erschien?«

Ebenfalls lachend erwiderte Lena: »Ich sehe sie vor mir, als wäre es erst gestern gewesen. Wie hieß sie denn bloß?«

»Hm, wir haben sie immer nur Irmchen genannt, wenn sie es nicht gehört hat.«

»Anton, Irma Anton hieß sie!«, rief Lena und lachte herzhaft.

*

Therese Biegler war zufrieden. Lena ging es von Tag zu Tag besser. Der Verlust ihres Kindes hatte aus ihr zum Glück keine verbitterte Frau gemacht, und dies war ohne Zweifel ein Verdienst ihres Mannes und ihrer Freundin Claudia Ferrer.

»Meinen Sie, dass meine Kleidung für drei Wochen reichen wird?«, fragte Lena in diesem Augenblick und sah fragend auf die unzähligen Koffer vor sich.

Therese lachte. »Meiner Meinung nach können Sie damit auf eine Jahresreise gehen.«

»Das denken Sie. Auf dem Schiff wird es oft Galadiners oder Bälle geben. Da kann ich schließlich nicht ständig das Gleiche tragen.«

»Und es gibt jede Menge Boutiquen auf dem Dampfer«, fügte Therese hinzu. »Das habe ich jedenfalls in dem Prospekt gelesen, den Sie mir gegeben haben.«

»Hoffentlich gibt es dort auch Koffer zu kaufen, um die neuen Kleider nach Hause transportieren zu können.« Lena grinste. »Zum Glück ist Philipp weniger anspruchsvoll als ich, was Garderobe angeht. Sonst hätten wir wirklich eine Extrakabine nur für das Gepäck buchen müssen.«

»Hast du gerade von mir geredet?« Unbemerkt hatte Philipp die Eingangshalle betreten. »Du meine Güte!« Er wies auf die Koffer. »Bist du sicher, dass wir das alles ins Auto bekommen?«

Sie ging langsam zu ihm hinüber und küsste ihn. »Sei froh, dass wir keine Dreimonatsreise machen.«

Philipp hatte kurzerhand für drei Wochen eine Schiffsreise auf dem Mittelmeer gebucht. Er wollte damit Lenas Genesung beschleunigen.

Er warf Therese einen hilflosen Blick zu und fragte: »Sind alle Frauen so?«

Die Haushälterin lachte schallend. »Fast alle, würde ich sagen. Wenn Sie sich jetzt allerdings nicht beeilen, wird die Maschine nach Hamburg ohne Sie fliegen.«

»Sie haben Recht.« Philipp hob einen der schweren Koffer an und stöhnte. »Liebling, hast du Backsteine eingepackt?«

»Natürlich, und das nur, um dich zu ärgern.«

Therese winkte dem Ehepaar nach, bis der Wagen nicht mehr zu sehen war. Es war gut, dass Lena wieder lachen und scherzen konnte.

*

»Meinst du nicht, dass es reicht?«, fragte Alfred Biegler stirnrunzelnd seine Frau. »Den Herrschaften ist es sicherlich einerlei, ob der Küchenboden wie ein Spiegel glänzt.«

Therese hob kurz den Kopf und pustete sich eine Haarsträhne aus der puterroten Stirn. »Davon verstehst du nichts, mein Lieber. Es soll alles blitzblank sauber sein, wenn sie morgen zurückkehren. Hast du den Garten in Ordnung gebracht?«

Alfred steckte den Schraubenzieher in die Hosentasche, mit dem er kurz zuvor einige Schrauben an den Fensterläden festgezogen hatte. »Was glaubst du denn? Die Rosensträucher sind zurückgeschnitten und die Blumenzwiebeln abgedeckt. Den Rasen habe ich auch noch mal gemäht, bevor es den ersten Frost gibt.«

Therese wischte sich die Hände an der Kittelschürze ab. »Den Gabriels wird es sicherlich nicht gefallen, wie kalt es hier inzwischen geworden ist. Als Frau Gabriel gestern von Kreta aus anrief, schwärmte sie von dem schönen Wetter dort. Sie erzählte, dass sie sogar mit dem Gedanken spielte, sich dort ein Ferienhaus zu kaufen.«

»Die Wärme tut ihrer angeknacksten Gesundheit bestimmt gut«, sagte Alfred nickend und hielt seiner Frau ein Stück Kupferdraht vor die Nase. »Weißt du, was es mit diesem Draht auf sich hat?«

Therese nahm das ungefähr fünf Zentimeter lange Stück in die Hand. »Nein, du bist doch der Handwerker. Wo hast du es denn gefunden?«

»Oben am Treppenabsatz, es lag zwischen zwei Geländerstreben.«

»Keine Ahnung, woher es stammt«, gab Therese achselzuckend zurück. »Vermutlich hast du es verloren, als du damals nach dem Unfall das Geländer untersucht hast – oder die Kriminalpolizei. Beim Saubermachen habe ich es jedenfalls noch nicht gesehen.«

Wortlos steckte Alfred den Draht zurück in die Hosentasche und nahm seiner Frau den Eimer mit dem Schmutzwasser ab.

*

»Ich hätte noch wochenlang auf diesem Schiff bleiben können«, schwärmte Lena, als sie sich das erste Mal nach der Reise wieder mit

Claudia traf. »Es war einfach himmlisch – das Meer, die Sonne und das angenehme Leben an Bord. Und die vielen Städte, die wir gesehen haben, einfach traumhaft.«

Claudia grinste schief. »Falls ich mal im Lotto gewinnen sollte, werde ich auch eine Kabine auf diesem Traumschiff buchen.«

»Du weißt, dass ich dir schon oft angeboten habe …«

»… dass du mich zu einem Urlaub einlädst?« Claudia hob abwehrend die Hände. »Tut mir Leid, aber das werde ich niemals zulassen.«

Lena seufzte. »Du und dein verdammter Stolz. Manchmal ist es mir richtig peinlich, so viel Geld zu haben, während du gerade das Nötigste zum Leben verdienst.«

»Also, so schlimm ist es auch nicht! Die Apotheke ist zwar nicht gerade das, was man eine Goldgrube nennen kann, aber ich habe mein Auskommen. Dass Apothekerin nicht mein Traumberuf ist, dafür kann niemand etwas.«

Plötzlich verzog sich Lenas Gesicht. »Verdammt, es fängt schon wieder an. Jetzt lässt es sich wohl nicht mehr aufschieben, einen Termin bei Dr. Strecker auszumachen.«

»Sag nicht, dass deine Migräne wieder aufgetaucht ist!«

»Doch, leider. Es fing an, kurz nachdem wir die Kreuzfahrt begonnen hatten, und ich dachte zunächst, dass es wegen des Wetterwechsels war. Doch die Schmerzen kamen immer wieder und jedes Mal wurden sie stärker.«

»Oh nein, und dabei dachte ich, wenigstens das hättest du hinter dir.« Claudia machte ein bestürztes Gesicht. »Hast du Philipp davon erzählt?«

Lena rieb sich die Stirn. »Nur beim ersten Mal, dann habe ich es ihm verschwiegen. Ich wollte ihm doch nicht die Freude an der Kreuzfahrt nehmen.«

»Na hör mal!« Claudia schlug mit der Hand auf die Tischplatte, sodass sich einige der anderen Cafébesucher erstaunt umdrehten. Die Stimme etwas gesenkt, fuhr sie fort: »Du kannst doch Philipp nicht verheimlichen, dass diese verflixte Migräne zurückgekommen ist – nur um ihn zu schonen.«

Etwas gequält lächelnd erwiderte Lena: »Vielleicht ist es dumm, aber ich habe ein wenig Angst, dass Philipp irgendwann die Nase voll hat von seiner ständig leidenden Frau.«

»Das ist doch nicht dein Ernst, oder? Philipp liebt dich mehr als alles andere auf dieser Welt, und wenn es ginge, würde er dir deine Schmerzen abnehmen.«

»Du hast ja Recht, vielleicht bin ich in dieser Beziehung überempfindlich. Ich werde ihm also beichten, dass ich wohl wieder behandelt werden muss.« Dabei dachte sie mit Grauen an die Zeit, als sie nachts vor Schmerzen erwacht war und ohne Medikamente nicht mehr einschlafen konnte.

*

Philipp nahm seine Frau zärtlich in die Arme. »Ich habe mir so etwas schon fast gedacht, mein Liebling. Und ich bestehe darauf, dass du noch heute einen Termin bei deinem Arzt ausmachst.«

»Ich möchte nicht wieder diese starken Tabletten nehmen müssen.« Sie klammerte sich an seinem Hemd fest. »Vielleicht hatte ich auch dadurch diese Schlafwandelanfälle.«

Er runzelte die Stirn. »Hast du Dr. Gärtner davon erzählt?«

»Natürlich, aber er meinte, dass das Medikament zwar etliche Nebenwirkungen hätte, aber von Halluzinationen im Schlaf hätte er noch nie etwas gehört. Außerdem führte er an, dass ich das Medikament zu Beginn der Schwangerschaft wieder abgesetzt habe.«

»Na siehst du. Hab keine Angst, Liebling.« Er hob ihr Kinn an. »Und du musst mir versprechen, dass du mir in Zukunft nichts mehr verheimlichst, selbst wenn du nachts wieder eigenartige Geräusche hörst.«

Sie nickte ergeben. Philipp hatte Recht: Es war gut, wenn man seine Probleme mit dem Menschen, den man liebte, besprechen konnte. Dann erschienen sie einem nur noch halb so schlimm.

*

Bereits einen Tag später saß sie dem Arzt gegenüber. Der Neurologe hatte sie begrüßt wie eine alte Bekannte, über deren Wiedersehen er sich besonders freute.

»Ich habe den Entlassungsbericht des Kollegen Gärtner aufmerksam gelesen, gnädige Frau«, sagte er und schob seine Brille zurecht. Lena bemerkte beiläufig, dass es sich um ein neues Gestell handelte. »Sicherlich muss ich Ihnen nicht sagen, wie entsetzlich Leid mir Ihr tragischer Unfall getan hat.«

»Bitte, Herr Doktor, ich möchte nicht wieder diese starken Schmerzmittel bekommen.«

Er blickte erstaunt auf. »Aber weshalb denn nicht? Sie sagten doch seinerzeit, dass die Tabletten Ihnen geholfen hätten.«

»Das schon, aber ich werde das Gefühl einfach nicht los, dass sie für meine nächtlichen Wachträume und Wanderungen durch das Haus mitverantwortlich waren. Möglicherweise haben sie mein Tun beeinflusst, obwohl ich sie schon lange zuvor abgesetzt hatte.«

Dr. Strecker runzelte die Stirn. »Das halte ich für ausgeschlossen, gnädige Frau.« Er griff nach seinem Rezeptblock. »Ich werde Ihnen zunächst ein leichtes Schmerzmittel verschreiben. Wer weiß, vielleicht haben wir Glück, und die Attacken werden schwächer und hören schließlich ganz auf. Wenn nicht, würde ich Sie bitten, noch einmal zu mir zu kommen.«

Zielstrebig steuerte Lena schließlich Claudias Apotheke an.

Claudia hob erstaunt die Augenbrauen, als ihr Lena das Rezept übergab. »Na, also ich weiß nicht recht …«

»Stimmt etwas nicht?«

»Diese Tabletten sind so leicht, dass es sie rezeptfrei zu kaufen gibt. Ich verstehe deinen Arzt wirklich nicht. Mir scheint es fast so, dass er glaubt, du würdest dir deine Migräne nur einbilden.«

Lena starrte die Freundin an. »Du meinst, dass er mir diese Tabletten als Placebo verschrieben hat?«

Claudia nickte zögernd, hob dann aber schnell abwehrend die Hände. »Das ist nur eine Vermutung, ich will nichts gesagt haben.«

»Das ist ja unglaublich!« Wütend warf Lena die kleine rosafarbene

Schachtel in ihre Handtasche. »Da vertraut man sich einem Facharzt an und muss schließlich feststellen, dass er einen nicht für voll nimmt.«

Die Ladenglocke ertönte und Claudia machte eine Kopfbewegung zum Hinterzimmer. »Ich komme gleich nach. Du kannst schon mal Kaffeewasser aufsetzen, wenn du magst.«

*

Die Hände tief in den Hosentaschen vergraben stand Philipp da und starrte seine Frau ungläubig an. »Ich werde mir diesen Arzt gleich morgen vorknöpfen.«

»Nein, bitte nicht!« Entsetzt sprang Lena auf. »Claudia hat es doch nur vermutet.«

»Und sie wird Recht haben. Dr. Strecker muss doch ganz genau wissen, dass diese Laschi-Tabletten gegen deine starken Schmerzen gar nicht helfen können.«

Hilflos hob sie die Arme. »Wenn er meine Beschwerden nicht ernst nimmt, wer soll mir dann noch helfen?«

Irgendwann nahm Lena doch eine der Schmerztabletten aus der rosa Schachtel und war erstaunt, dass die Kopfschmerzen kurz darauf verschwunden waren. »Merkwürdig«, dachte sie, machte sich aber dann keine weiteren Gedanken mehr.

*

Die täglichen Besuche am Grab der kleinen Felicitas hatten mittlerweile etwas Rituelles für Lena. Stundenlang konnte sie auf der Bank gegenüber sitzen und stumme Zwiesprache mit ihrer toten Tochter halten. In Gedanken erzählte sie ihr immer wieder, wie sehr sie sich auf sie gefreut hatte und wie Leid es ihr tat, wie alles gekommen war. Fast schien es, als würden sich die Äste der Trauerweide hinter dem Grabstein zustimmend wiegen, wenn Lena zum wiederholten Male erklärte, dass der Sturz von der Treppe nicht ihre Schuld gewesen war.

Philipp hatte seine Frau ein paarmal zum Friedhof begleitet, doch im Laufe der Wochen war es zur Gewohnheit geworden, dass Lena das winzige Grab allein besuchte. Und ihr war es ganz recht so, denn diese stummen Monologe gaben ihr die Kraft, die Trauer zu überwinden.

Um das Kinderzimmer machte Lena nach wie vor einen großen Bogen. Sie wusste, dass der Raum leer und neu tapeziert war, das hatte ihr Philipp gesagt. Zudem war er abgeschlossen. Wo sich der Schlüssel befand, wusste Lena nicht – und sie wollte es auch gar nicht wissen.

12. KAPITEL

Zunächst wusste Lena nicht, was sie aus dem Schlaf gerissen hatte. Sie rieb sich die Augen und versuchte weiterzuschlafen. Doch irgendetwas zwang sie, sich umzudrehen und zum Fenster zu schauen. Fast hätte sie aufgeschrien: Die Schattenrosen tanzten wieder an der Decke.

Vorsichtig zog sie die Bettdecke wieder hoch und zwang sich, die Augen fest zu schließen. Als sie nach einigen Minuten einen zögernden Blick in die Höhe warf, war das Muster verschwunden, als hätte sie es sich wirklich nur eingebildet.

»Hattest du heute Nacht wieder Kopfschmerzen?«, fragte Philipp beim Frühstück.

Vor Schreck ließ Lena fast das Messer fallen. »Wie kommst du darauf?« Er durfte unter keinen Umständen erfahren, was sie gesehen hatte.

»Nun, du hast dunkle Ringe unter deinen Augen, deshalb nahm ich an, dass du schlecht geschlafen hast.« Er lächelte ihr liebevoll über den Tisch zu. »Aber für mich bist du auch so die schönste Frau auf dieser Welt.«

»Danke, aber diesmal hat mein Aussehen nichts mit zu wenig Schlaf zu tun.«

»Wirst du wieder zum Friedhof gehen bei dem Regen?«

Sie senkte den Kopf. »Ich muss, Philipp. Es ist wie ein …«

»… Zwang?«

»Bitte lach mich nicht aus, aber ich habe das Gefühl, dass Felicitas enttäuscht wäre, wenn ich nicht jeden Tag käme.«

»Ich lache dich nicht aus, mein Engel. Ich bin sogar erleichtert, dass du nicht aus Pflichtgefühl ständig auf dem Friedhof bist, denn das würde bedeuten, dass du dir noch immer Selbstvorwürfe machst.«

»Bitte lass uns das Thema wechseln. Wie weit bist du mit deinem neuesten Bild und wann kann ich es endlich sehen?«

»Es wird nicht mehr lange dauern, bis es so weit ist. Die letzten Feinheiten werde ich übrigens hier vornehmen.«

»Verrätst du mir, was dein Bild darstellt?«

Er lächelte. »Aber nur, weil ich dich so schrecklich liebe. Also, es ist ein alter Mann mit Strohhut, der sehnsüchtig in die Ferne blickt.«

Lenas Blick war voller Zärtlichkeit. Sie liebte Philipp ganz besonders, wenn er mit leuchtenden Augen von seiner Arbeit sprach. »Ich bin schon sehr neugierig auf das Bild.«

»In zwei bis drei Wochen wird es so weit sein. Kannst du es noch so lange aushalten?«

»Muss ich ja wohl, wenn du mich nicht in dein Atelier lässt«, gab sie zurück. Als er den Mund zu einer Antwort öffnete, fügte sie hastig hinzu: »Ich weiß doch, dass du dich nicht gern bei deiner Arbeit stören lassen möchtest, ich bin dir deswegen nicht böse.«

Philipp machte ein betretenes Gesicht. »Das ist eine kleine Macke von mir, Liebling.« Er warf einen Blick zur Uhr und stand auf, den letzten Schluck Kaffee trank er im Stehen. »Für mich wird es Zeit.«

»Weshalb eigentlich?«, fragte sie und stellte das Frühstücksgeschirr ordentlich aufeinander. »Dich jagt doch niemand. Manchmal habe ich den Eindruck, dass du dich wie ein kleiner Angestellter verhältst, der Angst hat, mit seinem Chef Ärger zu bekommen, wenn er ein paar Minuten zu spät an seinem Schreibtisch sitzt.«

Er warf lachend den Kopf zurück. »Tja, ich habe etwas, um das mich andere freischaffende Künstler beneiden, nämlich Disziplin. Wenn ich an manche frühere Kommilitonen denke, graut es mir. Sie stehen irgendwann um die Mittagszeit herum auf, gehen in ein Bistro frühstücken, und gegen Abend dann schließlich haben sie sich so weit aufgerafft, endlich vor der Staffelei zu sitzen.«

»Wenn ich ehrlich bin, muss ich gestehen, dass mir wesentlich lieber ist, wie du arbeitest.« Lena stand ebenfalls auf. »Ein schrecklicher Gedanke, wenn du halbe Nächte in deinem Atelier verbringen würdest, während ich hier stundenlang voller Sehnsucht auf dich warte.«

Er schloss sie von hinten in seine Arme und Lena lehnte ihren Kopf an seinen Hals. Es hätte alles wieder fast so schön wie am Anfang ihrer Ehe sein können, wenn nicht diese dumme Angst gewesen wäre.

*

Mit einem spitzen Schrei wirbelte Lena herum. »Therese! Mein Gott, haben Sie mich erschreckt.«

»Das tut mir aufrichtig Leid, Frau Gabriel.« Die Haushälterin machte ein betroffenes Gesicht. »Sie haben sich so andächtig das Fenster angesehen.«

»Ich habe überlegt, dass neue Vorhänge hier im Schlafzimmer ganz hübsch wären. Was meinen Sie?«

Thereses Gesicht erhellte sich. »Das ist eine schöne Idee. Haben Sie schon eine bestimmte Vorstellung?«

»Nein, ich ...« Lena strich sich verlegen eine Strähne aus der Stirn.

»Dann machen Sie doch einen Bummel durch die Gardinengeschäfte«, schlug Therese vor und begann, die Bettdecken aufzuschütteln. »Ein leichter Stoff mit Blumenmuster würde ganz reizend aussehen, denke ich.«

»Sicher.« Lena schlüpfte in ihre Winterstiefel. »Zunächst möchte ich jedoch zum Friedhof fahren.«

»Bei dem Wetter?« Therese stemmte die Fäuste gegen die ausladenden Hüften. »Sie werden sich noch eine schlimme Erkältung einhandeln. Es weht ein unangenehm kalter Wind.«

»Wozu gibt es dicke Jacken und Regenschirme? Gegen Mittag bin ich wieder hier.«

»In Ordnung. Ich mache Ihnen dann einen heißen Grog zum Aufwärmen.«

*

Zum ersten Mal, seit sie das kleine Grab mit dem weißen Gedenkstein besuchte, waren Lenas Gedanken während der Fahrt nicht auf den Besuch auf dem Friedhof gerichtet, sondern auf das Ereignis der vergangenen Nacht.

Lautes Hupen schreckte sie auf. Vor lauter Grübelei hatte sie nicht bemerkt, dass die Ampel von Rot auf Grün gesprungen war, und mit einer Handbewegung machte sie dem Fahrer hinter sich klar, dass er nicht so ungeduldig sein sollte.

Der Friedhof lag an diesem kalten, nassen Vormittag verlassen da. Außer Lena schien es niemanden hierher zu ziehen. Doch ihr war es ganz recht, denn schon mehrmals war ihr aufgefallen, dass einige ältere Frauen ihr eigenartige und neugierige Blicke zuwarfen, wenn sie stundenlang auf der Holzbank saß, deren grüne Farbe an einigen Stellen abgeblättert war, und stumm auf das Grab starrte.

Lena spürte den Regen kaum. Sie öffnete den Schirm, nahm die Wolldecke, die sie stets im Kofferraum mit sich führte, und legte sie auf die nasse Bank.

»Meine kleine Felicitas«, sagte sie leise und verstummte gleich danach wieder. Wenn sie jetzt jemand beobachtete, musste sie damit rechnen, dass man sie für übergeschnappt hielt. Doch weit und breit war keine Menschenseele zu sehen, und so holte Lena tief Luft.

»Ich fürchte, deine Mama ist nicht normal«, flüsterte sie und ließ dabei den Grabstein mit den Namenszügen des toten Kindes nicht aus den Augen. »Was soll ich nur tun, kannst du mir nicht helfen?«

Der Regen verursachte prasselnde Geräusche auf dem Schirm. »Ich weiß, dass niemand schuld daran hatte, was dir passiert ist – und doch werde ich das Gefühl nicht los, dass irgendetwas Dunkles, Bedrohliches dahintersteckte. Und diese Bedrohung besteht noch immer. Ich bin nicht geheilt, wie Dr. Gärtner mir versichert hat.«

Die Regentropfen auf ihren Wangen vermischten sich mit den Tränen, die unvermittelt aufstiegen. »Mit deinem Vater kann ich nicht darüber reden, er würde vor Sorge krank werden. Gerade jetzt, wo er an einem neuen Bild arbeitet, ist es sehr wichtig, dass er sich nur auf seine Arbeit konzentriert, verstehst du?« Sie schwieg einen Augenblick, dann sagte sie niedergeschlagen: »Nein, dich muss ich nicht belügen, nicht wahr? Du weißt sehr wohl, wie es in meinem Inneren aussieht, du bist der einzige Mensch, der es außer mir weiß. Ich habe Angst, dass ich wieder ins Sanatorium gebracht werde. Das ist der wahre Grund, warum ich mich deinem Vater nicht anvertrauen kann.«

Schwerfällig erhob sich Lena. Sie trat langsam dicht an das Grab heran, bückte sich und zupfte ein paar vertrocknete Blätter von den rosaroten Eisbegonien. »Ich fürchte mich so vor dem, was mir die Zukunft noch bringen wird, und ich bin mir nicht sicher, wie ich mit dieser Ungewissheit weiterleben soll.«

Über sich selbst erschrocken, richtete sie sich auf. Die Worte, die sie gerade ausgesprochen hatte, klangen eindeutig nach Lebensmüdigkeit.

»Großer Gott«, stieß sie hervor. »Was rede ich denn da nur?«

Fast fluchtartig verließ sie den Friedhof.

*

Der Wecker ließ Lena am nächsten Morgen aufschrecken und verwundert blickte sie sich um. Sie war tatsächlich in einen tiefen Schlaf gefallen und nichts hatte ihre nächtliche Ruhe gestört.

Zärtlich beugte sie sich zu Philipp hinüber und küsste seine nackte Schulter, wie sie es jeden Morgen tat. Obwohl er sofort hellwach war, wenn er geweckt wurde, überhörte er regelmäßig den Wecker. Doch er behauptete, dass es für ihn nichts Schöneres gäbe, als von Lena mit einem Kuss geweckt zu werden.

Er zwinkerte kurz und schloss dann wieder die Augen. Dabei murmelte er: »Du bist grausam, mich mitten in der Nacht zu wecken. Einfach grausam.«

»Es ist bereits acht Uhr durch, mein Lieber.« Lena biss ihm zärtlich ins Ohrläppchen. »Und vielleicht hat es sogar aufgehört zu regnen.«

»Aber nur vielleicht«, gab er schon etwas munterer zurück. Dann öffnete er seine Augen wieder und zog seine Frau dicht an sich heran. »Du scheinst jedenfalls gut geschlafen zu haben, so frisch, wie deine Stimme klingt.«

»Das habe ich in der Tat.« Lena erwiderte Philipps Kuss. »Was ist jetzt mit Aufstehen? Soll ich erst duschen oder möchtest du als Erster ins Bad?«

»Was hältst du vom gemeinsamen Duschen?« Er richtete sich leicht auf. »Das würde mir auf jeden Fall den Tag versüßen.«

Lachend schritt das Paar später die Treppe hinunter. Therese, die in der Küche hantierte, registrierte Lenas Fröhlichkeit. Mit großem Appetit verschlang Lena zwei Brötchen. Sie fühlte sich wirklich ausgeruht.

*

Der Regen ging im Laufe des Tages in Schnee über, sodass Lena auf der Fahrt vom Friedhof nach Hause beinahe einen Unfall verursacht hätte. Ihr Wagen hatte noch immer keine Winterreifen, und immer wieder kam sie auf der plötzlich glatt gewordenen Straße ins Schleudern.

Lena stieß einen Stoßseufzer aus, als sie die Villa endlich erreicht hatte. Zu ihrer großen Freude entdeckte sie Philipps alten Volvo in der Garage.

»Wie schön, dass du schon da bist«, sagte sie, als er ihr in der Halle entgegenkam. »Gibt es einen besonderen Grund dafür?«

Er nahm ihr den schweren Mantel ab und nahm sie in den Arm. »Um bei dir zu sein, gibt es keinen besonderen Grund. Aber im Ernst: Ich habe mich endgültig entschlossen, mein Bild hier fertig zu stellen. Da sich die Wetterlage in den nächsten Tagen nicht ändern soll, wie ich vorhin im Radio hörte, kam ich auf die Idee, hier zu arbeiten. Natürlich nur, wenn es dich nicht stört.«

»Wie könnte mich deine Anwesenheit stören?« Sie lächelte. »Darf ich einen Blick auf dein Werk werfen, oder ist es dir lieber, dass ich damit noch etwas warte?«

Er wiegte den Kopf. »Die Entscheidung überlasse ich dir. Ich muss dich allerdings vorwarnen: Sehr viel kann man noch nicht darauf erkennen. Es wird noch eine Weile dauern, bis es besichtigungsreif ist.«

»Nun, dann warte ich geduldig, bis du so weit bist.«

»Ich habe die Staffelei übrigens oben in den Haushaltsraum gestellt. Dort habe ich genügend Licht zum Arbeiten und störe niemanden.«

Der Haushaltsraum war das ehemalige Nähzimmer von Lenas Mutter. Das Zimmer wurde kaum benutzt, da Therese einen großen Raum neben der Küche hatte, in dem außer Waschmaschine und Trockner auch der Bügelautomat stand.

»Ich verspreche dir, dass ich dir nicht auf die Nerven gehen werde. Ich freue mich darauf, nicht mehr den ganzen Tag über allein in diesem großen Haus sein zu müssen.«

»Und du versprichst mir, bei dem Mistwetter nicht mehr hinaus auf den Friedhof zu fahren. Heute Nacht wird es frieren, und ich möchte nicht stundenlang vor Angst zittern, wenn du unterwegs bist.«

Lena legte ihre Stirn in Falten. »Ich wollte eigentlich morgen in die Werkstatt, um die Winterreifen aufziehen zu lassen.«

»Das kann ich ebenso gut machen«, widersprach er sanft. »Und falls es sich mal wieder herausstellen sollte, dass ich zwei linke Hände habe, werde ich deinen Wagen in die Werkstatt bringen. Einverstanden?«

»Okay.« Lena blickte sich um. »Wo steckt eigentlich Therese?«

»Sie wird noch beim Einkaufen sein, nehme ich an. Als ich vor einer halben Stunde kam, war sie bereits unterwegs.«

»Bei dem Wetter.« Fröstelnd verschränkte Lena die Arme. »Soll ich uns einen Tee kochen oder möchtest du gleich an die Arbeit gehen?«

»Das hat noch Zeit, ich habe bis eben gebraucht, die Staffelei aufzubauen – also, das Zeug zu einem Heimwerker werde ich wohl nie haben.«

Etwas später kam die Haushälterin zurück. Ihr rundes Gesicht war von der Kälte gerötet, und Lena schimpfte: »Warum lassen Sie sich nur nicht von mir zum Einkaufen fahren, Therese? Bei dem Schneegestöber mit den schweren Taschen durch das ganze Viertel zu gehen ...«

Therese winkte lachend ab. »Bewegung und frische Luft tun mir gut, Frau Gabriel. Und außerdem kann von schweren Einkaufstaschen keine Rede sein. Sie wissen doch, dass ich täglich losgehe.«

»Übrigens wird mein Mann die nächste Zeit zu Hause arbeiten. Er hat den Haushaltsraum oben in Beschlag genommen oder benötigen Sie ihn demnächst?«

»Ach wo! Ich werde auf Zehenspitzen durchs Haus gehen, wenn ich weiß, dass Ihr Mann arbeitet. Ich möchte nämlich nicht dafür verantwortlich sein, wenn er später unzufrieden ist. Sie wissen ja, wie hundertprozentig Ihr Mann ist, wenn es um seine Bilder geht.«

»Und ob ich das weiß. Aber durch das Haus zu schleichen, fände ich etwas übertrieben – und mein Mann sicherlich auch.« Sie warf einen Blick aus dem Küchenfenster. »Glücklicherweise hat dieser fürchterliche Schneeregen aufgehört.«

»Dafür ist es bitterkalt.« Die Haushälterin stellte den Korb mit dem Gemüse auf den Tisch. »Möchten Sie heute Mittag warm essen oder soll ich wie gewöhnlich für heute Abend vorkochen?«

Lena stemmte die Fäuste in die Hüften. »Also, daran habe ich noch gar nicht gedacht. Warten Sie einen Augenblick, mein Mann ist gerade im Wohnzimmer und trinkt seinen Tee.«

»Redest du von mir?« Philipp war in die Küche gekommen. »Was gibt es denn heute zu essen, Therese?«

»Gemüseauflauf mit Hackfleischeinlage.«

Philipp entschied sich nach längerem Überlegen, solange er in der Villa arbeitete, mittags statt abends warm zu essen. »Das gefällt mir besser als das Fastfood-Zeug, das ich mir ansonsten immer mittags in der Stadt besorge.«

»Warum gibst du dein Atelier eigentlich nicht auf und arbeitest immer zu Hause?«, fragte Lena unvermittelt. »Hier hast du ebenso viel Ruhe wie in der Stadt und den Fahrweg kannst du dir auch sparen.«

Er schwieg einen Moment, bevor er antwortete. »Du wirst es vielleicht nicht glauben, aber darüber habe ich tatsächlich auch schon nachgedacht. Der Gedanke, dich ständig in meiner Nähe zu haben, ist sehr verlockend, aber …«

Sie blickte ihn erwartungsvoll an.

»… aber ich denke, dass es ganz gut ist, wenn ich außerhalb arbeite. Ich kenne dich und ich kenne Therese. Ihr würdet vor Rücksichtnahme nur noch auf Strümpfen gehen und das will ich auf keinen Fall.«

Lena musste daran denken, was die Haushälterin kurz zuvor gesagt hatte, und gab schmunzelnd zurück: »Damit könntest du wohl Recht haben.«

*

Einige Tage später erwachte Lena mitten in der Nacht. Noch im Halbschlaf stemmte sich ihr Unterbewusstsein dagegen, die Augen zu öffnen, um nicht wieder gespenstische Schatten in der Dunkelheit sehen zu müssen.

Es gelang ihr nicht, wieder in den Schlaf zu sinken, und schließlich warf sie einen vorsichtigen Blick zur Zimmerdecke. Zu ihrer eigenen Verblüffung gab es dort nichts zu sehen. Trotzdem wusste Lena, dass sie von etwas Außergewöhnlichem geweckt worden war.

Und dann hatte sie das Gefühl, als würde ihr das Blut in den Adern gefrieren: Auf dem Dachboden direkt über dem Schlafzimmer waren eigenartige Geräusche zu hören. Lena hielt den Atem an und lauschte angestrengt. Da war es wieder. Leises, kaum hörbares Knarren, das in gleichmäßigen Abständen verstummte, um wenige Sekunden später erneut zu beginnen.

Ängstlich griff Lena hinüber zu ihrem Mann und rüttelte ihn an der Schulter. »Philipp, wach auf!«

»Was?«, murmelte er, war jedoch im nächsten Augenblick hellwach. »Mein Gott, was ist denn los?«

»Philipp, da oben auf dem Dachboden ist jemand«, flüsterte sie kaum vernehmbar. »Ich habe es genau gehört.«

»Was sagst du da?« Er schaltete die Nachttischlampe an und richtete sich auf. »Wie kommst du denn darauf, Schatz?«

Sie zog zitternd die Bettdecke über der Brust zusammen und stammelte: »Da muss jemand sein.«

»Hast du Schritte gehört?« Philipp schwang die Beine aus dem Bett, doch sie klammerte sich an ihn.

»Wo willst du hin?«

»Ich werde jetzt nach oben gehen und nachsehen.«

Sie schluchzte. »Bitte bleib bei mir, ich habe schreckliche Angst.«

Er beugte sich zu ihr hinunter und erwiderte leise: »Das musst du nicht. Außerdem kann ich mir nicht vorstellen, wie jemand durch das Dach eingestiegen sein soll, wo doch alle Luken vergittert sind.«

»Aber ich habe ganz deutliche Geräusche gehört«, wimmerte sie und kroch noch tiefer in die Kissen hinein. »Ich will nicht, dass du nachsiehst.«

Er ließ die Arme hängen. »Lena, sei nicht albern. Theoretisch kann dort oben niemand sein, zudem ist die Tür zum Boden abgeschlossen.«

»Pst.« Er hatte bereits den Türgriff in der Hand und legte den Zeigefinger der anderen Hand vor den Mund. »Verhalte dich ganz still.« Ganz leise öffnete er die Schlafzimmertür und ging hinaus.

Noch immer wagte Lena kaum zu atmen, und plötzlich stellte sie fest, dass das knarrende Geräusch verstummt war. Ihr Herz klopfte bis zum Hals, während sie angespannt auf Philipps Rückkehr wartete. Als dann leichte Schritte zu hören waren und ein Schatten auf dem Flur sichtbar wurde, hätte sie fast geschrien.

»Es ist alles in bester Ordnung.« Philipp schloss die Tür hinter sich. »Keine Menschenseele ist auf dem Dachboden.«

»O Gott, ich dachte im ersten Moment, dass du ein Eindringling bist«, sagte sie erschöpft. »Bist du sicher, dass da nichts ist?«

»Aber ja.« Er kroch vor Kälte zitternd zurück ins Bett. »Ich schwöre dir, dass niemand dort oben ist. Ich habe jeden Winkel durchsucht.«

Noch wagte Lena nicht, sich zu entspannen. »Woher hattest du so schnell den Schlüssel?«

»Aber Schatz, er hängt doch direkt neben der Tür zum Boden. Ich musste ihn nur vom Haken nehmen und aufschließen.«

Sie erinnerte sich, dass Therese den Schlüssel an sich genommen hatte, nachdem die Kinderzimmermöbel hinaufgeschafft wurden, doch das erschien ihr in diesem Zusammenhang nicht besonders wichtig. Wichtig war nur: Was genau hatte sie eigentlich gehört?

Philipp nahm seine völlig verwirrte Frau in die Arme und fast augenblicklich entspannte sich Lena ein wenig. »Es ist alles in Ordnung da oben, glaube mir. Deine Furcht erinnert mich etwas an …« Er hielt verlegen inne.

Sie wurde steif in seinem Arm, als sie seinen Satz beendete. »… die schreckliche Nacht, als ich einen Einbrecher im Haus hörte?« Und als er schwieg, fuhr sie traurig fort: »Denkst du, ich habe eben wieder geträumt?«

»Es muss so sein, Liebling. Jetzt hörst du doch auch nichts mehr, oder?«

»Nein, das Geräusch verstummte, als ich dich weckte«, sagte sie nach kurzem Überlegen. Sie richtete sich etwas auf. »Und doch hätte ich schwören können, dass ich von diesem eigenartigen, monotonen, knarrenden Geräusch wach geworden bin. Es kam mir sogar irgendwie bekannt vor.«

Philipp löschte das Licht und deckte Lena sorgfältig zu. »Wir sollten jetzt wieder schlafen, Kleines.«

Sie nickte stumm, wusste jedoch gleichzeitig, dass sie genau das nicht konnte.

Während Philipp sehr schnell wieder eingeschlafen war, was Lena an seinen gleichmäßigen Atemzügen feststellen konnte, lag sie hellwach da und dachte über das Geschehene nach. Ja, dieses Geräusch auf dem Dachboden hatte sie schon einmal gehört – mittlerweile war sie sich vollkommen sicher.

Angestrengt überlegte sie und plötzlich ertönte über ihr wieder dieses Knarren. Lena nahm behutsam Philipps Arm, der sie im Schlaf fest hielt, und setzte sich auf. Und dann wusste sie, woher sie diese Laute kannte: Es war das ständige Wippen eines Schaukelstuhles.

Auf ihrem Gesicht bildeten sich Schweißperlen. Sie hob den Blick empor zur Zimmerdecke, als würde sie dadurch auf den Dachboden sehen können. Dort oben standen doch die Möbel aus dem leer geräumten Kinderzimmer.

Niemand konnte ihr erzählen, dass sie träumte. Dieses Geräusch war nicht eingebildet. Sie hatte zwar keine Erklärung für den merkwürdigen Vorfall, doch eines stand fest: Dies war kein Traum, sondern so wirklich wie das Bett, in dem sie lag.

Mittlerweile war es fast zwei Uhr, und gerade, als Lena in einen leichten Schlaf hinübergleiten wollte, ertönte das knarrende Geräusch erneut. Mit einer fast wütenden Bewegung presste sie sich das Kopfkissen gegen die Ohren.

*

Philipps besorgtem Blick konnte sie am nächsten Morgen kaum ausweichen. Natürlich sah er ihr sofort an, dass sie eine unruhige Nacht hinter sich hatte.

»Du machst dir noch immer Gedanken über die Geräusche vom Dachboden?«, fragte er schließlich behutsam.

Sie schüttelte den Kopf und löste sich von ihm. »Lass uns hinunter zum Frühstücken gehen und nicht mehr davon reden.«

»Wie du meinst.« Philipp zögerte einen Augenblick. »Wenn es dir lieber ist, werde ich heute nicht arbeiten, sondern den Tag ausschließlich dir widmen. Ich denke, du brauchst etwas besondere Zuneigung von mir, und das ist mir wichtiger als mein Bild.«

Lena war gerührt. »Das ist lieb von dir, aber ich will dich nicht von deiner Arbeit abhalten. Außerdem schneit es nicht mehr und die Straßen scheinen ziemlich frei zu sein.«

Er runzelte die Stirn. »Du willst wieder zum Friedhof?«

»Ja, und danach in die Werkstatt zum Reifenwechsel. Sieh mich nicht an wie ein Oberschullehrer, ich werde mich schon nicht langweilen.« Lena wusste nicht, woher sie die Kraft für das glockenhelle Lachen nahm, das sie nach diesen Worten ausstieß. Sie wusste nur, dass sie vor Philipp die unbekümmerte Ehefrau spielen wollte, damit er sich nicht um sie sorgte.

13. KAPITEL

Die Straßen waren dank der Stadtreinigung vom Schnee befreit und gestreut. Trotzdem musste Lena aufpassen, dass sie mit den glatten Sommerreifen nicht ins Rutschen kam.

Als sie den Friedhof betrat, blieb sie überrascht einen Augenblick am Eingang stehen. Wo noch zwei Tage zuvor kahle Bäume inmitten feuchter Erde ihre Äste anklagend in den Himmel gehoben hatten, hatte nun der Schnee das ganze Gebiet in eine weiße Märchenlandschaft verwandelt. Die meisten schmalen Wege zu den Gräbern waren unbenutzt, nur hin und wieder konnte man winzige Vogelspuren erkennen.

Es war eiskalt und Lena schlug den Kragen ihres Pelzmantels hoch. Der Schnee knirschte unter ihren Füßen. Mit einem sanften Lächeln beugte sie sich über das kleine Grab – und dann sah sie es: Mitten auf dem kleinen weißen Hügel hatte jemand ein Herz in den Schnee gezeichnet.

Abrupt erhob sich Lena und blickte sich erschrocken um. Das Herz sah aus, als wäre es erst kürzlich gemalt worden, doch es waren außer ihren eigenen keine weiteren Fußspuren zu sehen. Sie fing an zu weinen, ohne es zu merken. Dann wischte sie das Herz weg. Die kleine Bank, auf die sie sich sonst setzte, war völlig verschneit, und so zog Lena es vor, neben dem Grab stehen zu bleiben.

Lena hielt inne. Hatte da nicht ein Baby geweint? Sie schüttelte den Kopf. Bei dieser Kälte würde sicherlich keine junge Mutter mit ihrem Säugling auf den Friedhof gehen. Als das Wimmern erneut erklang, hatte Lena das Gefühl, als würde ihr das Blut in den Adern gefrieren. Das Weinen schien aus Felicitas' Grab zu kommen!

Wie erstarrt stand Lena da und blickte unverwandt auf den schneebedeckten Grabhügel. Das Weinen verstummte, erklang jedoch nach wenigen Minuten aufs Neue, diesmal lauter, anklagender.

Und nun war eindeutig zu hören, dass es aus dem winzigen Grab kam.

»Hilfe«, flüsterte Lena leise und blickte sich voller Verzweiflung um. »Warum hilft mir denn niemand?«

Das Wimmern verebbte, erhob sich schließlich erneut. Es hörte sich anklagend an, als ob ein Baby weinte, das Hunger hatte. In völliger Panik rannte Lena davon.

Außer Atem erreichte sie ihren Wagen, und erst als sie hinter dem Lenkrad saß, beruhigte sie sich etwas. Ihre klammen Finger waren unbewusst zu Fäusten geballt. Zitternd saß sie da und starrte blicklos hinaus.

Nein, das war kein dummer Scherz irgendeines Perversen, dem es Spaß machte, die Angehörigen eines Verstorbenen zu schockieren. Es musste eine andere Erklärung dafür geben.

Nach einer Viertelstunde hatte sich Lena so weit unter Kontrolle, dass sie einigermaßen klar denken konnte. Es gab weit und breit keine Fußspuren, die zu Felicitas' Grab führten. Derjenige, der sie hatte ärgern wollen, musste geflogen sein.

Und dann gab es natürlich noch eine zweite Möglichkeit, an die Lena gar nicht zu denken wagte: Sie hatte sich das gezeichnete Herz und das Wimmern nur eingebildet.

Als jemand von außen an die Autoscheibe klopfte, schrie sie auf und startete den Motor. Die Fensterscheiben waren beschlagen, doch sie wollte gar nicht wissen, wer sich da hatte bemerkbar machen wollen. Wie vom Teufel gehetzt fuhr sie aus der Parknische und blickte sich nicht einmal um.

Mit wild klopfendem Herzen trat sie auf das Gaspedal, sodass der Motor gequält aufheulte. Nur weg von diesem grauenhaften Ort, war Lenas einziger Gedanke.

»Ich will nicht verrückt werden«, flüsterte sie mit Tränen in den Augen. »Bitte, lieber Gott, lass mich nicht verrückt werden.«

Zuerst nahm sie das Ziehen hinter der Schläfe nicht ernst, doch dann wurde aus dem Ziehen ein dumpfer Schmerz. »Auch das noch«, murmelte sie verzweifelt und schloss für einen Moment die Augen. Als sie sie wieder öffnete, sah sie den Radfahrer dicht vor sich und trat heftig auf die Bremse. Es gab einen hässlichen Knall und dann versank Lena in eine gnädige Ohnmacht.

*

»Na, da sind wir ja wieder.« Ein unbekanntes Frauengesicht beugte sich über Lena. »Haben Sie Schmerzen?«

Lenas Kopf dröhnte, doch sie sagte mit fremder Stimme: »Mir geht es gut. Wo bin ich?«

»Im Mariahilf-Hospital«, sagte die Frau. »Ich bin Schwester Brigitte.«

Lena versuchte sich aufzurichten, wurde jedoch sofort wieder sanft in das Kissen gedrückt. »Was ist denn nur passiert?«

»Sie hatten einen kleinen Unfall«, erklärte Schwester Brigitte. »Die Leute überschätzen ihre Fahrkunst bei diesem Wetter. Wie die Polizei erklärte, hatten Sie noch nicht einmal Winterreifen an Ihrem Wagen.«

Erneut richtete sich Lena auf. »Der Radfahrer … Ist ihm etwas passiert?«

»Außer einem mittleren Schock geht es ihm ausgezeichnet«, gab die Schwester zurück. »Sie selbst haben ein paar Schrammen und eine leichte Gehirnerschütterung. Ihr Wagen allerdings hat durch den Aufprall an der Mauer nur noch Schrottwert.«

Lena schloss erschöpft die Augen. »Ich war gerade auf dem Weg zur Werkstatt, um die Reifen wechseln zu lassen. Haben Sie meinen Mann benachrichtigt?«

»Selbstverständlich. Er spricht gerade mit dem Arzt, der Sie nach dem Unfall behandelt hat.«

»Muss ich hier bleiben?«

Schwester Brigitte wiegte den Kopf. »Ich denke, Dr. Müller wird Ihnen erlauben, noch heute wieder nach Hause zu fahren – natürlich nur, wenn Sie ihm versprechen, in den nächsten Tagen das Bett zu hüten.«

»Das werde ich ganz bestimmt«, versprach Lena. »Können Sie jetzt bitte meinen Mann holen?«

»Bin schon unterwegs.«

Wieder schloss Lena die Augen. Ganz langsam kam die Erinnerung zurück: Sie war geflohen, aber vor was oder wem?

Und dann wusste sie es plötzlich wieder. Nur allzu deutlich konnte sie sich an das in den Schnee gemalte Herz auf dem Grab erinnern, an das entsetzliche Gewimmer und schließlich an das ungeduldige Klopfen an die beschlagene Autoscheibe.

Sie zuckte zusammen, als etwas ihren nackten Arm berührte.

»Oh Liebling, du hast mir einen wahnsinnigen Schrecken eingejagt. Als die Polizei mich vorhin anrief, rechnete ich mit dem Schlimmsten.«

Aufschluchzend warf sich Lena in Philipps Arme. »Es war furchtbar. Philipp, ich hätte beinahe einen Menschen getötet!«

Er strich ihr sanft über das Haar und sagte leise: »Pst, ist ja alles gut gegangen. Dem Radfahrer ist nichts passiert, und du bist auch bald wieder vollkommen in Ordnung. Bitte weine nicht mehr, es wird alles wieder gut.«

»Darf ich mit dir nach Hause?«

»Ja. Allerdings möchte der Doktor vorher noch ein paar Worte mit dir reden.«

»Wie spät ist es?«

»Halb drei. Weshalb fragst du?«

»Dann ist ja nur eine Stunde seit dem Unfall vergangen.« Ihr kam es wie eine Ewigkeit vor, doch das lag wohl an der Bewusstlosigkeit nach dem Aufprall. Und fast wünschte sie sich, noch immer ohnmächtig zu sein. Dann würde sie sich nicht mehr an das grauenvolle Erlebnis auf dem Friedhof erinnern müssen.

*

Lena hatte tief und traumlos geschlafen und am nächsten Morgen fühlte sie sich besser. Philipp hatte nicht zu viel versprochen und kümmerte sich rührend um seine Frau.

Am Nachmittag, kurz nachdem der Hausarzt seine Visite beendet hatte, steckte Philipp den Kopf durch den Türspalt und sagte: »Claudia ist am Telefon. Ich habe sie gestern noch kurz angerufen und ihr erzählt, was geschehen ist. Sie macht sich große Sorgen um dich und fragt, ob sie dich besuchen darf.«

Lena warf die Zeitschrift, in der sie geblättert hatte, achtlos auf die Bettdecke. »Oh ja, das wäre schön. Richte ihr aus, dass ich mich auf sie freue.«

Claudias Besuch wäre bestimmt eine nette Abwechslung. Vielleicht verstummten dann für einige Zeit die quälenden Fragen aus ihrem Hinterkopf. Keine halbe Stunde später hörte Lena den leichten Schritt der Freundin auf der Treppe.

»Mensch, du machst ja Sachen!« Claudia beugte sich hinunter, gab ihr einen Kuss auf die Wange und setzte sich auf den Bettrand. »Die Beule auf der Stirn steht dir ganz ausgezeichnet.«

Trotz des noch immer pochenden Schmerzes im Kopf musste Lena lachen. »Die kommt vom Aufprall auf das Lenkrad.«

Claudia grinste. »Mit der kannst du dich um die Titelrolle für *Das letzte Einhorn* bewerben.«

Lena wurde plötzlich wieder ernst. »Claudia, kann ich dir etwas anvertrauen? Ich weiß nämlich nicht, was ich davon halten soll.«

»Wovon redest du?«

Lena warf einen ängstlichen Blick zur angelehnten Tür und senkte die Stimme. »Versprich mir, dass du Philipp nichts von meinem Erlebnis gestern auf dem Friedhof erzählst.«

Claudias sah sie entgeistert an. »Welches Erlebnis denn?«

»Du musst mir erst versprechen …«

Claudia hob beschwichtigend die Hände. »Ja, ja. Ich werde deinem Mann nichts sagen. Also, was hast du auf dem Friedhof erlebt?«

Nur zögernd berichtete Lena von dem Herz, das wie von Geisterhand in den Schnee gemalt war, und dann von dem unheimlichen Gewimmer. Und zum Schluss erwähnte sie auch noch das Klopfen an die Autoscheibe.

»Was hältst du davon?« Sie warf der Freundin einen vorsichtigen Seitenblick zu. »Glaubst du, dass ich spinne?«

Claudia überlegte einen Moment und erwiderte dann: »Nein, ich glaube, da hat dir irgendeine durchtriebene Person einen gemeinen Streich gespielt. Das ist die einzig logische Erklärung dafür.«

»Aber wer soll denn so etwas getan haben?« Lenas Stimme klang verzweifelt. »Ich kenne niemanden, der zu solch einer Boshaftigkeit fähig wäre.« Ihre Finger umklammerten die Bettdecke. »Claudia, ich traue mich nicht mehr zum Grab meiner Tochter.«

»Das darfst du jetzt sowieso nicht.« Claudia schwieg einen Augenblick und schlug dann vor: »In Zukunft lässt du dich von Philipp oder mir begleiten, wenn du zum Friedhof willst. Du wirst sehen, dass sich dann nichts mehr rührt.«

»Angenommen, ich habe etwas gehört, was gar nicht existiert ...«, sagte Lena vorsichtig und dachte wieder an das knarrende Geräusch auf dem Dachboden. »Was würdest du dann von der ganzen Sache halten?«

»Dass dir deine Nerven einen Streich gespielt haben«, gab Claudia ehrlich zu.

»Und was passiert mit Leuten, deren Nerven ihnen ständig einen Streich spielen? Sie landen irgendwann im Irrenhaus, nicht wahr?«

»Also, jetzt machst du aber aus einer Mücke einen Elefanten«, schimpfte Claudia liebevoll. »So schnell landet man nicht im Irrenhaus.«

Das gedämpfte Läuten der Türglocke ertönte. Beide Frauen blickten sich erstaunt an.

»Erwartest du Besuch?«, fragte Claudia, worauf Lena stumm den Kopf schüttelte.

*

Es verstrichen einige Minuten, bis es an der Schlafzimmertür klopfte und Philipps Lockenschopf sichtbar wurde. »Entschuldigung, die Damen. Ich wollte euer Geplänkel nicht unterbrechen, aber ...«

»Philipp, wer ist eben gekommen?« Lenas Stimme klang ängstlich.

Er hob die Hand und wedelte mit einem Gegenstand. »Erkennst du das wieder?«

»Ist das nicht einer meiner Handschuhe, die ich gestern getragen habe?«

Philipp nickte. »Richtig. Du hast ihn verloren, als du auf dem Parkplatz vorm Friedhof ins Auto gestiegen bist. Der ältere Herr, der das gesehen hat, klopfte noch an die Seitenscheibe, um ihn dir zu geben, doch du musst es wohl überhört haben. Nun, er hat sich dein Kennzeichen notiert und den Handschuh im Fundbüro abgegeben. Ein Mitarbeiter brachte ihn gerade vorbei. Er sagte, dass unser Haus auf seinem Weg läge.«

Lena atmete erleichtert auf. Kein unsichtbares Monster hatte sie erschrecken wollen. Es war alles ganz harmlos!

»Da siehst du, es gibt für alles eine plausible Erklärung. Ich bin sicher, der Spuk am Grab klärt sich auch noch auf«, sagte Claudia.

»Vielleicht hast du Recht.« Lenas Stimme klang etwas zuversichtlicher.

Als Philipp später – Claudia war längst gegangen – nach seiner Frau sah, stellte er überrascht fest, dass sie viel lebendiger wirkte. Was doch der Besuch einer Freundin ausmachte!

*

Ein paar Tage später stand ein nagelneuer BMW vor der Tür. Philipp hatte Lena vorher nichts erzählt, weil er sie überraschen wollte. Anfangs fuhr sie noch etwas vorsichtig, doch schnell hatte sie ihre alte Sicherheit zurückgewonnen.

Sie entschloss sich spontan dazu, einen Abstecher zu Claudias Apotheke zu machen. Seit deren Besuch nach Lenas Autounfall hatten sich die beiden Freundinnen noch nicht wieder getroffen.

»Ach, das tut mir aber Leid«, sagte die Apothekenhelferin. »Die Chefin ist gerade unterwegs. Sie können selbstverständlich im Hinterzimmer auf Frau Ferrer warten«, bot sie ihr hilfsbereit an. »Ich denke, sie hätte nichts dagegen.«

»Nein, so viel Zeit habe ich nicht. Grüßen Sie Ihre Chefin bitte von mir. Ich versuche es in den nächsten Tagen noch einmal.«

*

Lena fuhr nach Hause, traf dort aber nur auf Therese, die in der Küche mit den Töpfen klapperte. »Ihr Mann ist schon vor einer Weile aus dem Haus gegangen«, erklärte sie. »Er wollte in die Stadt, um eine bestimmte Farbe zu kaufen, sagte er. Aber er hat versprochen, pünktlich zum Mittagessen zurück zu sein.«

Lena setzte sich auf die Eckbank in der Küche. »Stört es Sie, wenn ich Ihnen beim Kochen zusehe?«

»Ach was. Ich freue mich über Ihre Gesellschaft. Möchten Sie eine Tasse Tee?«

»Sehr gern, wenn es kein Kamillentee ist«, erwiderte Lena schmunzelnd. »Den kann ich inzwischen nicht mehr sehen.« In der Tat hatte Therese während Lenas Bettlägerigkeit täglich literweise Kamillentee gekocht.

»Wie wäre es mit einem Darjeeling?« Therese öffnete eine der mit chinesischen Schriftzeichen bedruckten Blechdosen. »Den habe ich erst gestern besorgt. Die Verkäuferin erzählte mir, dass sie diese Sorte ganz neu hereinbekommen haben.«

»Klingt gut.« Lena fühlte sich in der gemütlichen Küche sehr wohl. Es erinnerte sie immer ein wenig an die Zeit, als sie noch ein kleines Mädchen gewesen war und Therese ständig mit ihren vielen Fragen von der Arbeit abgehalten hatte.

»Der neue Wagen ... Ist er auch wirklich sicher?«, fragte die Haushälterin unvermittelt. »Ich meine ...«

»Keine Sorge. Er hat die richtigen Reifen und außerdem Airbags. Sie sehen also, damit kann mir nichts passieren.«

Therese setzte den Teekessel auf die Herdplatte und sagte kopfschüttelnd: »Als mir Ihr Mann von dem Unfall erzählte, dachte ich, dass ...«

Lena hob fragend den Blick.

Therese winkte ab. »Sicherlich bilde ich mir das alles nur ein.«

»Bitte sagen Sie mir, was Sie dachten«, sagte Lena leise.

»Na ja ...« Therese setzte sich der Hausherrin gegenüber. »Ich dachte, dass das alles nicht mit rechten Dingen zugeht. Erst das tragische Unglück vor fast einem Jahr – und dann dieser furchtbare Autounfall, da kommen einem schon mal Gedanken, dass eine böse, unsichtbare Macht ihre Finger im Spiel hat.«

Lena schüttelte nachdenklich den Kopf. »Nein, an dem Autounfall hatte ich ganz allein Schuld. Ich hätte eben auf meinen Mann hören und ihn die Winterreifen aufziehen lassen sollen.« An das Erlebnis unmittelbar vor dem Unfall wollte sie lieber nicht denken.

»Hallo, jemand zu Hause?«, erklang plötzlich Philipps Stimme in der Eingangshalle. Keine der beiden Frauen hatte sein Kommen bemerkt.

»Wir sind in der Küche!«, rief Lena betont fröhlich, und Therese erhob sich, um nach dem Teewasser zu sehen und gleichzeitig das Gulasch umzurühren.

Philipps Wangen waren vor Kälte gerötet, und er strahlte über das ganze Gesicht, als er sich die Hände rieb und sagte: »Ist das eine herrliche Wärme hier. Ich glaube, jetzt werde ich mir doch bald einen neuen Wagen anschaffen müssen, die Heizung im Volvo hat ihren Geist vollkommen aufgegeben.«

»Ich habe dich oft genug gebeten, deine alte Kiste auf den Schrottplatz zu bringen«, warf Lena ein.

»Das verstehst du nicht. Ich hänge eben an dieser alten Kiste, wie du so schön sagst. Sie erinnert mich an meine Studentenzeit. Ob Sie wohl für mich auch eine Tasse Tee haben, Therese?« Er ließ sich neben seiner Frau auf der Eckbank nieder.

»Was für eine Frage! Haben Sie denn die Farbe bekommen, die Sie kaufen wollten?«

»Ja, es war aber nicht so einfach, weil es sich um eine spezielle Mischfarbe handelt. Und, hast du alles bekommen, was du kaufen wolltest?«, wandte er sich an Lena.

»Natürlich. Übrigens wollte ich Claudia noch einen Besuch abstatten, aber sie war nicht in der Apotheke.«

Philipp hob die Schultern. »Dann versuchst du es morgen halt noch mal.«

*

Am nächsten Tag hatte Lena mehr Glück. Claudia war in der Apotheke. »Hallo, schön dich zu sehen! Wie geht es dir? Du siehst nicht mehr ganz so blass aus wie bei unserem letzten Treffen.«

»Mir geht es auch wieder besser. Übrigens war ich gestern und heute wieder auf dem Friedhof.«

»Und?« Claudia goss Kaffee ein. »Ist wieder etwas Eigenartiges geschehen?«

Lena schüttelte den Kopf. »Nicht die Spur. Du hast doch dein Versprechen gehalten und Philipp nichts davon erzählt?«

»Selbstverständlich nicht«, gab Claudia ernst zurück. »Ich habe übrigens etwas für dich.« Sie griff nach einem braunen Glasfläschchen, das in einem der oberen Fächer des Regals stand. »Es ist eine Anstaltspackung deiner Kopfschmerztabletten. Ich habe sie dir besorgt.«

Lena blickte verständnislos auf das Fläschchen, das Claudia auf den Tisch stellte. »Was ist eine Anstaltspackung?«

»Ganz einfach: Es gibt Großpackungen, die eigentlich für Krankenhäuser bestimmt sind.«

»Bist du sicher, dass dies die Tabletten sind, die mir Dr. Strecker verschrieben hat? Hier ist nur ein handgeschriebenes Schildchen mit dem Namen drauf.«

»Die kannst du beruhigt nehmen«, erklärte Claudia. »Bei diesen Warenproben der Pharmaindustrie ist selten das Originaletikett drauf.«

Lena ließ das Glasfläschchen in ihre Handtasche gleiten und verabredete mit Claudia für die kommende Woche einen gemeinsamen Stadtbummel.

*

Philipp war noch in seinem behelfsmäßigen Atelier, als Lena heimkam. Sie ging hinauf ins Obergeschoss und hielt ein Ohr gegen die Tür, bevor sie leicht anklopfte.

Er öffnete die Tür einen Spalt und Lena wich entsetzt zurück. Philipps Gesicht war über und über mit Blut bespritzt!

»Liebling, was ist denn los?«, fragte er verblüfft, während ihn seine Frau weiterhin mit geweiteten Augen und schreckensbleichem Gesicht anstarrte. »Steht hinter mir etwa ein Gespenst?«

Sie schüttelte wortlos den Kopf und wies auf sein Gesicht. Es war ihr, als hätte sie einen dicken Kloß im Hals, der sie am Sprechen hindern wollte. Schließlich presste sie eine Hand auf den Mund. Philipp sah trotz der fürchterlichen Blutflecke gesund wie ein Fisch im Wasser aus. Konnte es denn sein, dass sie wieder etwas sah, das nur in ihrer Fantasie existierte?

Philipp trat näher an seine Frau heran und fasste sie sachte am Arm. »Schatz, willst du mir nicht endlich erklären, was dich so erschreckt hat?«

Noch immer stand sie stocksteif da, dann stammelte sie: »Dein Gesicht ... Das viele Blut ...«

»Was?« Er fuhr sich über die Wange, blickte auf seine Hand und begann zu lachen. »Das ist aus einer der Farbtuben, die ich gestern besorgt habe. Nennt sich übrigens ›Blutrot‹. Ich wollte etwas Farbe auf die Palette drücken und dabei platzte die Tube und die Farbe spritzte mir ins Gesicht.«

Noch immer zitternd erwiderte Lena: »Ich glaube, so sehr erschrocken habe ich mich schon lange nicht mehr. Auf deinem Gemälde sieht die Farbe sicherlich sehr schön aus.«

»Das denke ich auch.« Philipp nickte beifällig. »Damit male ich die untergehende Sonne.«

»Bitte tu mir den Gefallen und säubere dein Gesicht, bevor du runterkommst.«

Er roch frisch geduscht und nach einem Hauch von Terpentin, als er fröhlich vor sich hin pfeifend die Treppe herunterkam, leichtfüßig und immer zwei Stufen auf einmal nehmend.

»Du scheinst gute Laune zu haben«, bemerkte Lena und stellte die Silberplatte auf den Esstisch. Mittlerweile hatte sie sich von dem Schrecken erholt.

*

Als Therese Biegler am nächsten Morgen das Haus betrat, sah sie Lena sofort an, dass sie wieder von Kopfschmerzen geplagt wurde. »Haben Sie denn schon eine Tablette genommen?«, erkundigte sie sich.

Lena seufzte und rieb sich die Stirn. »Ja, bereits die zweite vor einer halben Stunde. Merkwürdig, ansonsten schlagen diese Tabletten immer sofort an. Frau Ferrer hat mir ein ganzes Fläschchen davon gegeben.«

»Vielleicht ist es doch ein anderes Medikament. Könnte sich Frau Ferrer denn nicht geirrt haben?«

»Bestimmt nicht. Diese Tabletten hier sehen nicht nur genauso aus wie die in den kleinen Schachteln, sie haben auch denselben unangenehmen Nachgeschmack. Ich muss wohl oder übel bald wieder auf ein stärkeres Mittel zurückgreifen.«

Therese wiegte besorgt den Kopf. »Das wäre aber nicht gut für Ihre Gesundheit.«

»Ich werde mich oben etwas hinlegen.«

Fast augenblicklich fiel Lena in einen tiefen Schlaf. Sie träumte, dass sie am Grab ihres Kindes stand und dass unvermittelt das klagende Gewimmer erklang. Voller Entsetzen sah Lena, wie sich die Erde auf dem kleinen Grabhügel teilte und sich eine winzige Hand hervordrängte. Es war eindeutig die eines Babys!

Jemand schrie laut auf, und erst als Lena aus dem Schlaf fuhr, wusste sie, dass sie selbst geschrieen hatte. Schweißgebadet und schwer atmend richtete sie sich auf. Mittlerweile war es stockfinster draußen.

Auf Zehenspitzen tastete sich Lena durch das dunkle Schlafzimmer, hinaus auf den Flur. Dort brannte nur eine kleine Lampe. Im selben Moment hörte sie wieder das Babygeschrei. Voller Verzweiflung versuchte sie die Richtung auszumachen, aus der es kam.

Und dann entdeckte sie die offene Tür des Haushaltsraumes am anderen Ende des Ganges. Heller Lichtschein war zu erkennen, und jetzt hörte sie ganz eindeutig, dass das Babyweinen aus Philipps Behelfsatelier drang.

»Was geht hier vor?« Verwirrt fuhr sich Lena durch das Haar. Ihr Herz klopfte rasend, als sie sich Schritt für Schritt hinüber zum Atelier tastete. An der geöffneten Tür blieb sie einen Augenblick stehen und warf einen Blick hinunter ins Erdgeschoss. Auch dort war es dunkel, und Lena fragte sich zum wiederholten Male, wo Philipp steckte. Ob er ausgegangen oder etwas besorgen war? Aber dann hätte er ihr Bescheid gesagt. Noch niemals hatte er das Haus verlassen, ohne eine Nachricht zu hinterlassen.

Sie schloss für einen Moment die Augen, holte tief Luft und stieß dann die Tür ganz auf. Es roch nach Ölfarbe und Terpentin, doch von Philipp war keine Spur zu sehen. Das Gemälde, an dem er arbeitete, stand auf der Staffelei und war mit einem weißen Tuch abgedeckt.

Zögernd trat Lena näher. Das Weinen klang nun ungeduldig, fast zornig, und es kam von der Staffelei her. Wie in Trance schritt Lena näher und näher an das unheimliche Klagen unter dem weißen Laken heran – und mit einem Ruck riss sie das Tuch herunter.

Sie wollte schreien, doch kein Laut drang über ihre Lippen. Das Bild war so grauenvoll, dass sie für Sekunden die Augen abwenden musste.

Ein neugeborenes Baby war zu sehen, das herzzerreißend zu schreien schien – der ganze Säugling war mit Blut besudelt, auch das Kissen, auf dem das Kind lag, war blutgetränkt. Das Wimmern kam direkt aus dem Bild!

Endlich konnte Lena schreien. Sie schrie und schrie, rannte Hals über Kopf aus dem Zimmer hinaus.

»Liebling, was ist denn?« Philipps Arme umfassten sie sanft. »Warum schreist du so?«

Sie starrte ihn mit einer Mischung aus Angst und Ekel an und stieß dann hervor: »Was hast du Scheusal nur gemacht?«

»Ich verstehe nicht.« Er sah betroffen aus. »Was habe ich denn angestellt, willst du es mir nicht endlich verraten?«

Willenlos ließ sich Lena zurück ins Schlafzimmer führen. Es wunderte sie nicht im Geringsten, dass das Babyweinen schlagartig verstummt war.

»Mein Gott, du zitterst ja am ganzen Körper.« Philipp führte seine Frau zum Bett. »Ich werde den Arzt anrufen, warte einen Augenblick.«

»Nein!«, schrie sie. »Ich will wissen, was hier gespielt wird – auf der Stelle!«

Er stand mit fragendem Gesichtsausdruck da. »Würdest du mir zunächst erklären, was du damit meinst? Ich habe nicht die geringste Ahnung, worauf du hinauswillst.«

»Das weißt du ganz genau! Wie konntest du solch ein grässliches Bild malen, wie konntest du nur?«

»Du hast das Gemälde gesehen? Es ist noch nicht fertig, und es tut mir Leid, dass es dir nicht gefällt.«

Sie lachte hysterisch auf. »Machst du Witze? Es ist der reinste Albtraum – ganz abgesehen davon, dass ...« Nein, sie konnte ihm nicht sagen, dass sein Bild geweint hatte.

Sein Gesicht war zutiefst besorgt. »Was hat dich denn so an meinem Werk schockiert? Ich war bisher der Meinung, dass es das Beste ist, was ich jemals erschaffen habe.«

»Jetzt weiß ich auch, wofür du diese blutrote Farbe brauchtest«, zischte sie wütend. »Du musst wirklich krank sein.«

Philipp erwiderte geduldig: »Warum sagst du etwas so Gemeines zu mir? Liebst du mich etwa nicht mehr?«

»Ich glaube eher, dass du mich nicht mehr liebst, sonst hättest du mir das nicht angetan!« Dabei wies Lena mit dem Zeigefinger in Richtung des Ateliers.

Philipp, der auf der Bettkante gesessen hatte, erhob sich. »Ich weiß zwar nicht, was in dich gefahren ist, aber ich lasse meine Arbeit nicht durch dich herabwürdigen.«

»Nur ein Perverser kommt auf die Idee, ein blutüberströmtes Baby zu malen«, stieß sie erregt hervor. »Und das ausgerechnet du, der sein eigenes Kind verloren hat.«

Er war blass geworden. »Was sagst du da? Wovon redest du überhaupt?«

»Du wirst doch wohl nicht vergessen haben, woran du so eifrig arbeitest?« Ihre Stimme klang höhnisch. »Mir wird übel bei dem Gedanken, mit was für einem Ungeheuer ich verheiratet bin.«

»Jetzt reicht es.« Philipp schien endgültig die Geduld verloren zu haben. »Ich werde nachsehen, ob jemand meine Arbeit ruiniert hat.«

»Ja, geh du nur«, murmelte Lena.

Nur wenig später erschien Philipp wieder im Schlafzimmer mit den Worten: »Ich weiß nicht, was du vorhin gesehen hast, aber auf der Staffelei steht die *Sehnsucht,* genau so, wie ich sie verlassen habe.«

Lena hob erstaunt den Kopf. »Willst du damit etwa sagen, dass du kein blutüberströmtes Baby gemalt hast?«

»Liebling, warum sollte ich etwas so Grauenvolles malen?« Er streckte die Hand nach ihr aus. »Komm mit und überzeuge dich selbst davon, dass du dich geirrt hast.«

Sie betrachtete seine Hand zweifelnd. Sagte er wirklich die Wahrheit? Und plötzlich brach sie in Tränen aus. »Es war so furchtbar, was ich gesehen habe!«

Philipp führte seine Frau wie eine Blinde über den Flur. »Eigentlich solltest du das Bild erst in ein paar Tagen sehen, wenn es perfekt ist, aber unter diesen Umständen ist es wohl besser, wenn ich es dir schon jetzt zeige.«

Das Gemälde auf der Staffelei zeigte einen alten Mann, dessen Gesicht von unzähligen Furchen übersät war. Er trug einen hellen Strohhut und warf einen sehnsüchtigen Blick in die Ferne. Im Hintergrund waren Umrisse eines Gebirges zu erkennen, über dem eine blutrote Abendsonne stand.

»Ich begreife das nicht. Ich begreife es wirklich nicht!«

»Vielleicht hast du wieder geträumt? Das scheint mir die einzige Möglichkeit zu sein.«

Sie warf ihm einen zweifelnden Blick zu. »Meinst du, dass ich wahnsinnig bin?«

Er schüttelte traurig den Kopf. »Nein, du bist so normal wie jeder andere, doch du hast zu viel mitgemacht in letzter Zeit. Ich weiß, dass du sehr labil bist und die Fehlgeburt ein Trauma bei dir ausgelöst hat.«

»Ein Trauma? Du klingst wie Dr. Gärtner vom Sanatorium«, erwiderte sie mit einem müden Lächeln. »Er sprach auch immer davon.«

»Von ihm habe ich ja meine Weisheit, mein Engel. Dr. Gärtner erklärte mir bei dem Abschlussgespräch, dass deine Seele tief verwundet ist und es lange dauern wird, bis diese Wunden verheilt sind.«

Noch immer standen sie im Atelier. »Lass uns ins Bett gehen«, bat Lena schließlich. Das Zittern ihrer Knie nahm kein Ende, und sie hielt sich krampfhaft an Philipps farbbekleckstem Kittel fest. Bevor sie sich hinlegte, nahm sie eine Schlaftablette. Kurz vor dem Einschlafen dachte sie: »Merkwürdig, im Sanatorium oder später auf der Kreuzfahrt habe ich immer ruhig geschlafen. Nur in meinem Elternhaus geschehen diese schrecklichen Dinge. Morgen werde ich mit Therese reden.«

*

Die Haushälterin stand in der Küche, als sich Lena blass und mit hängenden Schultern an den Frühstückstisch setzte. Philipp hatte das Haus schon verlassen, um einen befreundeten Künstler zu treffen.

»Bitte, Therese, setzen Sie sich zu mir, ich muss mit Ihnen reden.«

Und nun brach aus Lena alles heraus, was in dem letzten Jahr geschehen war. Sie ließ nichts aus: das Rosenmuster, den Schaukelstuhl, das schreiende Baby, die Erlebnisse auf dem Friedhof und schließlich das schreckliche Bild.

»Sagen Sie, Therese, glauben Sie, dass ich verrückt bin? Ich weiß nicht mehr weiter. Morgen rufe ich Dr. Gärtner vom Sanatorium an, ich werde noch einmal für ein paar Wochen in seine Behandlung gehen. Merkwürdigerweise hatte ich all diese Wahnvorstellungen dort nicht.«

Therese hatte die ganze Zeit über ruhig zugehört. Sie sah Lena lange an, bevor sie sagte: »Mein liebes Kind, ich habe auch schon des Öfteren nachgedacht. Ich werde mit meinem Mann sprechen. Bringen Sie sich in Sicherheit, im Moment kann ich Ihnen noch keine Antwort geben. Aber verrückt sind Sie nicht.« Sie stand auf und nahm Lena in die Arme. »Bitte rufen Sie gleich Dr. Gärtner an und sagen Sie ihm, dass Sie sofort kommen. Ich möchte nicht, dass heute Abend wieder etwas passiert. Sie sind wie eine Tochter für mich und ich habe Angst. Kommen Sie, ich helfe Ihnen beim Packen, und dann bestelle ich ein Taxi.«

Lena lag weinend in ihren Armen, dann stimmte sie Therese zu. »Gut, vielleicht haben Sie Recht. Philipp werde ich einen Brief hinterlassen. Für Diskussionen und Erklärungen fehlt mir die Kraft.«

Therese hatte Lena noch ins Taxi gesetzt und die anfallenden Hausarbeiten fertig gemacht, doch sie zögerte zu gehen. Stattdessen schielte sie immer wieder zum Telefon. Dann nahm sie kurzerhand das Telefonbuch, suchte die Nummer von Claudias Apotheke und wählte.

»Ich möchte gern Frau Ferrer sprechen«, sagte sie mit fester Stimme, nachdem sich am anderen Ende der Leitung eine freundliche Mitarbeiterin der Löwen-Apotheke gemeldet hatte. »Bitte sagen Sie ihr, dass es sehr dringend ist.«

Nur kurze Zeit später war Claudia am Apparat. »Frau Biegler? Was gibt es denn?«

»Frau Ferrer, ich muss unbedingt mit Ihnen sprechen.«

»Ist es wegen Lena?«, fragte Claudia zögernd.

»Ja.«

»Ich werde in einer halben Stunde bei Ihnen sein.«

Aufatmend legte Therese den Hörer auf. Wenn sie Frau Ferrer von ihrer Vermutung erzählte und sie diese bestätigte, könnte man gemeinsam überlegen, was zu tun sei.

*

Wie versprochen tauchte Claudia eine halbe Stunde später auf. Sie sah skeptisch aus, als die Haushälterin ihr bei einer gemeinsamen Tasse Kaffee erzählte, dass sie nicht daran glaubte, dass Lena verrückt sei.

»Sie vergessen, dass sie bereits lange Zeit in einem Sanatorium gewesen ist«, erwiderte Claudia zaghaft.

Therese holte tief Luft, als sie sagte: »Ich denke, damals, bei dem Sturz, hat jemand nachgeholfen. Jemand wollte, dass Lena dieses Kind nicht bekommen sollte – vielleicht war sogar geplant, dass sie selbst stirbt.«

Claudia riss entsetzt die Augen auf. »Was reden Sie denn da, Frau Biegler? Wer sollte ein Interesse daran haben, Lena so etwas Furchtbares anzutun?«

»Sie kennen Herrn Gabriel schon sehr lange, nicht wahr?« Therese und musterte ihr Gegenüber aufmerksam.

»Ja, wir haben uns während unserer Studienzeit kennen gelernt. Sie glauben doch nicht etwa, dass Philipp etwas mit Lenas Krankheit zu tun hat?«, fragte Claudia mit leichenblassem Gesicht.

»Warum nicht? Früher war sie eine fröhliche junge Frau, doch seit der Heirat hat sie sich verändert. Das kann doch kein Zufall sein.«

Claudia schluckte. »Könnte ich wohl ein Glas Wasser bekommen?«, fragte sie. Als Therese wiederkam, fuhr sie fort: »Frau Biegler, mit solch einer Anschuldigung kann man schnell jemanden ins Gefängnis bringen, der nichts damit zu tun hat.« Ihre Stimme klang beschwörend.

»Trotzdem werde ich den Verdacht nicht los, dass Herr Gabriel irgendetwas getan hat, damit seine Frau denkt, sie habe den Verstand verloren. Irgendwo hier im Haus muss es Beweise geben, dass jemand Lenas Leben mit Absicht ruiniert hat. Und ich weiß, dass ich sie finden werde.«

Claudia hob abwehrend die Hände. »Tut mir Leid, aber damit will ich nichts zu tun haben. Was soll denn der arme Philipp zu diesem Verdacht sagen, ist er nicht schon genug gestraft?«

»Ich danke Ihnen jedenfalls, dass Sie gekommen sind. Morgen werde ich das Haus von unten bis oben durchsuchen, und dann gehe ich zur Polizei.«

»Sie müssen selbst wissen, was Sie tun. Aber ich sage Ihnen, dass dies der falsche Weg ist. Philipp ist so unschuldig wie Sie und ich.«

Kurze Zeit später schloss Therese die Haustür hinter Claudia. Sie war enttäuscht, denn sie hatte auf eine Mitarbeit von Lenas Freundin gehofft. Noch heute musste sie mit Alfred reden.

UTE SCHÄFERS STUNDE

14. KAPITEL

»Na, wie war dein Urlaub, Chefin?«, fragte Heiner Weiß als Erstes, als er das Dienstzimmer von Kommissarin Schäfer betrat. »Du siehst richtig gut erholt aus.«

Ute Schäfer seufzte. »Der Frühling auf Mallorca ist wirklich empfehlenswert. Viel Sonne, ein laues Lüftchen und nicht so viel Touristen – genau richtig für mich. Gibt es irgendwelche dringenden Neuigkeiten oder kann ich mich die nächsten Tage noch ein wenig akklimatisieren?«

Heiner öffnete die Einschlagmappe und las ihr einige Notizen vor. Erst bei dem Namen *Biegler* runzelte Ute die Stirn. »Biegler, Biegler ... Der Name kommt mir irgendwie bekannt vor. Was wollte der Mann?«

»Er wollte mit dir reden, sagte, dass es dringend wäre. Und ich musste ihm versprechen, dir sofort Bescheid zu geben, wenn du aus dem Urlaub zurück bist.«

»Wann hat sich dieser Herr Biegler denn gemeldet?«

»Vorgestern.«

Ute drehte sich mit ihrem Schreibtischstuhl zum Fenster und blickte nachdenklich hinaus. »Wenn ich nur darauf käme, wo ich diesen Namen schon einmal gehört habe. Ruf den Mann doch einfach an und frag ihn, ob wir schon einmal mit ihm zu tun hatten. – Nein, warte! Ich hab's!«, rief sie im nächsten Moment. »Erinnerst du dich an den Einbruchsfall im letzten Jahr bei dieser Lena Gabriel?«

»Du meinst die leicht durchgeknallte Dame, die sich einbildete, von einem hinterlistigen Verbrecher die Treppe hinuntergestoßen worden zu sein?«

Ute nickte. »Die Haushälterin hieß auch Biegler, wenn ich mich recht entsinne. Gib mir mal die Telefonnummer; vielleicht gibt es da einen Zusammenhang.«

»Was hast du vor?«

Die Kommissarin warf ihrem Assistenten einen strafenden Blick zu. »Na, was denn wohl? Herausfinden, was der Mann von mir will.«

Alfred Biegler war sofort am Apparat, als hätte er nur auf Ute Schäfers Anruf gewartet. »Gut, dass Sie wieder da sind. Meine Frau hatte sich damals Ihre Nummer notiert, daher möchte ich mich nun an Sie wenden.«

»Können Sie etwas genauer werden, Herr Biegler?«, fragte Ute geduldig. »Ich kann nur etwas für Sie tun, wenn Sie mir sagen, um was es sich handelt.«

Der Mann zögerte. »Eigentlich möchte ich am Telefon nicht darüber reden. Können wir denn nicht einen Termin vereinbaren?«

»Kein Problem. Passt es Ihnen morgen früh um zehn Uhr hier in meinem Dienstzimmer?«

»Ich werde pünktlich da sein.« Sie konnte Alfred Biegler anhören, wie erleichtert er war.

*

Bereits eine Viertelstunde vor der vereinbarten Zeit klopfte Alfred Biegler an die Tür zu Ute Schäfers Dienstzimmer. Er trug einen einfachen Anzug und am linken Ärmel einen Trauerflor, der Ute sofort auffiel.

»Ich danke Ihnen, dass Sie mich empfangen«, sagte er, nachdem Ute ihm einen Platz angeboten hatte. »Wissen Sie, die Sache ließ mir keine Ruhe. Natürlich bin ich mir nicht sicher, ob etwas dran ist …«

Ute lächelte dem Mann aufmunternd zu. »Ich hoffe, ich werde Ihnen helfen können. Bevor Sie mir allerdings von Ihrem Problem erzählen, wüsste ich gern, ob Sie mit der Haushälterin in Frau Gabriels Haus verwandt sind.«

Der Mann nickte traurig. »Therese war meine Frau …«

»War?«

»Sie ist vor drei Wochen überraschend verstorben«, erwiderte er mit gebrochener Stimme. »Ich weiß nicht, wie ich ohne meine Therese weiterleben soll.«

»Oh, das tut mir sehr Leid.« Ute war ehrlich erschüttert; sie hatte die freundliche Haushälterin sehr gemocht. »Darf ich fragen, woran Ihre Gattin gestorben ist?«

»Sie kam wie üblich gegen Nachmittag von ihrer Arbeit. Wir redeten über die arme Lena ...«

»Entschuldigen Sie bitte, darf ich Sie kurz unterbrechen?«

»Selbstverständlich.«

Ute betrachtete ihr Gegenüber aufmerksam. »Sie sprachen eben von der armen Lena. Was ist mit ihr?«

»Sie ist jetzt wieder im Sanatorium und kaum mehr ansprechbar.« Er machte eine Pause.

»Erzählen Sie bitte weiter«, sagte Ute, nachdem sie eine Weile gewartet hatte.

»Also, Therese hatte einen schlimmen Verdacht. Sie meinte, dass Herr Gabriel seine Frau in den Wahnsinn getrieben hat – mit voller Absicht, verstehen Sie?«

Die Kommissarin beugte sich etwas nach vorne; der Fall begann sie zu interessieren. »Und? Ist etwas Wahres dran?«

Biegler zuckte mit den Schultern. »Kann ich nicht sagen, aber nach dem, was mir meine Therese alles erzählt hat, wäre es möglich. Als meine Frau an jenem Nachmittag mit mir über Lena Gabriel sprach, fühlte sie sich plötzlich nicht wohl, es kam ganz überraschend. Sie klagte über Herzschmerzen, dabei hatte sie zuvor nie Probleme mit dem Herzen. Gegen Abend wurde es so schlimm, dass ich einen Arzt gerufen habe – doch als er endlich eintraf ...« Er senkte den Kopf, seine Schultern bebten. »Der Arzt konnte nur noch den Tod meiner Frau feststellen. ›Akutes Herzversagen‹ nannte er es und erklärte mir, dass es in diesem Alter schon einmal dazu kommen könne. Aber Frau Kommissarin, das war kein großer Trost für mich, es kam so unerwartet.«

»Ich kann mir vorstellen, wie Ihnen zu Mute ist.« Ute Schäfers Stimme klang tröstend und sanft.

»Ich habe lange überlegt, mit Ihnen Kontakt aufzunehmen, und jetzt will ich Ihnen alles erzählen, das wäre auch in Thereses Sinne.«

Ute nickte aufmunternd. Ruhig und gefasst erzählte Alfred Biegler dann alles, was er von seiner Frau erfahren hatte.

»Ihre Frau war also der Meinung, dass es Lenas eigener Mann war, der sie die Treppe hinuntergestoßen hatte? Soviel ich weiß, hatte Herr Gabriel für diese Nacht aber ein bombensicheres Alibi«, sagte Ute.

»Das wussten meine Frau und ich natürlich auch. Aus diesem Grunde bat Therese am Tag ihres Todes Frau Ferrer zu sich, um sich ihr anzuvertrauen. Sie hoffte, dass Frau Ferrer ihr helfen könnte, Herrn Gabriel zu überführen. Doch wie mir Therese danach erzählte – das war kurz bevor sie diese Herzschmerzen bekam – wollte Frau Ferrer nichts damit zu tun haben. Therese war nämlich der Meinung, dass nicht nur Herr Gabriel, sondern eine weitere Person ihre Finger im Spiel hatte.«

Ute begann, sich Notizen zu machen. »Ferrer? Wer ist diese Frau?«

»Claudia Ferrer ist die beste – oder genauer gesagt, die einzige – Freundin, die Lena hatte. Ihr gehört die Löwen-Apotheke am Ringplatz.«

In Ute Schäfers Kopf läuteten plötzlich sämtliche Alarmglocken. Sie richtete sich gerade auf und fragte: »Claudia Ferrer ist also Apothekerin?«

»Sehr richtig. Lena lernte sie als junges Mädchen im Internat kennen. Danach haben sie sich wohl aus den Augen verloren, bis Frau Ferrer wieder nach München zog.«

»Wissen Sie, ob sich diese Claudia Ferrer und Herr Gabriel schon länger kannten?«

»Aber ja.« Der alte Mann nickte eifrig. Für einen kurzen Augenblick schien er seine Trauer vergessen zu haben. »Durch Frau Ferrer hat ja Lena ihren zukünftigen Mann erst kennen gelernt.«

Heiner Weiß saß mit verschränkten Armen da und fragte sich, worauf seine Chefin wohl hinauswollte. Voller Spannung lauschte er dem weiteren Dialog.

Ute holte tief Luft. »Dann war Frau Ferrer die letzte Person außer Ihnen, die mit Ihrer Gattin gesprochen hat, nicht wahr?«

Wieder nickte Alfred Biegler. »Ja, denn Therese kam nach diesem Gespräch gleich nach Hause. Warum fragen Sie das, Frau Kommissarin? Denken Sie auch, dass Herr Gabriel etwas mit Lenas Krankheit zu tun hat?«

Ute hatte gelernt, nicht zu voreilig zu reagieren, und sie sagte langsam: »Im Augenblick kann ich Ihnen noch gar nichts sagen.« Sie machte eine kurze Pause. »Herr Biegler, ich nehme an, dass Ihre Frau inzwischen beerdigt wurde.«

»Natürlich, auf dem Westfriedhof liegt meine Therese.«

»Würden Sie der Polizei eventuell die Genehmigung geben, Ihre Frau exhumieren zu lassen?«

Der Mann blickte Ute verständnislos an. »Was ist denn das?«

»Entschuldigen Sie, wenn ich mich nicht klar genug ausgedrückt habe. Ich würde die Leiche Ihrer Frau gern dem Rechtsmedizinischen Institut zur Obduktion übergeben. Dafür benötige ich natürlich Ihr Einverständnis.«

Alfred Biegler sah entsetzt aus. »Sie meinen, dass meine Therese aufgeschnitten werden soll? Aber weshalb denn nur?«

»Weil ich den Verdacht habe, dass sie keines natürlichen Todes gestorben ist.«

Der Mann starrte die Kommissarin mit offenem Munde an. »Sie glauben, meine Frau wurde ermordet? Etwa von Frau Ferrer?«

Alfred Biegler dachte einen Augenblick nach, dann schüttelte er den Kopf. »Nein, das kann ich mir nicht vorstellen. Aus welchem Grunde sollte Frau Ferrer meine Frau umbringen wollen? Therese hat doch niemandem etwas zu Leide getan.«

»Wissen Sie zu zufällig, ob Ihre Frau bereits am Telefon Claudia Ferrer von ihrem Verdacht gegenüber Philipp Gabriel erzählt hat?«, fragte Ute. »Und haben die beiden Frauen bei ihrem anschließenden Gespräch in der Villa etwas zu sich genommen?«

Biegler fuhr sich über die Stirn. »Du meine Güte, Frau Kommissarin, was Sie alles wissen wollen. Also, die erste Frage kann ich leider nicht beantworten – aber soviel ich weiß, hat Therese mit Frau Ferrer Kaffee getrunken.«

Die beiden Polizeibeamten warfen sich einen wissenden Blick zu; es wäre für Claudia ein Leichtes gewesen, die Haushälterin für einen Moment aus dem Raum zu locken, um unbemerkt ein tödliches Mittel in deren Kaffeetasse zu schütten.

Ute erhob sich. »Ich danke Ihnen für Ihr Kommen, Herr Biegler.

Es war gut, dass Sie die Sache nicht auf sich beruhen ließen – und übrigens mein aufrichtiges Beileid.«

Auch er stand auf, mit Verwunderung im Gesicht. »Das war alles? Kann ich sonst nichts tun?«

Ute reagierte sofort. »Doch, Sie würden mir einen großen Gefallen tun, wenn Sie für mich die Exhumierung beantragen würden. Ich werde mit Ihnen zusammen das Gesuch aufsetzen. Für mich wäre es eine große Arbeitserleichterung.«

Alfred Biegler nickte. »Einverstanden, Frau Kommissarin.«

*

Als Alfred Biegler gegangen war, sagte Ute zu Heiner: Weiß: »Hol mir bitte mal die Akte Gabriel aus dem Archiv – sie liegt unter ›ungelöste Fälle‹.«

Sie erinnerte sich noch genau: Vor einem Jahr hatte sie bei ihrem Chef dafür gekämpft, in dem Fall Gabriel weiterrecherchieren zu dürfen. Nach dem Gespräch mit Lena Gabriel hatte sie das Gefühl, dass irgendetwas nicht stimmte. Leider hatte sie keine konkreten Beweise und konnte sich nicht durchsetzen. Es war das erste Mal, dass sie mit ihrem Beruf ernsthaft haderte. Sie hatte an die Worte ihres Vaters denken müssen: Er hatte ihr zum Jurastudium geraten. Als Richterin könnte ihr niemand hineinreden, doch in ihrem Beruf war sie weisungsgebunden. Man selbst konnte noch so gut sein und das richtige Gespür für eine Sache haben, entschieden wurde von oben. Sie hatte angefangen zu zweifeln, ob sie auf Dauer damit umgehen könnte. Unterordnung war nicht gerade ihre Stärke.

Als Heiner zur Tür hereinpolterte, wurde Ute in ihren Gedanken unterbrochen. Der Assistent legte gleich los. »Niemals wird die Verwaltung für die Exhumierung die Genehmigung geben – eher werde ich Polizeipräsident.«

»Lass das mal meine Sorge sein. Hast du heute Abend schon etwas vor?«

»Ja, ich wollte mit meiner neuen Freundin …«

»Vergiss es. Wir sollten uns nach Feierabend – sozusagen inoffiziell – mal um diese Apothekerin kümmern.«

Heiner blickte seine Chefin an, als sähe er sie zum ersten Male in seinem Leben. »Du willst ohne Okay von oben Claudia Ferrer ausfragen? Du musst wirklich lebensmüde sein. Wenn das rauskommt, bist du deinen Posten los – und ich vermutlich meinen ebenso.«

»Ich danke dir herzlichst für deine Fürsorge, mein lieber Heiner. Aber keine Angst, ich möchte die Ferrer nur etwas beschatten. Mich interessiert, was sie nach Feierabend so treibt, mit wem sie sich trifft, und wie sie ansonsten ihre Abende verbringt.«

»Und was bezweckst du damit?«

»Wenn sich mein Verdacht bestätigt, dass sie sich mit Philipp Gabriel trifft, sind wir auf dem besten Weg, Licht ins Dunkel zu bringen. Du verstehst?«

»Nein.«

Sie stöhnte auf. »Mann, immerhin besteht die Möglichkeit, dass Lena Gabriel tatsächlich von Gabriel und Ferrer mit voller Absicht in den Wahnsinn getrieben wurde. Die Haushälterin hat ihren Verdacht der Ferrer mitgeteilt, ohne zu wissen, dass die selbst ihre Finger im Spiel hat. Möglicherweise hat Therese ihr sogar angedeutet, dass sie die Polizei aufsuchen wollte – und da wurde sie schnell vorher beseitigt.«

Heiner lehnte mit verschränkten Armen am Fensterbrett. »Du hättest Märchenbuchautorin werden sollen mit deiner blühenden Fantasie. Das klingt alles reichlich an den Haaren herbeigezogen.«

»Was ist jetzt? Machst du mit?«

Der Assistent wiegte bedächtig den Kopf. »Selbst auf die Gefahr hin, dass mich jeder für verrückt erklären wird, dem ich davon erzähle ... ich bin dabei.«

Ute atmete erleichtert auf. »Ich wusste, dass man sich auf dich verlassen kann. Und im Übrigen würde ich dir raten, niemandem davon zu erzählen – auch nicht deiner kleinen Freundin.«

Heiner grinste schief. »Wie ich das sehe, wird sie wohl bald meine kleine Exfreundin sein.«

»Macht nichts, es gibt noch genügend Frauen«, gab Ute gut gelaunt zurück.

*

»Das muss sie sein«, flüsterte Heiner Weiß. »Ist ja echt 'ne Superfrau.«

Ute und ihr Assistent hatten Claudia Ferrers Spur aufgenommen.

Ute warf Heiner einen schiefen Blick zu. »Ich habe dich nicht mitgenommen, damit dir die Augen aus dem Kopf fallen. Wo mag nur ihr Wagen stehen?«

»Keine Ahnung. Sie scheint zu Fuß gehen zu wollen.«

»Worauf wartest du noch? Aussteigen!«

Heiner murmelte: »Weißt du eigentlich, wie dämlich ich mir vorkomme? Was ist, wenn sie unsere Verfolgung bemerkt?«

»Wie sollte sie? Wir tun, als wären wir ein Liebespaar bei einem abendlichen Schaufensterbummel.«

Unvermittelt bog Claudia in eine kleine, enge Seitengasse ein und verschwand in einem alten Haus.

Ratlos blieben die beiden Kriminalbeamten vor der Haustür stehen.

»Und jetzt? Sollen wir überall klingeln und die Bewohner fragen, ob sie zufällig eine Frau Claudia Ferrer zu Besuch haben?«, nörgelte der Assistent.

Ute blickte an der Fassade hoch. »Unsinn. Wir warten eben, bis sie wieder herauskommt. Schade, dass es keine Namensschilder gibt.«

»Vielleicht im Treppenhaus an den Briefkästen?«, fragte Heiner.

Die Kommissarin runzelte die Stirn. »Hat die Ferrer eigentlich geklingelt oder ist sie mit dem eigenen Schlüssel ins Haus gekommen?«

Heiner hob die Schultern. »Habe ich nicht sehen können; wir waren zu weit entfernt.«

»Erwähnte Philipp Gabriel damals nicht, als wir ihn wegen des vermeintlichen Einbruchs in seinem Haus befragten, dass er ein Atelier in der Innenstadt besitzt?«, fragte Ute.

Heiner sah zweifelnd an der Hausfassade hoch. »Das sieht aber nicht nach einer Künstlerklause aus.«

»Komm«, winkte Ute. »Lass uns nach Hause fahren.«

*

»Bingo!« Die Kommissarin warf mit einem triumphierenden Lächeln den Hörer auf die Gabel zurück. »Du wirst nicht glauben, wer in der Weinberggasse 24 eine Wohnung besitzt!«

»Etwa Philipp Gabriel?«

»Nicht ganz. Die Besitzerin des Dachappartements ist Lena Gabriel!«

»Ach ja? Es kann doch einen ganz harmlosen Grund haben, dass Claudia Ferrer Philipp Gabriel gestern besucht hat. Immerhin kennen die beiden sich schon seit Ewigkeiten.«

»Ich denke, Gabriel und die Ferrer sind ein Liebespaar – und das nicht erst seit kurzem.«

Der Assistent rieb sich das Kinn und fragte: »Selbst wenn Gabriel mit der Apothekerin ein Verhältnis haben sollte, heißt das noch lange nicht, dass sie gemeinsam Lena in den Wahnsinn treiben wollten. Aus welchem Grund auch? Du willst dich also weiterhin inoffiziell um diesen Fall kümmern?«

Ute grinste und verbesserte: »*Wir* werden uns um diesen Fall kümmern, mein lieber Heiner.«

Er stöhnte laut auf. »Womit habe ich das nur verdient? Weißt du, was mit uns passiert, wenn jemand von unserer heimlichen Schnüffelei erfährt?«

»Natürlich, doch ich bin davon überzeugt, dass Lena Gabriel so normal ist wie du und ich.«

Er warf ihr einen zweifelnden Blick zu. »Wenn du meinst, muss es wohl stimmen. Hast du mittlerweile die Exhumierung der Haushälterin beantragt?«

»Nein, damit werde ich noch warten, bis wir mehr Beweise haben. Du weißt ja, dass sich sofort die MOKO auf den Fall stürzt, wenn sich mein Verdacht bestätigt.«

»Mensch, Ute. Wir werden Probleme bekommen.«

»Na und? Ich möchte endlich auch einmal an der Aufklärung eines schwierigen Falles arbeiten. Vielleicht ergibt sich hier die Möglichkeit, in eine andere Abteilung zu kommen. Ich weiß, dass ich bei der Mordkommission gute Arbeit leisten werde. Mir ist klar, das klingt sehr selbstgefällig, aber da ich deine Hilfe brauche, wollte ich dir auch den Grund für meinen Ehrgeiz mitteilen. Du brauchst keine Angst zu haben, ich werde alles auf meine Kappe nehmen.« Ute ließ Heiner gar nicht mehr zu Wort kommen. »Ich mache jetzt mal eine Liste, was wir als Nächstes tun werden. Als Erstes besuchen wir den Chefarzt dieses Sanatoriums, zu dem Lena nun wieder geflohen ist. Und zuvor ruf ich Herrn Biegler an. Hast du seine Telefonnummer parat?«

Er wies auf eine kleine offene Schachtel, in der sich dutzende von losen Zetteln stapelten. »Müsste dort sein. Was willst du denn von dem armen Mann?«

»Wirst du gleich erfahren«, gab sie kurz angebunden zurück.

*

Alfred Biegler schien nicht überrascht über den Anruf zu sein. Ja, Herr Gabriel habe ihm nach dem Tode seiner Therese persönlich kondoliert, allerdings sei er nicht lange geblieben.

»Wissen Sie, Frau Kommissarin«, erklärte der alte Mann auf Utes Frage nach Philipps Auftreten. »Er sah bleich und übernächtigt aus. Man sah ihm die Sorgen um seine eigene Frau deutlich an. Herr Gabriel wollte danach auch sofort wieder ins Sanatorium fahren und die Post aus der Villa holen. Das hat er mir jedenfalls gesagt.«

Ute hob erstaunt die Augenbrauen. »Was soll das heißen? Wohnt er denn nicht mehr im Hause seiner Frau?«

»Offiziell schon, aber er sagte mir, dass er es nicht aushielte in der stillen Villa und deshalb für eine Weile in seinem Atelier leben möchte.«

»So so«, murmelte Ute. In ihrem Kopf überschlugen sich die Gedanken.

»Frau Kommissarin, was ist denn jetzt mit der Untersuchung meiner Therese?«, fragte Alfred Biegler zaghaft. »Soll ich was unterschreiben?«

Sie holte tief Luft. »Noch nicht, Herr Biegler. Zunächst müssen wir uns über andere Dinge klar werden. Ich hoffe, Sie werden Philipp Gabriel nichts von Ihrem Besuch bei uns andeuten.«

»Wo denken Sie hin? Kein Wort würde über meine Lippen kommen!«

»Hervorragend. Ich bitte Sie, auch mit keiner anderen Menschenseele darüber zu sprechen.« Ute sprach mit eindringlicher Stimme. »Können Sie mir das versprechen?«

»Aber natürlich, Frau Kommissarin. Mir ist doch auch daran gelegen, dass die Wahrheit ans Licht kommt.« Er machte eine winzige Pause. »Da ist übrigens noch etwas ... Ich bin mir nicht sicher, ob es wichtig ist ...«

»Ja?«

»Vor einiger Zeit – genauer gesagt, kurz nachdem Frau Gabriel aus dem Sanatorium entlassen worden war und sich mit ihrem Mann auf einer Kreuzfahrt befand, bemerkte ich bei Reparaturarbeiten in der Villa oben am Treppenabsatz ein Stückchen Kupferdraht. Es sah aus, als ob es ein Rest wäre, nur ein paar Zentimeter lang war es.«

Sie wurde hellhörig. »Kupferdraht leitet doch, nicht wahr? Können Sie sich erklären, wie das Stück dorthin gekommen sein kann?«

»Tut mir Leid, da bin ich überfragt. Normalerweise war immer ich derjenige, der sich in der Villa mit solchen Dingen beschäftigte. Ich habe damals meine Frau gefragt – doch auch sie wusste nicht, woher der Draht stammen könnte.«

»Haben Sie ihn noch?«

»Ja, er müsste noch immer in meiner Brieftasche sein – obwohl ich gar nicht weiß, warum ich ihn aufgehoben habe. Glauben Sie, er kann Ihnen weiterhelfen?«

»Das kann ich noch nicht mit Sicherheit sagen, Herr Biegler. Würde es Ihnen etwas ausmachen, mir den Draht zu bringen?«

»Erledige ich gern.«

Ute ermahnte den Witwer, ausschließlich ihr oder ihrem Assistenten den Draht auszuhändigen.

»Möglicherweise haben wir bereits die erste Spur«, sagte sie nach dem Telefonat vergnügt. »Ich mache mich jetzt auf den Weg ins Sanatorium. Erledige du inzwischen den Bürokram.«

*

Dr. Gärtner empfing Ute freundlich. Nachdem sie ihren Dienstausweis vorgezeigt hatte, fragte er: »Darf ich erfahren, aus welchem Grunde die Polizei Interesse an meiner Patientin hat?«

»Wir bearbeiten den Fall Therese Biegler, der ehemaligen Haushälterin von Frau Gabriel. Sie starb eines plötzlichen Todes. Könnte ich wohl ein paar Worte mit Ihrer Patientin wechseln?«

»Das tut mir aufrichtig Leid, aber das ist leider nicht möglich. Selbst mit ihrem Mann spricht sie kein Wort, obwohl er am Anfang sehr oft kam.«

Ute legte den Kopf etwas schief und fragte: »Wollen Sie damit andeuten, dass Herr Gabriel nur noch sporadisch herkommt?«

»Eigentlich ruft er seit einiger Zeit nur noch hin und wieder kurz an, um sich nach dem Befinden seiner Gattin zu erkundigen«, erklärte der Arzt. »Doch dieses Verhalten ist keine Seltenheit. Wenn Angehörige feststellen, dass dem Patienten kaum geholfen werden kann und sich sein Zustand nicht bessert, distanzieren sie sich häufig. Vielleicht haben sie Angst oder verlieren das Interesse – wer weiß das schon?«

»Redet Frau Gabriel denn überhaupt nicht?«, bohrte Ute weiter. Sie musste unbedingt mehr erfahren.

»In der Regel brütet sie vor sich hin; sie ist zu verängstigt und durcheinander. Mein Eindruck ist, dass sie in das Sanatorium geflohen ist. Eine Behandlung ist in diesem Zustand unmöglich. Einmal hat sie mir von einem Bild erzählt, das ihr Mann gemalt hat. Das Motiv: ein blutüberströmter Säugling auf einem blutdurchtränkten Kissen. Bei dem Gespräch hat sie am ganzen Körper gezittert. Ich muss abwarten. In ihrem jetzigen Zustand gefährde ich mit weiteren Gesprächen ihre Gesundheit.«

»Das ist wirklich sehr tragisch«, erwiderte Ute nachdenklich. »Was meinen Sie, wie nimmt ihr Ehemann die ganze Sache auf?«

»Zu meinem großen Erstaunen eher gelassen, fast so, als habe er nichts damit zu tun«, sagte er.

Ute Schäfer holte Luft. »Frau Gabriel ist eine sehr vermögende Frau, wie Sie vermutlich wissen. Wäre es – nur hypothetisch gesehen – für den Ehemann schwierig, die Frau für unmündig erklären zu lassen, um das Vermögen an sich zu reißen?«

»Ich kenne einige Fälle, in denen Kinder die Vormundschaft für ein Elternteil, das bei uns in Behandlung ist, beantragen. Meistens handelt es sich um ältere Patienten. In diesem Fall dürfte das nicht ganz einfach sein. Es ist zwar alles etwas wirr, was Frau Gabriel erzählt. Aber erstens ist sie noch sehr jung und zweitens gefährdet sie sich nicht selbst.«

Ute rutschte unruhig in ihrem Sessel hin und her. »Hat Herr Gabriel bereits eine diesbezügliche Information bei Ihnen eingeholt?«

»Nein.«

»Würden Sie mir Bescheid geben, falls dies geschieht?« Sie schob ihm ihre Visitenkarte mit der Dienstnummer über den Tisch. »Sie würden mir damit einen großen Gefallen tun.«

»Kein Problem. Haben Sie eigentlich einen ganz bestimmten Verdacht?«

»Allerdings. Ich gehe einem Hinweis nach, dass Philipp Gabriel seine Frau mit voller Absicht in den Wahnsinn treiben wollte. Halten Sie so etwas für möglich?«

»Unbedingt! Es gibt immer wieder Fälle, bei denen ein labiler Mensch so lange genarrt wird, bis er glaubt, dass er verrückt ist.«

Ute war schließlich froh, das Sanatorium wieder verlassen zu können.

*

Heiner war noch da, als Ute schließlich ihr Dienstzimmer betrat. »Na, alles erledigt?«

Er grinste. »Ja ja, und außerdem hat Herr Biegler noch einmal angerufen und sich nach dem Stand unserer Ermittlungen erkundigt. Bei der Gelegenheit habe ich ihn nach Claudia Ferrer ausgefragt. Er wusste einiges über sie von seiner Frau.« Er setzte sich auf den Stuhl vor Utes Schreibtisch. »Claudia Ferrer hat vor ein paar Jahren die Apotheke von ihrem Vater übernommen. Der alte Herr ist früh verstorben. Er war Alkoholiker, heißt es. Dadurch war die Apotheke auch ziemlich heruntergewirtschaftet, als seine Tochter das Geschäft recht widerwillig übernahm. Bevor sie nach München kam, arbeitete sie in einem Elektronikkonzern in Hamburg. Können wir mit diesen Informationen etwas anfangen?«

Sie lächelte. »Und ob! Mit dem, was ich von Dr. Gärtner erfahren habe, sind wir in unseren Ermittlungen ein ganzes Stück vorangekommen. Frau Gabriels so genannte Wahnvorstellungen begannen erst wieder, als sie zu Hause war. Claudia Ferrer hat als Apothekerin jede Möglichkeit, an Halluzinogene oder Medikamente zu gelangen, die Visionen oder Kopfschmerzen verursachen können.«

»Klingt logisch. Trotzdem verstehe ich nicht, aus welchem Grund die Ferrer das ihrer angeblich besten Freundin angetan haben soll, und vor allem, welche Rolle Philipp Gabriel dabei spielt. Selbst, wenn er und Claudia ein Verhältnis haben – warum sollte Lena aus dem Weg geräumt werden?«

»Das kann ich auch noch nicht sagen.« Ute stützte den Ellenbogen auf den Schreibtisch. »Möglicherweise spielt Frau Gabriels Vermögen eine Rolle in diesem widerlichen Spiel. Auf jeden Fall muss das alles von langer Hand geplant sein. Heiner, kannst du eigentlich ein Schloss öffnen?«

»Geht es zufällig um die Villa der Gabriels? Keine Chance, Ute. Da mache ich nicht mit, ausgeschlossen. Das ist Einbruch, was du da vorhast – und wie dir bekannt sein dürfte, strafbar!«

»Dann durchsuche ich eben das Haus allein«, erwiderte Ute trotzig. »Ich bin fest davon überzeugt, dass ich jede Menge Beweismaterial finden werde. Doch je mehr Zeit verstreicht, umso größer ist die Gefahr, dass die Spuren beseitigt werden.«

»Bist du von allen guten Geistern verlassen?«, rief Heiner. »Es ist viel zu gefährlich, wenn du dort herumstöberst. Kannst du dir vorstellen, was passiert, wenn dich Philipp Gabriel dort erwischt? Falls sich unter seinem sensiblen Lockenkopf tatsächlich ein Ungeheuer befindet, bist du die Nächste, die eines mysteriösen Todes stirbt.«

»Und ich will nicht, dass du zu meiner Beerdigung kommst«, fauchte Ute. »Denk nur nicht, dass du mir meinen Plan ausreden kannst. Wenn ich mir etwas in den Kopf gesetzt habe, ziehe ich es auch durch.«

Er seufzte resigniert. »Was macht dich eigentlich so sicher, dass du etwas in der Villa findest? Außer Vermutungen hast du doch nichts in der Hand.«

»Der Kupferdraht, den Herr Biegler gestern brachte, könnte Teil eines raffiniert installierten elektronischen Gerätes sein.«

»Von welcher Art Gerät redest du?«

»Wir wissen, dass Lena immer wieder von Babyweinen fantasierte. Solche Töne kann man heutzutage elektronisch erzeugen, sodass sie wie das Weinen eines echten Kindes klingen.«

Er hob die Augenbrauen. »Das scheint mir etwas weit hergeholt; doch ich muss zugeben, dass jemand mit Geschick in der Lage ist, so etwas zu simulieren. Philipp Gabriel erscheint mir allerdings in dieser Hinsicht nicht besonders kompetent zu sein.«

»Aber Claudia Ferrer!«, rief sie triumphierend. »Immerhin hat sie in einer Elektronikfirma gearbeitet.«

*

Inzwischen schien Utes Assistent ebenso aufgeregt wie sie selbst zu sein. Sie war froh, dass sie nicht allein in die Gabriel'sche Villa eindringen musste. Nicht, dass sie Angst hatte – doch sie war der Meinung, dass vier Augen mehr sahen als zwei.

Als die beiden Kriminalbeamten gegen 16 Uhr vor dem prächtigen Jugendstilhaus in der Gotenstraße 34 parkten, sagte Ute: »Sieht ziemlich verlassen aus. Aber ich werde trotzdem mal anrufen. Nicht dass wir eine böse Überraschung erleben.«

Die Haustür war durch immergrünes Buschwerk von der Straße her nicht einzusehen, was die Arbeit am Schloss wesentlich vereinfachte. Trotzdem dauerte es fast zehn Minuten, bis das erlösende Geräusch des aufschnappenden Türschlosses zu hören war. Blitzschnell schlüpften sie ins Haus.

In der Halle roch es nach abgestandener Luft, und Heiner flüsterte: »Ich komme mir vor wie Scully und Mulder.«

»Was?«, fragte Ute abwesend, während sie mit den Augen die Umgebung abtastete.

»Sag bloß, du kennst nicht die beiden FBI-Agenten, die sich immer auf eigene Faust den X-Akten widmen, um mysteriösen Fällen auf den Grund zu gehen.«

Sie warf ihm einen spöttischen Blick zu. »Du siehst zu viel fern, mein Lieber.« Sie steuerte auf den kleinen Beistelltisch zu, auf dem ein Stapel geöffneter Briefe lag. Der größte Teil war an Lena Gabriel adressiert und bestand aus Werbung, Rechnungen und Einladungen. Doch dann fand Ute einen dicken Umschlag mit Kontoauszügen.

»Wusstest du, dass die Gabriels ein Gemeinschaftskonto haben?«, fragte sie in die Stille. Sie pfiff leise durch die Zähne. »Sieh mal einer an: Der Hausherr scheint ganz gut zu leben.«

»Wieso?«

»Hier wurde eine Summe von dreißigtausend Euro abgehoben – zwei Tage nachdem Lena Gabriel ins Sanatorium gegangen ist. Leider hat Gabriel das Geld bar abgehoben und nicht überwiesen.«

Ute legte die Post wieder genauso hin, wie sie sie vorgefunden hatte. »Lass uns mal ins Obergeschoss hinaufgehen. Ich wette, dort finden wir etwas, das uns weiterbringt. Vielleicht sogar den ominösen Kupferdraht. Herr Biegler ist nämlich felsenfest davon überzeugt, dass er nie mit solch einem Draht hier gearbeitet hat. Hast du die Fotokamera dabei?«

»Klar, was dachtest du denn?« Heiner wies auf seine Jackentasche und blieb vor dem Treppenabsatz stehen. »Hier also lag die arme Lena damals.«

Die Betten waren gemacht, und man konnte dem Schlafzimmer ansehen, dass es schon längere Zeit nicht mehr benutzt worden war. Auf den ersten Blick fiel Ute nichts Außergewöhnliches auf – bis ihr Blick auf das altmodische, hohe Fenster fiel. Das Glas des Oberlichtes bestand aus vielen bunten Teilen in Form verschnörkelter Rosenranken.

Ute holte ihr Notizbuch aus der Tasche, das sie stets bei sich trug. »Heiner, sieh mal nach, ob du etwas Ungewöhnliches dort am Fenster entdeckst. Du bist größer als ich.«

Sofort ging er mit langen Schritten zum Fenster und blickte hinauf. »Originelles Muster.«

»Ob es wohl technisch möglich ist, dieses Muster in ein bewegliches Schattentheater zu verwandeln?«

»Theoretisch schon.« Sein Blick blieb an einem kleinen Gegenstand an der Innenseite hängen. »Was haben wir denn da? Sieht aus, als wäre hier eine Halterung für etwas.« Er öffnete das Fenster und blickte nach oben.

»Pass auf, dass dich niemand von draußen sieht«, mahnte Ute nervös. »Mitwisser können wir im Augenblick nicht gebrauchen.«

»Ich fasse es nicht«, stammelte Heiner, noch immer den Kopf in den Nacken gelegt. »Wenn das nicht raffiniert ist!«

Auch Ute war inzwischen ungeduldig näher getreten. »Würdest du die Güte haben, mich endlich aufzuklären?«

»Gern.« Er trat einen Schritt zurück und wies zum Fenstersturz hin. »Siehst du die kleinen runden Dinger da oben?«

»Ja, was könnte das sein? Sieht aus wie kleine Lämpchen …«

»Sind es auch. Sie sind so gerichtet, dass sie genau gegen das Oberlicht strahlen, wenn sie angeschaltet sind …«

»… und dann ein eigenartiges Muster an die Zimmerdecke werfen«, vervollständigte Ute atemlos den Satz. »Doch wie und wo schaltet man sie an?«

»Keine Ahnung.« Heiner trat ins Zimmer zurück und öffnete das Nachtschränkchen zur Fensterseite. »Dies muss Philipp Gabriels Schlafseite sein; das Buch über moderne Kunst nach dem Zweiten Weltkrieg sieht mir nicht nach der Lektüre seiner Frau aus.«

Ute hatte das Fenster inzwischen wieder geschlossen und die Gardine zugezogen. Als Heiner triumphierend aufschrie, zuckte sie zusammen.

»Volltreffer! Gabriel muss sich vollkommen sicher gewesen sein, er hat sich noch nicht einmal die Mühe gemacht, die Fernbedienung zu verstecken!«

»Was für eine Fernbedienung? Und brüll hier nicht so rum oder willst du Nachbarn doch noch auf uns aufmerksam machen?«

Heiner hielt siegessicher einen kleinen Kasten mit verschiedenen Tasten in der Hand. »Wetten, dass ich damit die Lämpchen da draußen anschalten kann?«

»Dann tu es bitte, bevor ich vor Aufregung einen Anfall bekomme«, flehte Ute und setzte sich auf den kleinen, seidenbezogenen Schemel vor der Frisierkommode.

»Hm, wenn ich wüsste, welche Taste ich drücken soll«, überlegte Heiner laut und legte seinen Finger dann einfach auf die erste. Das hohle Wimmern eines Kleinkindes erklang so plötzlich, dass beide zusammenfuhren.

»Gütiger Himmel«, wisperte Ute mit bleichem Gesicht. »Das lässt einem ja das Blut in den Adern gefrieren.« Und als das Klagen und Jammern lauter wurde: »Bitte stell dieses furchtbare Geräusch ab.«

»Sieh mal, was ich hier noch entdeckt habe.« Heiner hatte schon wieder den Kopf über das Nachtschränkchen gebeugt. »Eine Art Spiegel. Sieht aus, als würde er in die Halterung am Fenster passen.«

Tatsächlich passte er hinein. Und zu Utes Genugtuung ließ sich die Halterung mittels Fernbedienung so bewegen, dass es zu einer Lichtspiegelung an der Zimmerdecke kam.

»Man kann sogar mehrere Geschwindigkeiten einstellen.« Heiner schien total begeistert von diesem Wunderwerk der Technik zu sein und hatte fast den eigentlichen Grund für die illegale Hausdurchsuchung vergessen. »So kommt es, dass die Schatten aussehen, als würden sie sich bewegen. Bei Dunkelheit muss das echt schaurig wirken.«

Trotz der relativ warmen Luft im Raum fröstelte Ute plötzlich. Sie war nicht glücklich darüber, dass sich ihr Verdacht bestätigt hatte, sondern dachte voller Mitgefühl an Lena Gabriel, deren Leben auf solch widerwärtige Art für immer zerstört worden war.

»Ich bin gespannt, was wir noch alles finden werden«, sagte sie mit belegter Stimme.

»Wollen wir die Beweismittel mitnehmen oder nur Fotos davon machen?«, fragte Heiner, noch immer die Fernbedienung in der Hand.

Ute hob die Schultern. »Ich weiß nicht. Wenn Gabriel entdeckt, dass seine Spielzeuge fort sind, taucht er womöglich unter, bevor wir ihn und seine Apothekerin dingfest machen können.«

»Aber auf der anderen Seite besteht die Gefahr, dass er die Sachen verschwinden lässt und wir es dann wohl sehr schwer hätten, ihm irgendetwas zu beweisen.«

»Hm, daran habe ich auch schon gedacht«, erwiderte Ute und hob dann den Kopf. »Hast du das eben gehört?«

»Nee, was denn?«

»Da oben – auf dem Dachboden. Da war eben ein Geräusch.« Sie schluckte. »Da ist es wieder, es hört sich an wie, wie …«

»… wie ein Gegenstand, der hin und her wippt.« Heiner hatte unbewusst die Stimme zu einem Flüstern gesenkt.

Ute lauschte konzentriert. »Es hört sich an wie ein Schaukelstuhl. Heiner, hast du eben wieder mit dieser Fernbedienung gespielt?«

»Nur ein bisschen.«

Sie stieß ihm ihren Ellenbogen unsanft in die Seite und flüsterte: »Los, lass uns auf dem Dachboden nachsehen – ich habe da so eine dunkle Ahnung, dass wir dort auch etwas finden.«

Vorsichtig stiegen sie nacheinander die schmale Stiege hinauf. Auf der vorletzten Stufe drehte sich Ute um und sagte: »Wenn Lena hier hinuntergestürzt wäre, hätte sie sich das Genick gebrochen.«

»Es ist abgeschlossen.« Heiner drückte mehrmals die Klinke hinunter. »Und was machen wir jetzt?«

»Vielleicht den Schlüssel dort am Haken nehmen?« Sie wies mit einer Kopfbewegung zu dem großen, eisernen Schlüssel rechts neben dem Türrahmen.

»Er passt.« Heiner öffnete zaghaft die knarrende Tür und blickte durch den Spalt.

Ute stupste ihn an. »Was siehst du?«

»Nicht viel, es ist zu dunkel.«

»Dann mach das Licht an; hier oben kann man sicherlich nichts von der Straße her sehen«, schlug sie vor und schob ihren Assistenten vor sich her.

Die abgedeckten Möbelstücke warfen gespenstische Schatten. Beide blieben an der Tür stehen und sahen sich um.

»Jetzt darfst du wieder mit der Fernbedienung spielen«, sagte Ute nach einer Weile. »Ich möchte zu gern wissen, wo dieser Schaukelstuhl steht.«

»Welcher Schaukelstuhl?« Heiner nahm die Fernbedienung aus der Jackentasche und drückte nacheinander mehrere Knöpfe. Auf einmal erklang ein unheimliches, surrendes Geräusch, das von einer der unteren Etagen her kam, dann wieder schien es, als würde es direkt über ihren Köpfen ertönen.

»Genial«, sagte Heiner ergriffen. »Wer das konstruiert hat, muss eine Menge über Elektronik wissen.«

»Und ich kann mir auch vorstellen, wer dieser Jemand ist«, gab Ute nickend zurück.

»Da!« Ute wies auf einen mit einer Decke in Karomuster bedeckten Gegenstand, der sich automatisch bewegte, nachdem Heiner wieder einige Tasten der Fernbedienung gedrückt hatte. »Das muss der Schaukelstuhl sein.«

Gespenstisch begann sich das Möbelstück unter der Decke vor- und zurückzubewegen. Ein Druck auf die nächste Taste und das Schaukeln wurde schneller. Ein weiterer Tastendruck, und der Stuhl wippte so rasch, dass die Kufen ein lautes knarrendes Geräusch auf dem Holzboden verursachten.

»Soll ich es abstellen?«, fragte Heiner und streifte seine Chefin mit einem Seitenblick, nachdem er festgestellte hatte, dass sie erschauerte. »Sieht gruselig aus, wie?«

Sie nickte. »Gib mir die Kamera, damit ich ein Foto von diesem Monsterstuhl machen kann. Nur schade, dass ein Bild nicht diese unheimlichen Bewegungen wiedergeben kann.«

»Wir hätten eine Videokamera mitnehmen sollen.« Er reichte ihr den Fotoapparat und schaltete zusätzlich zur fahlen Deckenbeleuchtung die Taschenlampe an. »Ich bin gespannt, was wir hier noch alles finden werden.«

Ute machte mehrere Aufnahmen, zog dazu die Decke von dem Schaukelstuhl. »Eigentlich sieht er recht harmlos aus – man könnte ihn direkt als hübsch bezeichnen, wenn er nicht ein selbständiges Innenleben hätte.« Nach dem Fotografieren deckte sie den Stuhl wieder sorgfältig ab. Philipp Gabriel durfte unter keinen Umständen merken, dass man ihm auf der Spur war.

»Was haben wir denn da?« Heiner zog einen an die Wand gelehnten, flachen Gegenstand, der in Plastikfolie gehüllt war, aus einer Ecke hervor. »Ich wette, auch das hier entpuppt sich als Indiz.«

Geräuschvoll wickelte er die Folie ab. Heiners Aufstöhnen ließ Ute herumfahren. »Was ist denn jetzt?«

Stumm hob er den ausgewickelten Gegenstand hoch und Ute konnte einen entsetzten Aufschrei nicht unterdrücken. Es war eine ungefähr 80 x 80 cm große, auf einen Holzrahmen gespannte Leinwand, auf die ein nacktes Baby gemalt war. Sein kleiner Mund schien vor Schmerz verzerrt zu sein und es war über und über mit Blut besudelt.

»Das ist ja der reinste Irrsinn«, stieß Ute mit angewidertem Gesichtsausdruck hervor. »Einfach pervers.«

»Auf jeden Fall ist Gabriel ein guter Maler.«

Noch einmal nahm die Kommissarin die kleine Pocketkamera hoch und murmelte: »Jetzt muss ich nur noch den Chef davon überzeugen, mir die Erlaubnis zum Verhör von Claudia Ferrer und Philipp Gabriel zu geben.«

»Die bekommst du nie, wetten?« Heiner wickelte das scheußliche Gemälde wieder in die Plastikfolie und stellte es an den Platz zurück, an dem er es gefunden hatte. »Ich glaube eher, man wird dir den Fall wegnehmen, weil es nicht dein Ressort ist.«

»Abwarten.« Ute machte eine ungeduldige Handbewegung. »Wir sollten jetzt das Kinderzimmer unter die Lupe nehmen.«

Zum Glück war die Tür zum Kinderzimmer nicht abgeschlossen. Drinnen war es schummrig, aber noch hell genug, um zu erkennen, dass der Raum völlig leer war. Nur der schwere königsblaue Teppichboden ließ ahnen, welch hübscher Raum dies einmal gewesen sein musste.

Bei genauerem Hinsehen entdeckte Ute allerdings Druckspuren auf dem Teppich. Zum letzten Mal auf ihrer verbotenen Expedition schoss sie einige Fotos, dann war es zu dunkel. Erst als sie wieder im Auto saßen, wagten sie aufzuatmen.

»Wie willst du dem Boss eigentlich erklären, dass wir in die Villa eingestiegen sind?«, fragte Heiner nach einigen Minuten, in denen sie nichts anderes getan hatten als stumm vor sich hin zu starren. Zu ungeheuerlich und unglaublich waren die Dinge, die sie eben entdeckt hatten.

Ute sah ihren Assistenten an. »Keine Ahnung. Ich weiß nur, dass ich deine Anwesenheit nicht erwähnen werde. Das könnte immerhin deiner Karriere schaden.«

»Nee, das werde ich nicht zulassen. Inzwischen interessiert mich dieser Fall nämlich genauso wie dich.«

»Na, immerhin glaubst du mir jetzt, dass Lena Gabriel völlig normal ist, beziehungsweise bis zu dieser ekelerregenden Geschichte war.«

Heiner nickte wortlos. Es stimmte, dass er sich bis vor kurzem nicht vorstellen gekonnt hatte, auf welch furchtbare Weise ein Ehemann seine Gattin aus dem Weg schaffen wollte.

*

Bereits beim dritten Elektronikkonzern in Hamburg hatte Ute Glück. Bereitwillig erzählte der überaus freundliche Personalleiter, dass Claudia Ferrer vor vier Jahren in seiner Firma gearbeitet hatte; zuerst bei der Auslieferung, später dann in der Forschungsabteilung, in der neue Geräte entwickelt wurden. »Frau Ferrer war fasziniert von dieser Arbeit, musste sie dann aber leider überstürzt aufgeben, weil ihr Vater überraschend gestorben war.«

Ute kaute an ihrem Kugelschreiber, wie immer, wenn sie scharf nachdachte. »Kannten Sie Claudia Ferrer näher?«

»Wir haben auf dem einen oder anderen Betriebsfest miteinander geplaudert, das war alles. Ich erinnere mich nur noch so genau an sie, weil sie mir bei diesen Gelegenheiten häufig vorjammerte, wie sehr sie ihr absolviertes Pharmaziestudium bedauerte und dass ihr die Arbeit bei uns viel mehr Spaß machte. Im Übrigen war Frau Ferrer in festen Händen.«

»Ach, das wusste ich nicht. Haben Sie zufällig ihren Partner kennen gelernt?«

»Ich weiß nur, dass er Künstler war. Ein- oder zweimal habe ich ihn zusammen mit Frau Ferrer nach Feierabend auf dem Firmenparkplatz gesehen.«

Mit einem Schlag war Ute hellhörig geworden. »Wie sah der Mann aus, können Sie ihn näher beschreiben?«

»So, wie man sich einen sensiblen Künstler vorstellt: groß, schmal, lange, dunkle Locken.«

»Ich danke Ihnen vielmals, Sie haben uns bei unseren Ermittlungen sehr geholfen.«

Mit erwartungsvollem Gesicht hatte Heiner Weiß dem Gespräch seiner Vorgesetzten gelauscht. Im selben Augenblick, als sie den Hörer auflegte, fragte er ungeduldig: »Und? Was hast du erfahren?«

Ute sprang auf und rieb sich die Hände. »Halte dich fest: Die Ferrer und unser Freund Philipp Gabriel waren vor Jahren ein Paar!«

»Und? Was hast du jetzt vor?«

»Einen Termin beim Boss machen. Ohne seine Erlaubnis können wir weder die Exhumierung der Haushälterin beantragen noch unser sauberes Pärchen verhaften.«

»Mensch, Ute. Der wird dir den Kopf abreißen, wie ich ihn kenne!«

Ute hatte bereits begonnen, alles niederzuschreiben, was sie bisher in Erfahrung gebracht hatte. Natürlich würde sie ihrem Chef auch die Einbruchsakte vom vergangenen Jahr vorlegen.

Ohne auf Heiners Einwände zu hören, sagte sie: »Kümmere du dich doch in der Zwischenzeit mal um die schriftliche Erlaubnis des Witwers für die Exhumierung seiner Frau. Bei der Gelegenheit kannst du auch gleich die fertigen Bilder abholen.«

Achselzuckend zog Heiner davon, während sich Ute wieder ihrem Bericht widmete. Jede Kleinigkeit aus ihrem Notizbuch tippte sie ab. Nur so hatte sie eine Chance, dass sie den Fall offiziell übertragen bekam. Natürlich würde die Besprechung mit dem Boss kein Honigschlecken werden, darüber war sich Ute im Klaren. Doch sie würde darum kämpfen, dass nicht die Kollegen vom Morddezernat den Zuschlag bekamen, dafür hatte sie zu hart gearbeitet. Überhaupt war es eine Schande, wie oberflächlich die Hausdurchsuchung von ihren Kollegen vorgenommen worden war. Kein Wunder, dass so viele Delikte unaufgeklärt blieben!

15. KAPITEL

»Ja, sind Sie denn von allen guten Geistern verlassen?« Polizeichef Ewald Witzig knallte den Aktendeckel auf die Schreibtischplatte. »Können Sie mir verraten, was Sie sich dabei gedacht haben, auf eigene Faust herumzuspionieren?«

Ute sah dem Boss, dessen Nachname überhaupt nicht zu seinem Naturell passte, offen ins Gesicht. Sie hatte vorher gewusst, was auf sie zukommen würde, als sie um einen Termin gebeten hatte, und sich dementsprechend darauf vorbereitet.

»Sie wissen doch ganz genau, was passiert wäre, wenn ich meinen Verdacht vorher laut geäußert hätte: Man hätte kopfschüttelnd abgewinkt, weil es keinen Kläger und offensichtlich kein Motiv gibt. Doch ich ahnte bereits im letzten Jahr, als uns der Einbruch in der Villa der Gabriels gemeldet wurde, dass dabei etwas nicht stimmt. Sie können das alles nachlesen.«

Witzig stand auf und beugte sich so weit vor, dass sein Gesicht Ute bedrohlich nahe kam. »Das habe ich bereits getan, meine liebe Kollegin Schäfer. Das alles rechtfertigt jedoch nicht Ihr eigenmächtiges Vorgehen. Wo kämen wir denn hin, wenn jeder Polizeibeamte nach eigenem Gutdünken in Häuser einbrechen, bei Firmen herumspionieren und Leute beschatten würde?! Der Zweck heiligt nicht die Mittel, und wenn Sie das nicht begreifen, werden Sie vom Dienst suspendiert. Sie haben Ihren Beruf missbraucht und in unverantwortlicher Weise eigenständig gehandelt. So ein Vorgehen darf nicht an die Öffentlichkeit dringen, weil sonst die Glaubwürdigkeit der Polizei untergraben wird.«

Witzig setzte sich wieder und holte tief Luft. »Und nun zur Sache, Frau Schäfer: Aus Ihrem sehr detaillierten Bericht geht eindeutig hervor, dass diese Lena Gabriel seit Jahren bei einem Neurologen in Behandlung ist. Nun, immerhin könnte es sich um eine traumatisierte Handlung der Frau gehandelt haben – wie gefällt Ihnen diese Theorie?«

»Sie denken demnach, dass sie in ihrem Wahn die Indizien selbst platziert hat?« Ute schüttelte den Kopf. »Dann sehen Sie sich dieses Kunstwerk einmal genauer an: Das Gemälde ist ausgezeichnet. Mir ist nicht bekannt, dass Frau Gabriel so gut malen kann – aber ihr Ehemann ist ein bekannter Künstler.«

Witzig lehnte sich zurück und betrachtete mit unbeweglichem Gesicht mehrere Minuten lang die Fotos. An seiner sich verändernden Miene sah Ute, dass auch er nachdenklich wurde. Schließlich schob er der Kommissarin die Bilder wieder zu und sagte: »Angenommen, an der Sache ist tatsächlich etwas dran – es fehlt trotz allem das Motiv.«

»Lena Gabriel gehört zu den vermögendsten Frauen der Stadt. Ich denke, das ist Motiv genug.«

Witzig nickte nachdenklich. »Dieser Ehemann verdient doch selbst genug, denke ich, und was hat die Apothekerin damit zu tun?«

»Claudia Ferrer und Philipp Gabriel kennen sich schon lange, und wie ich vor einigen Tagen überraschend erfuhr, waren sie sogar einmal ein Paar. Gabriel könnte sich wieder mit ihr zusammengeschlossen haben, damit sie ihm mit ihren Kenntnissen behilflich ist. Vermutlich wird er ihr eine Menge Geld dafür versprochen haben, wenn seine Ehefrau erst einmal für unmündig erklärt wäre. Ich habe nämlich herausgefunden, dass die Apotheke der Ferrer alles andere als gut läuft.«

Der Polizeichef kratzte sich nachdenklich am Kinn. »Ihnen ist klar, dass ich Ihre Kollegen von der MOKO einschalten werde, wenn ich mich entschließe, diesen Fall aufzunehmen.«

»Lena Gabriel ist doch nicht ermordet worden!«, protestierte Ute. »Mit Dingen wie Psychoterror haben die Kollegen von der Mordkommission doch auch nicht mehr Erfahrung als wir vom Einbruchsdezernat.«

»Wenn sich Ihr Verdacht bestätigt, handelt es sich sogar um Doppelmord: das ungeborene Kind, das Frau Gabriel verloren hat – und der plötzliche Tod dieser Haushälterin.«

»Bitte lassen Sie mich wenigstens an diesem Fall mitarbeiten«, bat Ute. »Sie wissen doch, dass ich einige Zeit für das Morddezernat in

Mannheim tätig war. Ich kenne Herrn Gabriel bereits von den Gesprächen wegen des Einbruchs im letzten Jahr, und ich denke, ich werde gut mit ihm zurechtkommen.«

Witzig verschränkte die Arme. »Was macht Sie da so sicher? Sie erzählten zwar, dass er ein zartbesaiteter Bursche ist, aber wenn es sich hier wirklich um ein Verbrechen handelt, haben wir es mit einem eiskalten Kriminellen zu tun.«

Ute nickte langsam und seufzte. »Tja, das ist bei diesem Mann tatsächlich schwer vorstellbar, aber alle Indizien sprechen schließlich dafür, dass er seine Frau ins Irrenhaus bringen wollte – aus welchen Gründen auch immer.«

Er blätterte erneut in den Aufzeichnungen, die Ute sorgfältig angefertigt hatte. Unvermittelt klappte er den Ordner wieder zu und sagte nach einem tiefen Luftholen: »Gut, ich will Ihnen sagen, was ich tun werde, Frau Kollegin: Zunächst lasse ich die Leiche dieser Therese Biegler ausbuddeln; mal sehen, was die Jungs von der Rechtsmedizin herausfinden.«

»Und dann?«

Witzig lehnte sich so weit in seinen Bürostuhl zurück, dass Ute Angst bekam, er könne die Balance verlieren und nach hinten kippen. »Dann werde ich mir noch einmal gut überlegen, ob ich Sie und Ihren unermüdlichen Helfer, wie heißt er noch gleich …?«

»Heiner Weiß.« Ute wagte vor Freude kaum zu atmen. Der Chef sollte unter keinen Umständen den Triumph in ihren Augen sehen, deshalb blickte sie mit ernster Miene zu ihm hinüber.

»Schön, dann werde ich bei einem positiven Ergebnis der Obduktion entscheiden, ob Sie diesen doch sehr ungewöhnlichen Fall übernehmen werden. Allerdings sage ich Ihnen gleich, dass ich Sie offiziell einem Kollegen von der MOKO unterstellen muss, damit es keine dummen Fragen von oben gibt.« Er streifte Ute mit einem schnellen Blick. »Um ein Disziplinarverfahren werden Sie jedoch trotz allem nicht herumkommen, Frau Schäfer. Immerhin haben Sie Handlungen unternommen, ohne Ihre Dienstbehörde davon in Kenntnis zu setzen.«

Witzig drehte seinen Stuhl zum Fenster hin, und Ute wusste, dass damit das Gespräch beendet war. Sie erhob sich. »Ich danke Ihnen, dass Sie mir die Chance geben wollen, Licht in diesen mysteriösen Fall zu bringen.«

»Nicht so voreilig. Noch hat Herr Biegler keine Einwilligung für die Obduktion gegeben, und noch wissen wir nicht, ob seine Frau nicht doch eines natürlichen Todes gestorben ist.«

»Herr Weiß hat sich bereits darum gekümmert«, erwiderte sie hastig, bevor er es sich noch einmal anders überlegen konnte. »Herr Biegler selbst kam zu mir, weil er mir mitteilte, dass seine verstorbene Frau einen schlimmen Verdacht hegte: nämlich dass Herr Gabriel seine Frau in den Wahnsinn getrieben hat. Er hat die ganze Geschichte doch erst ins Rollen gebracht.«

*

Alfred Biegler hatte tatsächlich sofort seine Genehmigung für die Exhumierung gegeben. Auf dem Formular stand, dass er nicht glaubte, seine Therese hätte einen Herzanfall gehabt.

Die laufenden Einbruchsfälle hatten mit Witzigs Genehmigung die Kollegen übernommen, und obwohl das Ergebnis der Obduktion noch andauern würde, hatte er Klaus Alpers von der Mordkommission gebeten, sich mit Ute Schäfer zusammenzusetzen. Er galt als ein gerissener Kriminalist, der bekannt für seine treffsichere Spürnase war.

Bevor der Chef ihn zu Ute schickte, gab er Alpers die Akte ›Biegler/Gabriel‹ zu lesen.

»Wenn sich dein Verdacht bestätigt, solltest du unbedingt befördert werden«, sagte Alpers bei seinem ersten Treffen mit Ute. »Dein Mut ist zu bewundern, auch wenn deine Handlungen nicht korrekt waren, darüber musst du dir im Klaren sein.«

Sie lachte trocken. »Ich weiß und habe auch darüber nachgedacht. Zukünftig werde ich versuchen, über den Dienstweg mein Ziel zu erreichen. Wahrscheinlich werde ich erst einmal vom Dienst suspendiert, wenn der Fall abgeschlossen ist.«

Alpers, der trotz seiner zweiunddreißig Jahre bereits unter einer fortgeschrittenen Glatze litt, grinste. »Na, warten wir mal ab. Wenn wir jetzt gute Arbeit leisten und du dir keinen weiteren Fehltritt leistest, hält Witzig dir die Stange. Aber lassen wir mal das Thema und kommen zur Sache: Was hast du als Erstes vor, wenn diese Haushälterin wirklich ermordet wurde?«

»Ich werde mir zunächst Philipp Gabriel vornehmen. Mal sehen, was er uns zu sagen hat.«

Alpers machte ein verblüfftes Gesicht, als er erwiderte: »Aber ich denke, diese Claudia Ferrer ist diejenige, die Therese Biegler auf dem Gewissen hat.«

»Schon, und vermutlich war sie es auch, die Lena Gabriel die Treppe hinabgestoßen hat – doch Gabriel scheint mir eher zu plaudern als die Apothekerin, er scheint ziemlich labil zu sein. Sie dagegen ist sicherlich mit allen Wassern gewaschen.«

»Wie sieht deine Theorie aus? Wer von den beiden hatte wohl die Idee zu diesem abscheulichen Verbrechen?«

Ute musste schmunzeln. Für Alpers stand also auch schon fest, dass Lena Gabriel keineswegs verrückt war. »Vermutlich war es Philipp, denn nur er hat einen Nutzen davon, wenn seine Frau den Rest ihres Lebens in der Klapsmühle vor sich hin dämmert. Ich nehme an, dass er irgendwann im Laufe der Ehe auf die Idee kam, sich den ganzen Kuchen zu nehmen, anstatt nur eine Scheibe abzubekommen. Wie er allerdings Lenas beste Freundin dazu überreden konnte mitzumachen, ist mir auch ein Rätsel.«

»Wahrscheinlich werden wir es bald erfahren – wenn das saubere Pärchen nicht Wind davon bekommen hat, dass wir ihm auf der Spur sind, und es sich längst aus dem Staub gemacht hat.«

Sie blickte zur Uhr. »Ich möchte wissen, wo Heiner bleibt.«

»Hast du den armen Kerl schon wieder losgeschickt?«, fragte Alpers mit breitem Grinsen. »Heiner kann einem wirklich Leid tun.«

»Quatschkopf. Ja, er sollte sich unauffällig vor der Villa postieren, falls Philipp auftaucht.«

»Und dann?«

»Mich interessiert, wie er sich gibt, wenn er sich unbeobachtet fühlt – so etwas sagt viel über einen Menschen aus.«

»Hat sich Gabriel denn schon einmal öffentlich mit der Ferrer sehen lassen?«

Ute schüttelte den Kopf. »Nein, aber sie ist mehrmals zu ihm ins Atelier gegangen.«

»Dann lebt er nach außen hin genauso wie vor der Katastrophe?«

»Nicht ganz. Er wohnt nicht mehr in der Villa.« Die Tür ging auf, und Ute unterbrach sich. »Ah, da kommt Heiner, und es sieht ganz so aus, als habe er etwas herausgefunden.«

»Hallo, ihr zwei.« Heiner zog sich einen Stuhl heran. »Habt ihr schon einen Schlachtplan entworfen?«

»Wir sind gerade dabei«, erwiderte Ute. »Hast du Philipp gesehen?«

»Jawohl, und allem Anschein nach ist er völlig ahnungslos, dass er unter Verdacht steht. Er hat sich jedenfalls gänzlich unauffällig benommen, ging kurz ins Haus und kam nach wenigen Minuten zurück.«

»Er wird wohl nach der Post gesehen haben«, überlegte Ute laut.

Heiner grinste, als habe er eine besonders schöne Geburtstagsüberraschung für seine Chefin. »Ich habe doch noch gar nicht fertig erzählt. Also, ich wollte schon losfahren, als mir auffiel, dass Gabriel auf jemanden zu warten schien.«

»Etwa auf Claudia Ferrer?«, fragte sie atemlos.

»Das dachte ich zunächst auch. Doch dann kam ein fremder Mann. Die beiden gingen gemeinsam in die Garage, und nur wenig später fuhr der Fremde mit dem BMW von Lena Gabriel davon.«

Die beiden anderen warfen sich einen fragenden Blick zu, bis sich Utes Gesicht erhellte. »Gabriel hat den Wagen seiner Frau verkauft, oder?«

»So sah es jedenfalls aus – so endgültig. Er machte übrigens einen recht zufriedenen Eindruck und pfiff vor sich hin, als er schließlich in seinen eigenen Wagen stieg und davonfuhr.«

Alpers schüttelte ungläubig den Kopf. »Als ob er davon ausgeht, dass seine Frau nicht mehr nach Hause kommt!«

*

Nach vier weiteren Tagen voller bangem Warten stand das Ergebnis der Obduktion Therese Bieglers fest: Sie war eindeutig an den Folgen eines Medikamentes gestorben, welches das Herz zum Stillstand brachte.

Detailliert hieß es im rechtsmedizinischen Gutachten, dass dieses Medikament bei bestimmten Operationen am offenen Herzen verabreicht werde. Bei einem gesunden Menschen führe es bereits nach wenigen Stunden zum Tode.

»Ich hab's gewusst! Ich hab's gewusst!« Triumphierend fuchtelte Ute mit dem Bericht vor Heiners Nase herum. »Von Anfang an kam mir der Fall Gabriel mysteriös vor!«

Der Assistent nahm ihr das Gutachten aus der Hand und las es mit fast ungläubiger Miene noch einmal, dann sagte er kopfschüttelnd: »Diese Frau muss unbedingt hinter Schloss und Riegel, und zwar schnellstens.«

»Immer mit der Ruhe.« Ute hob den Hörer und wählte die Dienstnummer des Kollegen Alpers. »Erst knöpfen wir uns den Herrn Künstler vor. Herrgott, wo steckt der denn schon wieder?«

»Wer, Gabriel?«

»Nein, verdammt! Ach Klaus, ich dachte schon, du hättest mal wieder früher Feierabend gemacht. Du hast schon von dem Ergebnis gehört? Was sagst du dazu?«

Klaus Alpers war ebenso überrascht gewesen wie Heiner Weiß. Erst jetzt wurde ihnen bewusst, dass es ohne Utes Spürsinn einen unaufgedeckten Mordfall mehr gegeben hätte.

Eine halbe Stunde später wurde Ute zu Witzig gebeten. Auch der Polizeichef zeigte sich von ihrer Hartnäckigkeit beeindruckt.

»Wie wollen Sie und Alpers jetzt vorgehen?«, fragte er, diesmal spürbar besserer Laune als bei ihrem letzten Besuch. »Möchten Sie einen Kaffee?«

Ute hob erstaunt die Augenbrauen. Es war das erste Mal, dass Ewald Witzig ihr etwas anbot. »Ja, gern.«

»Ich war doch überrascht, als ich das Gutachten auf dem Tisch liegen hatte. Bis zum Schluss dachte ich, dass Sie sich in etwas verrannt hätten.«

Ute verkniff sich ein zufriedenes Lächeln. »Und jetzt? Was denken Sie jetzt?«

Witzig überging ihre Frage. »Haben Sie mit dem Kollegen schon besprochen, was Sie als Nächstes tun werden?«

»Herr Alpers und ich treffen uns nachher zu einer ersten Besprechung. Mein Assistent, Herr Weiß, wird in der Zwischenzeit den bedauernswerten Witwer mit der Tatsache konfrontieren, dass seine Frau tatsächlich kaltblütig umgebracht wurde. Und dann muss ja noch Alfred Bieglers Aussage über die letzten Stunden der Ermordeten aufgenommen werden.«

Witzig nickte bedächtig. »Das wird ein herber Schock für den armen Mann sein.«

»Alpers und ich werden noch heute Philipp Gabriel zu einem ersten Verhör aufsuchen. Ich bin gespannt, was er uns zu sagen hat.«

»Wissen Sie denn, wo er sich aufhält? Möglicherweise ist das Vöglein längst ausgeflogen.«

Ute schüttelte den Kopf. »Wir haben ihn beschattet.«

Witzig erhob sich. »Nehmen Sie Gabriel noch heute Abend fest – egal, ob er gesteht oder nicht. Wir wollen doch nicht, dass er seine Komplizin warnen kann.«

Auch Ute stand auf. »Ich werde Sie morgen über den Verlauf unseres Verhörs informieren.«

*

Ute und Alpers hatten bewusst den Nachmittag für ihren Überraschungsbesuch gewählt, weil zu dieser Zeit Claudia Ferrer mit größter Wahrscheinlichkeit in ihrer Apotheke arbeitete.

»Was machen wir, wenn er auch nicht in seinem Atelier ist?«, fragte Alpers, als sie vor dem Haus standen. »Die Ferrer fragen, wo er ist?«

»Unsinn. Dann setzen wir uns dort drüben in das Café und warten«, gab Ute ungerührt zurück und drückte energisch auf den Klingelknopf ohne Namensschild. »Ich hoffe, Heiner taucht bald auf und stellt sich wie abgemacht vor das Haus, falls unser Kandidat einen Fluchtversuch unternimmt.«

Zu beider Erstaunen wurde tatsächlich der Türdrücker betätigt, und zum zweiten Mal trat Ute in das liebevoll restaurierte Treppenhaus. Ihr Herz klopfte vor Anspannung und Aufregung, als sie vor Klaus die Stufen hochstieg.

Philipp stand in der Wohnungstür; seiner verdatterten Miene nach erinnerte er sich nicht mehr an die burschikose Kommissarin, die im Jahr zuvor die Ermittlungen im angeblichen Einbruchsfall geführt hatte. Er wischte sich die Hände an seinem Malerkittel ab und fragte arglos: »Möchten Sie zu mir?«

»Das möchten wir in der Tat.« Ute zückte ihren Dienstausweis und beobachtete Philipps Gesichtszüge. In seinen Augen war ein erkennendes Aufflackern zu sehen. »Dürfen wir wohl einen Augenblick eintreten? Wir haben Sie vergeblich zu Hause aufgesucht, daher entschuldigen Sie, dass wir Sie an Ihrem Arbeitsplatz stören müssen.«

Philipp hatte sich schnell gefangen. Er machte eine einladende Handbewegung und sagte: »Keine Ursache. Allerdings bin ich nicht auf Besuch vorbereitet, es herrscht eine ziemliche Unordnung hier.«

»Das macht nichts.« Unauffällig blickte sich Ute in dem Raum um. Durch die großen Dachfenster wirkte das Atelier geräumiger, als es wirklich war; es roch nach Farbe und Terpentin. In der Mitte stand eine Staffelei mit einer Leinwand, auf die mit Bleistift ein Entwurf gezeichnet war.

Ute warf einen kurzen Blick auf die Leinwand und fragte: »Was wird das?«

»Oh, es ist nur ein Entwurf, ich bin mir noch nicht sicher, ob ich ihn ausarbeiten werde.« Philipp blickte sich irritiert zu Klaus Alpers um, der sich interessiert einige fertige Gemälde ansah, die an der Wand lehnten. »Woher wissen Sie eigentlich, dass ich hier mein Atelier habe?«

»Wir erfahren alles, was für uns interessant sein könnte«, erwiderte Alpers. »Ist das denn so wichtig für Sie?«

Philipp fuhr sich durch das Haar. »Nein, natürlich nicht. Möchten Sie nicht Platz nehmen oder wollten Sie sich nur nach meinem Wohlbefinden erkundigen? Nebenan habe ich ein kleines Zimmer.«

»Gern.« Ute nickte. »Ich befürchte, es wird etwas länger dauern, was wir mit Ihnen zu besprechen haben.«

Beginnende Panik flackerte in Philipps Augen auf, doch noch hatte er sich unter Kontrolle. Mit spöttischem Lächeln fragte er: »Jetzt erzählen Sie mir nicht, dass Sie den Kerl erwischt haben, der voriges Jahr meine Frau von der Treppe gestoßen hat?«

Ute und ihr Kollege nahmen auf der kleinen Couch Platz. »Was macht Sie eigentlich so sicher, dass es sich um einen Mann handelt?«

Philipp, der auf seinem kleinen Kocher gerade Wasser für Nescafé aufsetzen wollte, hielt abrupt in seiner Bewegung inne und drehte sich um. »Was sagen Sie da?«

»War nur ein kleiner Scherz am Rande«, gab Ute trocken zurück. »Ach ja, wie geht es eigentlich Ihrer Frau?«

Philipp setzte sich den beiden Kripo-Beamten gegenüber. Seine Miene wurde schlagartig traurig. »Wenn Sie alles wissen, dann ist Ihnen sicherlich bekannt, dass meine Frau in einem Sanatorium liegt.«

»Das muss ein herber Schlag für Sie gewesen sein.« Ute hatte ihrer Stimme einen mitfühlenden Ton gegeben, worauf Philipp stumm nickte.

»Wie ist es zu diesem Zusammenbruch gekommen?«, fragte Alpers, der sich bisher zurückgehalten hatte. »Hat Ihre Frau wieder einen Einbrecher auf frischer Tat ertappt?«

»Nein, diesmal nicht. Ich fuhr mitten in der Nacht aus dem Schlaf, weil ich meine Frau hysterisch schreien hörte. Natürlich versuchte ich sie zu beruhigen, doch es war unmöglich. Sie ging zurück in das Sanatorium, in dem sie schon einmal gelegen hatte.«

»Und dort ist sie noch immer?«, fragte Ute.

Philipp nickte. »Ja, zu meinem großen Kummer. Die Ärzte sagen, es wäre immer noch keine Besserung eingetreten.« Er stand auf, um den pfeifenden Wasserkessel von der Herdplatte zu nehmen. »Trinken Sie Ihren Kaffee schwarz oder mit Milch und Zucker?«

»Schwarz, bitte«, sagten die beiden wie aus einem Munde. Mit einer unauffälligen Geste machte Ute ihrem Kollegen klar, dass sie selbst die nächsten Fragen stellen wollte. Sie hatte sich schließlich lange genug auf diesen Augenblick vorbereitet.

»Wollen Sie damit andeuten, dass Ihre Frau für den Rest ihres Lebens in Behandlung bleiben muss?«

Philipp hob die Schultern.

»Besuchen Sie Ihre Frau oft?«

»Ich rufe jeden Tag an, um mich über ihren Zustand zu informieren. Natürlich fahre ich auch oft in die Klinik, doch man will mich nicht zu Lena lassen, weil sie mich angeblich nicht sehen will.«

Die beiden Polizisten warfen sich einen blitzschnellen Blick zu – endlich hatten sie Philipp Gabriel bei einer Lüge ertappt! Nach Dr. Gärtners Aussage hatte sich Philipp schon seit längerem nicht mehr nach seiner Frau erkundigt.

Ute nippte an dem für ihren Geschmack viel zu starken Pulverkaffee. »Sie halten sich seitdem öfter hier in Ihrem Atelier als in der Villa auf, nicht wahr?«

Philipp schluckte. »Ja, vor allem, seit unsere treu sorgende Haushälterin plötzlich verstorben ist, mag ich nicht mehr dort leben. Deshalb schlafe ich auch hier auf der Couch und fahre nur nach Hause, um mir frische Kleidung zu holen und nach der Post zu sehen.«

»Hm, ich hörte von Therese Bieglers Tod. Sie war eine wundervolle, warmherzige Person, die für Ihre Frau alles getan hätte.«

Einen Moment blickte Philipp irritiert auf, dann sagte er: »Richtig, Sie kannten sie ja auch. Sie war wirklich einmalig.« Er seufzte. »Als Herr Biegler mir sagte, dass seine Frau unerwartet verstorben war, konnte ich es nicht glauben. Sehen Sie, zuerst verloren Lena und ich unser heiß geliebtes Baby, dann ihre Krankheit … und schließlich die Todesnachricht von Therese – das war einfach zu viel für mich.«

»Verständlich.« Ute hätte dem Satan mit dem Engelsgesicht am liebsten eine Ohrfeige für sein Mitleid erregendes Getue verpasst, doch noch sollte er sich in absoluter Sicherheit wiegen. »Herr Gabriel, Sie sprachen gerade von der Krankheit Ihrer Frau. Meinen Sie damit diese Halluzinationen, unter denen sie zeitweise litt?«

»Ja, allerdings hatte der Arzt im Sanatorium behauptet, Lena wäre Schlafwandlerin.«

»Und was glauben Sie?« Die Frage kam wie ein Peitschenhieb, sodass Philipp unmerklich zusammenzuckte.

»Ich ... ich habe Lena immer für eine bodenständige Person gehalten. Natürlich war sie hin und wieder etwas zerstreut, aber das sind wir doch alle zuweilen, nicht wahr?«

»Selbstverständlich, das ist noch lange kein Grund, am Geisteszustand eines Menschen zu zweifeln«, bemerkte Ute einlenkend. »Allerdings verursachte dieser Einbruchsversuch in Ihrem Haus uns einiges Kopfzerbrechen, wie Sie sich sicherlich denken können. Ihnen ist ja bekannt, dass keinerlei Hinweise gefunden wurden, die auf eine weitere Person in der Villa in jener Nacht hindeuteten.«

Philipp presste seine Handflächen aufeinander und sagte mit gesenktem Blick: »Ich weiß, aber dieser Dr. Gärtner vom Sanatorium erklärte, dass Lena zu dieser Zeit geträumt haben muss – es gab keinen Einbrecher.«

»Hörte Ihre Frau nach ihrer Entlassung weiterhin merkwürdige Geräusche im Haus?«

»Nein, jedenfalls hat sie mir nichts darüber erzählt. Allerdings traten vor kurzem ihre leidigen Migräneanfälle wieder auf; vermutlich wollte sie mich nicht beunruhigen.«

Ute nickte verstehend. »Dann könnte es möglich sein, dass Lena durch ihre zermürbenden Kopfschmerzen unter erneuten Wahnvorstellungen gelitten hat?«

Philipp hob die Hände. »Keine Ahnung, ich bin ja kein Mediziner. Aber darf ich Sie jetzt bitten, mir endlich zu sagen, aus welchem Grund Sie mich aufgesucht haben?«

»Selbstverständlich.« Die Kommissarin schob die Tasse mit dem gallebitteren Kaffeerest von sich. »Doch zunächst müssen wir Ihnen leider noch einige Fragen stellen.«

»Wozu?« Philipp runzelte mit einem Anflug von Ungeduld die Stirn. »Ich kann Ihnen nicht mehr über meine Frau erzählen, als Sie bereits wissen. Und außerdem würde mich der Grund für Ihre Fragen interessieren.«

Um Utes Mundwinkel spielte ein flüchtiges Lächeln. »Darauf werde ich gleich kommen. Aber erst einmal möchte ich von Ihnen wissen, wie lange und gut Sie Claudia Ferrer kennen.«

Zufrieden registrierte sie den Schock in Philipps Gesicht, seine Haut nahm von einer Sekunde zur nächsten eine fahle Farbe an. »Wieso interessiert Sie das?«

»Herr Gabriel«, schaltete sich Alpers mit ruhiger Stimme ein. »Überlassen Sie bitte uns die Fragen.«

Entrüstet sprang Philipp auf, von seiner überlegenen Gelassenheit war nichts mehr übrig geblieben. »Was ist das hier? Ein Verhör?«

»Bitte setzen Sie sich doch wieder«, bat Ute. »Entschuldigen Sie, mein Kollege ist manchmal etwas direkt. Natürlich ist dies kein Verhör, sondern nur eine einfache Befragung.« Sie lehnte sich zurück, ließ Philipp dabei jedoch nicht eine Sekunde aus den Augen. »Ich verstehe allerdings nicht ganz, weshalb Sie sich über die Frage aufregen, wie gut Sie Frau Ferrer kennen. Sie ist doch eine enge Freundin Ihrer Frau, wenn ich mich nicht irre ...«

Philipp setzte sich wieder mit gesenktem Kopf. »Lena und ich haben uns auf Claudias Party kennen gelernt. Claudia und ich kennen uns noch aus unserer Studienzeit, wir lebten gemeinsam in einer WG.«

»Weiß Lena eigentlich, dass Sie früher mit Frau Ferrer zusammen waren?«

Verwundert hob Philipp den Blick. »Woher wissen Sie das?« Als keine Antwort kam, ergänzte er: »Nun, ich ... Wir hielten es nicht für wichtig, Lena darüber zu informieren.«

»Handelte es sich um eine Liebesbeziehung oder eher eine flüchtige Bettgeschichte?«

»Wir haben uns nicht geliebt, wenn Sie das meinen. Wir sind ein paarmal zusammen ins Bett gegangen, haben aber schnell erkannt, dass wir nicht zueinander passen.«

Die Kommissarin musterte den Mann mit den weichen Gesichtszügen und den Engelslocken aufmerksam, als sie die nächste Frage stellte: »Wann haben Sie Frau Ferrer das letzte Mal gesehen?«

Er zuckte die Achseln. »Ich weiß nicht genau ... Es war wohl kurz bevor Lena ins Sanatorium gegangen ist, wenn ich mich recht erinnere.«

Schon wieder gelogen! Langsam begann die Sache spannend zu werden. »Sind Sie ganz sicher, dass Sie Frau Ferrer in letzter Zeit nicht getroffen haben?«

Philipp lehnte sich zurück, verschränkte die Arme und holte tief Luft. »Da bin ich mir hundertprozentig sicher.«

»Aha.« Ute nickte. »Wie kommt es dann, dass Claudia Ferrer vor ein paar Wochen – also nachdem Ihre Frau im Sanatorium war, gesehen wurde, wie sie in diesem Haus verschwand? Zweifellos wollte sie zu Ihnen.«

Unsicher sah Philipp von der Kommissarin zu ihrem Kollegen, doch der tat, als würde ihn das ganze Gespräch kaum interessieren, und begutachtete seine Fingernägel.

»Vielleicht wollte Claudia jemand anderen in diesem Haus besuchen«, sagte Philipp schließlich, als der durchdringende Blick Ute Schäfers für ihn kaum noch zu ertragen war. »Ich habe nicht die leiseste Ahnung, fragen Sie sie doch einfach selbst.«

»Das werden wir ganz sicher noch tun, Herr Gabriel.« Ute ließ den Maler, der vergeblich seine Nervosität zu verbergen versuchte, nicht aus den Augen. »Lieben Sie eigentlich Ihre Frau?«

»Was soll der Blödsinn? Natürlich liebe ich Lena, sonst hätte ich sie wohl kaum geheiratet.«

»Man muss nicht unbedingt aus Liebe heiraten. Es gibt eine Menge Dinge, die eine Ehe verlockend machen können – zum Beispiel, wenn einer der beiden einen Haufen Geld besitzt.«

Philipps Gesicht wurde rot vor Wut. Er sprang auf und wies auf die Tür. »Diese Beleidigungen muss ich mir nicht bieten lassen! Ich möchte, dass Sie jetzt gehen.«

»Wir sind aber noch gar nicht mit unserer Befragung fertig«, sagte Klaus mit unschuldigem Augenaufschlag. »Aber bitte, wenn Sie sich weigern, hier weiter mit uns zu sprechen, werden wir unsere kleine Unterhaltung eben im Präsidium fortführen.«

Philipp lachte hart auf. »Soll das eine Drohung sein? Ich habe nichts verbrochen, und Sie haben nicht das Recht, mich vorzuladen.«

Ute öffnete betont langsam ihre überdimensionale Handtasche und förderte ein braunes Kuvert zu Tage. »Ich würde Ihnen gern etwas zeigen, Herr Gabriel. Setzen Sie sich doch bitte wieder.«

Nur zögernd nahm Philipp wieder Platz und stöhnte: »Was zum Teufel wollen Sie eigentlich von mir?«

»Einige Antworten zu diesen Fotos. Kommt Ihnen das eventuell bekannt vor?« Sie schob die Bilder, die sie mit Heiner Weiß in der Villa aufgenommen hatte, über den Tisch.

Sekundenlang starrte Philipp mit weit aufgerissenen Augen auf die Bilder vor ihm. Bewegungslos saß er da, und Ute wusste, dass sie fast am Ziel war.

»Können Sie mir etwas über diese Fotos sagen, Herr Gabriel? Sie haben sicher bereits entdeckt, dass sie in Ihrem Haus gemacht wurden, oder?«

Noch immer saß Philipp stumm da. Doch dann schlug er unvermittelt die Hände vor das Gesicht und schluchzte hemmungslos. »Es war alles Claudias Idee ...«

Die beiden Beamten warfen sich einen erstaunten Blick zu. Diese kurze Aussage kam einem Geständnis gleich!

Ute wartete geduldig, bis Philipp sich einigermaßen beruhigt hatte, und fragte dann mit einem Räuspern: »Möchten Sie uns nicht alles erzählen?«

Philipp schluckte und nickte anschließend zögernd. »Jetzt ist sowieso alles aus, nicht wahr?«

»Oh ja, das ist es.«

Klaus Alpers stellte das kleine Aufnahmegerät, das er in seiner Jackentasche hatte, auf den Tisch. »Es ist Ihnen doch recht, wenn wir dieses Gespräch aufzeichnen – wegen des Protokolls, meine ich.«

Philipp hob kraftlos die Schultern. »Meinetwegen, ich habe ja nichts mehr zu verlieren. Also, wo soll ich beginnen?«

»Am besten an dem Punkt, als Claudia Ferrer in Ihr Leben trat«, sagte Ute mit sanfter Stimme.

Er begann mit schleppender Stimme zu reden. »Ich lernte Claudia kennen, als sie in die Wohngemeinschaft in Marburg einzog. Ich lebte bereits mit zwei weiteren Kommilitonen dort, als sie zu uns kam. Ich war vom ersten Augenblick fasziniert von dieser Frau – ja, ich habe mich auf den ersten Blick in sie verliebt. Doch anfangs zeigte sie mir die kalte Schulter; erst nach einigen Monaten kamen wir uns näher, allerdings ganz harmlos. Sie beklagte sich, dass sie ausschließlich ihrem Vater zuliebe das Pharmaziestudium absolvierte, da sie seine Apotheke einmal übernehmen sollte. Claudia erwähnte mehrmals, dass die Apotheke ihres Vater alles andere als gut laufen würde, da der Vater ein Spieler und haltloser Trinker war, der sein kleines Geschäft längst in die roten Zahlen gebracht hatte. Claudia graute es davor, eines Tages eine marode Apotheke übernehmen zu müssen.« Philipp machte eine kleine Pause und trank den letzten Schluck seines längst kalt gewordenen Kaffees.

Geduldig saßen Ute Schäfer und Klaus Alpers da und schwiegen. Sie mussten nicht mehr drängen, aus Philipp Gabriel sprudelte alles heraus.

»Nach dem Studium bat Herr Ferrer seine Tochter, in der Apotheke mitzuarbeiten. Inzwischen waren wir längst ein Liebespaar und ich hatte mein erstes kleines Atelier hier in München eingerichtet. Zunächst sträubte sich Claudia dagegen, doch dann tat sie, worum ihr Vater sie gebeten hatte. Bereits nach kurzer Zeit entdeckte sie, dass Herr Ferrer illegal mit Drogen handelte, um an Geld für die Spielbank und für Alkohol zu kommen. Damit wollte sie natürlich nichts zu tun haben.«

»Und dann nahm Claudia eine Stelle bei einem Hamburger Elektronikkonzern an, nicht wahr?«, fragte Ute behutsam. »War es nicht so?«

Er nickte resigniert. »Sie scheinen wirklich alles schon zu wissen.«

»Nicht alles. Reden Sie nur weiter.«

Er holte tief Luft. »Gut. Also ging Claudia nach Hamburg, und weil ich ohne sie nicht leben konnte, gab ich hier alles auf und folgte ihr. Dann kam die Nachricht vom überraschenden Tod ihres Vaters. Er hat sich – verzeihen Sie – zu Tode gesoffen. Im ersten Impuls wollte Claudia die Apotheke schnellstens verkaufen – doch dann kamen die ersten Drohungen von Junkies, die sie bei der Polizei verpfeifen wollten, wenn sie nicht mehr an ihren Stoff kämen.«

»Aber Frau Ferrer hatte doch gar nichts damit zu tun«, unterbrach die Kommissarin. »Wovor hatte sie Angst?«

Er senkte den Blick. »Claudia wollte nicht, dass es herauskam, weil dann die Apotheke sofort geschlossen worden wäre. Sie hatte noch keinen Käufer.«

»Also hat Frau Ferrer da weitergemacht, wo ihr Vater aufgehört hat?«

»Ja, jedenfalls noch eine ganze Weile. Dann hatten ihre so genannten Stammkunden allerdings jemanden entdeckt, der ihnen ihre Drogen noch günstiger verkaufte, und sie ließen Claudia endlich in Ruhe. Es gab allerdings noch einen weiteren Grund, weshalb sie nicht wollte, dass der Drogenhandel ihres Vaters aufgedeckt wurde: Sie schämte sich für ihren alten Herrn. Ich meine, jeder hätte mit den Fingern auf sie gezeigt, wenn herausgekommen wäre, dass ihr Vater ein Trinker und Drogendealer gewesen war.«

»Sie hätte diese Stadt verlassen und ein E-Technik-Studium beginnen können ...«

»Hm, das habe ich ihr ja auch versucht einzureden – doch plötzlich wollte sie nicht mehr und meinte, dass sie eine bessere Idee hätte, von der wir beide profitieren könnten. Claudia litt sehr darunter, nur wenig Geld zu verdienen. Zudem mussten und müssen noch immer Schulden abgetragen werden, die ihr Vater gemacht hat.«

Die Kommissarin blickte Philipp direkt in die Augen, als sie fragte: »Sie waren während dieser ganzen Zeit seit Marburg mit Claudia zusammen?«

»Selbstverständlich! Sie ist meine große Liebe!«

»Aha, und wie passt Ihre Frau in diese Geschichte?«

»Sie war Teil des Planes, den Claudia ausgeheckt hatte. Eines Tages – ich hatte gerade meine ersten kleinen Gemälde erfolgreich verkauft – fragte sie mich, ob es mir gefallen würde, den Rest meines Lebens ohne Geldsorgen zu verbringen. Natürlich hätte mir das gut gefallen, wie jedem anderen auch. Claudia wollte wissen, ob ich dafür Opfer bringen würde, und ich bejahte. Ich wusste ja noch nicht, auf was ich mich da einließ ...«

Während der Pause, die entstand, war außer dem gedämpften Geräusch des Straßenverkehrs kein Laut in dem kleinen Raum zu hören.

Ohne Aufforderung sprach Philipp weiter. »Claudia erzählte mir von einem steinreichen Mädchen, mit dem sie sich während ihrer Internatszeit in der Schweiz angefreundet hatte. Sie hatte erfahren, dass deren Eltern bei einem tragischen Unfall ums Leben gekommen waren, und diese ehemalige Freundin dadurch zu einer vielfachen Millionärin geworden war.«

»Diese Freundin war vermutlich Lena.«

»Richtig. Als mir Claudia jedoch verdeutlichte, welche Rolle ich in ihrem Plan zu spielen hätte, lehnte ich zunächst empört ab. Ich sollte dafür sorgen, dass Lena sich in mich verliebte und mich heiraten wollte. Für den Rest wäre sie zuständig.«

»Aus welchem Grund haben Sie sich trotzdem auf diese Sache eingelassen?«

»Wie ich schon sagte: Ich liebe Claudia und würde alles für sie tun. Als ich mich zuerst weigerte, begann sie bitterlich zu weinen und warf mir vor, dass sie mir nichts mehr bedeuten würde und es mir egal wäre, wenn sie den Rest ihres Lebens mit einem Einkommen knapp über dem Existenzminimum auskommen müsse. Ich tröstete sie damit, dass ich möglicherweise eines Tages mit meinen Bildern so viel verdienen würde, um uns beide zu ernähren. Doch das dauerte Claudia zu lange.«

»Und dann haben Sie mitgemacht?« Diese Frage stellte ausnahmsweise Klaus Alpers, der bisher nur schweigend zugehört hatte. »Haben Sie sich denn keinerlei Gedanken darüber gemacht, wie Frau Ferrer darauf reagieren würde, dass Sie mit Lena Sex haben würden?«

Philipp nickte heftig. »Oh ja, ich habe Claudia gefragt, ob es sie denn gar nicht stören würde, wenn ich mit einer anderen Frau schlafen würde.«

»Und?«

»Sie meinte, dass sie selbstverständlich schrecklich eifersüchtig wäre, doch der Gedanke an das große Geld würde ihre Eifersucht etwas abmildern.«

»Dann hatte Claudia ein Treffen zwischen Ihnen und ihrer Freundin arrangiert?«, wollte Ute wissen.

»Etwas später, ich musste mich erst einmal in die Rolle des großen Verführers einleben.«

»Sehr schwer scheint es Ihnen dann aber nicht gefallen zu sein«, bemerkte Klaus trocken. »Oder mussten Sie sich sehr anstrengen, um Lenas Herz zu erobern?«

Philipp senkte beschämt den Kopf. »Nein, schon bei unserem Kennenlernen – es war übrigens Claudias Geburtstag – spürte ich, dass Lena … angebissen hatte.«

»Aber Sie haben sich nicht in sie verliebt, oder?«

Ein fast wehmütiges Lächeln spielte um Philipps weiche Lippen. »Nein, ich kann schließlich nicht zwei Frauen gleichzeitig lieben. Aber Lena hat mir gefallen; sie ist so ganz anders als Claudia … zierlich, feinfühlig und … einfach lieb. Ich musste nicht lange warten, bis Lena vorschlug, dass wir heiraten sollten. Der Sex mit ihr war auch nicht übel.«

»Ist dieser teuflische Plan, den Frau Ferrer ausgetüftelt hat, so gelaufen, wie sie es sich vorgestellt hat?«

»Nicht ganz. Anfangs versteckte ich einige Gegenstände, von denen ich wusste, dass Lena sie früher oder später suchen würde, und legte sie nach einer Weile an die Stellen zurück.«

»Herr Gabriel, wann wurde Claudia Ferrer aktiv?«

Philipp war in der vergangenen Viertelstunde wesentlich ruhiger geworden. Es schien fast, als sei er erleichtert, dass diese böse Geschichte aufgedeckt worden war. Und so sagte er schließlich mit fester Stimme: »Sie hatte schon vorher unauffällig winzige Lautsprecher im Haus angebracht und mir eine Fernbedienung dazu gebastelt. Nachts, wenn Lena schlief, konnte ich damit die verschiedensten Geräusche erzeugen, die sich anhörten wie etwa das Klappern eines Fensterladens, metallisches Summen oder …«

»… das klägliche Weinen eines Babys, nicht wahr? Mein Assistent und ich haben in Ihrem Schlafzimmer außer der Fernbedienung eine raffinierte Konstruktion am Fenster gefunden. Sie diente optischen Zwecken, wenn ich mich nicht irre.«

»Durch das versteckte Anstrahlen des Oberlichtes entstanden Muster an der Schlafzimmerdecke. Früher oder später erwachte Lena immer von den Geräuschen, die ich verursachte, und stand auf. Ich stellte mich natürlich dann schlafend.«

»Natürlich … Wie sah es mit Lenas Migräne aus? War sie zu dieser Zeit davon betroffen?«

»Anfangs nicht – bis dann Claudia nachhalf. Das heißt, sie gab mir ein schnell lösliches, geschmackloses Pulver, das ich Lena unauffällig unter die Speisen und in die Getränke mischen sollte. Die Migräneanfälle traten dann in der Regel kurze Zeit später auf.«

»Dann verlief also alles nach Plan?« Utes Fragen kamen knapp und gezielt.

Philipp warf unvermittelt den Kopf zurück und starrte an die Zimmerdecke. »Nein, Claudias Plan war, dass Lena sich selbst umbringen sollte. Doch es kam alles ganz anders …«

»Lena wurde schwanger, meinen Sie das?«

Er nickte.

»Wie reagierte Claudia auf diese unvorhergesehene Änderung ihres Planes?«, fragte Ute geduldig. »Sie hatte sicherlich nicht damit gerechnet, oder?«

Er hob die Schultern. »Nein, sie war entsetzt und ermahnte mich, auch weiterhin für die nächtliche Geräuschkulisse zu sorgen. Sie selbst spielte die Rolle der über alles glücklichen Freundin, die darum bettelte, Taufpatin zu werden, und die Babykleidung besorgte.«

Ute hatte einen trockenen Hals bekommen und bat um ein Glas Wasser, bevor sie mit der Befragung fortfuhr. »Haben Sie sich auf dieses Kind gefreut?«

Eine Weile saß Philipp schweigend in seinem Sessel, dann sagte er zögernd: »Ein bisschen stolz war ich natürlich, Papa zu werden – das sind wohl fast alle Männer. Allerdings wäre es mir wesentlich lieber gewesen, wenn Claudia die werdende Mutter gewesen wäre.«

»Hatten Sie während der Ehe mit Lena auch weiterhin Sex mit Claudia?«

»Ja, ich brauchte das als Ausgleich für mein gespieltes Eheleben. Wir beide brauchten es, wenn Sie verstehen, was ich meine. Und wir brauchen es noch immer.«

Die Kommissarin trank einen Schluck des kühlen Wassers. »Hatten Sie denn niemals ein schlechtes Gewissen Lena gegenüber?«

»Nein.«

»Sie haben sich also während der ganzen Ehezeit heimlich mit Claudia in deren Wohnung getroffen, ohne dass Lena die geringste Ahnung davon hatte. Ist das richtig?«

»Nicht ganz, wir trafen und treffen uns auch noch heute hier in meinem Atelier. Zu Claudias Wohnung hätte Lena schließlich jederzeit kommen können.«

»Ach, und in Ihrem Atelier fühlten Sie sich vor Ihrer Frau sicher?«

»Nun, ich hatte sie gebeten, mich nicht bei meiner Arbeit zu stören, und sie hielt sich ausnahmslos daran. Das heißt, einmal klingelte es an der Tür, als ich gerade mit Claudia zusammen war. Doch ich öffnete nicht und erklärte später, dass ich etwas essen gegangen war.«

»Ihre Frau ist niemals argwöhnisch Ihnen gegenüber gewesen?«

Philipp sah beinahe stolz aus, als er verneinte. »Lena vertraute mir bedingungslos.«

»In der Nacht, als Ihre Frau die Treppe hinabstürzte, waren Sie nicht im Haus?«

»Aber das wissen Sie doch. Ich habe damals nachträglich erfahren, dass Sie mir nachgeschnüffelt haben, ob ich tatsächlich in England war.«

»Das tun wir in solchen Fällen immer«, erklärte Ute sachlich. »Denn der Ehemann gilt meistens als Hauptverdächtiger. Wurden Sie dadurch unsicher?«

»Nicht wirklich, da ich ja ein hieb- und stichfestes Alibi hatte und niemand eine Verbindung zwischen mir und Claudia vermutete.« Philipp blickte die Kommissarin offen an. »Es war übrigens Claudias Idee, in der Nacht der Preisverleihung Lena umzubringen.«

»Umzubringen?« Ute und ihr Kollege warfen sich einen überraschten Blick zu. »Ich dachte, Ihre Frau sollte lediglich wahnsinnig werden.«

»So sah der anfängliche Plan aus, das ist richtig. Doch Lenas Schwangerschaft machte uns einen Strich durch die Rechnung, und so kam die Preisverleihung im rechten Augenblick.«

»Claudia schlich sich an jenem Abend also unbemerkt in die Villa. Den Schlüssel hatte sie vermutlich von Ihnen.«

»Ich habe ihr schon vor längerer Zeit einen eigenen anfertigen lassen. Zunächst wollte ich nichts davon wissen, dass Lena sterben sollte – mit Mord wollte ich nichts zu tun haben. Doch Claudia drohte mir an, mich zu verlassen, wenn ich nicht mitmachen würde. Ein Leben ohne Claudia ist für mich unvorstellbar!«

Klaus Alpers öffnete den Mund zu einer passenden Antwort, doch Ute hielt ihn mit einer Handbewegung zurück und sagte: »Erzählen Sie bitte weiter, Herr Gabriel.«

Plötzlich sah Philipp erschöpft und mitgenommen aus, sodass Ute fragte: »Wollen Sie eine Pause machen?«

»Nicht nötig«, gab er sogleich zurück. »Ich möchte jetzt alles so schnell wie möglich hinter mir haben, verstehen Sie? Nun, ich war schließlich einverstanden, dass Claudia während meiner Abwesenheit dafür sorgte, Lena aus dem Weg zu räumen. Wie genau sie das anstellen wollte, verschwieg sie mir. Sie verriet es mir erst, nachdem Lena ins Krankenhaus eingeliefert wurde. Claudia schlich also in besagter Nacht ins Haus und befestigte einen dünnen Kupferdraht quer über dem Treppenabsatz. Zuvor hatte sie sich von mir die Fernbedienung geben lassen, um die üblichen Geräusche auslösen zu können, von denen Lena wach wurde.«

»Wozu diente dieser Kupferdraht? Herr Biegler fand ein kleines Stück davon in der Nähe der Treppe«, erklärte Ute. »Ich hatte schnell den Verdacht, dass dieser Draht bei diesem Verbrechen eine Rolle spielte.«

Philipp sprach weiter, als würde ihn das Ganze überhaupt nicht betreffen. »Claudia hat ihn wohl später beim Aufräumen einfach übersehen. Geplant war, dass Lena über diesen Draht stolperte und hinabstürzte. Doch sie blieb am Treppenabsatz stehen, sodass Claudia sie leider stoßen musste. Nun, Lena hat sich nicht das Genick gebrochen, wie Sie wissen, sondern lediglich das Kind verloren.«

»Lediglich? Hat Ihnen das gar nichts ausgemacht?« Alpers konnte kaum glauben, was der Mann ihnen gegenüber da gerade kaltschnäuzig geäußert hatte. »Was sind Sie nur für ein Mensch?«

Auf Philipps Zügen erschien ein trauriges Lächeln. »Sie verstehen das falsch. Natürlich tat es mir um das arme Würmchen Leid, doch Claudia versicherte mir, dass es ohne zu leiden gestorben war.«

»Und Ihre Frau hat Ihnen überhaupt nicht Leid getan?«

»Doch, schon. Aber ich sagte Ihnen ja bereits, ich kann ohne Claudia nicht leben.« Erregt sprang Philipp auf. »Irgendwie musste es ja weitergehen! Wäre Lena bei dem Treppensturz wie geplant ums Leben gekommen, wäre alles ganz anders verlaufen.«

»Davon bin ich überzeugt«, gab Ute trocken zurück.

»Sie wissen, dass Sie mit einer Klage wegen Beihilfe zum Doppelmord und versuchtem Mord zu rechnen haben?« Klaus Alpers' Stimme klang hart und gnadenlos. »Und ich bete darum, dass Sie keinen milden Richter bekommen.«

»Aber ich selbst habe doch gar nichts ...«, widersprach Philipp. »Claudia war für alles verantwortlich.«

Ute war fassungslos.

»Herr Gabriel, glauben Sie im Ernst, unschuldig zu sein? Machen Sie sich darauf gefasst, dass Sie die nächsten Jahre hinter Gittern verbringen werden.«

»Claudia hat mir erst nach Thereses Tod gestanden, dass sie dafür verantwortlich war. Glauben Sie mir, ich war völlig ahnungslos.«

Ute sah ihn verständnislos an. »Was sind Sie bloß für ein Mensch! Sie lassen diese ganzen Widerwärtigkeiten geschehen, ja Sie planen sie sogar mit und führen sie aus, und jetzt hängen Sie da wie ein Waschlappen und winseln um Gnade.«

Sie sah zu Klaus Alpers. »Lass uns das Ganze jetzt beenden, mir wird übel.«

»Was wird mit Claudia passieren?«, fragte Philipp kaum hörbar.

»Um die kümmern wir uns noch heute.«

Utes Kollege schüttelte verständnislos den Kopf. Er konnte nicht begreifen, dass dieser Mann so besessen von einer Frau sein konnte, die eine eiskalte Mörderin war. Nicht ein Wort des Mitgefühls hatte Philipp Gabriel für seine Frau übrig.

Auf Utes Zunicken hin nahm Klaus Alpers sein Handy aus der Jackentasche und rief die Kollegen an, um einen Streifenwagen anzufordern.

»Wenn Sie möchten, können Sie gern Ihren Anwalt anrufen«, schlug Ute vor. »Allerdings nur in unserem Beisein. Es besteht die Gefahr, dass Sie Frau Ferrer warnen.«

Philipp winkte ab. »Wohin werde ich jetzt gebracht?«

»Bis zur Verhandlung wird das Untersuchungsgefängnis Ihre neue Heimat sein.« Alpers stand auf. »Bitte packen Sie jetzt das Nötigste zusammen, der Wagen wird gleich hier sein.«

16. KAPITEL

Nachdem Philipp Gabriel von einem Streifenwagen abgeholt worden war, setzten sich Ute und ihr Kollege in ihren Dienstwagen, um auf Claudia Ferrer zu warten. Vorher hatten sie noch Heiner, der vor dem Haus Wache gestanden hatte, in knappen Sätzen über das Geständnis von Philipp Gabriel informiert.

Sie brauchten nicht lange zu warten, bis Claudia Ferrer auftauchte. Sie ging geradewegs zu dem Haus und drückte auf den Klingelknopf. Ungeduldig trat sie von einem Fuß auf den anderen, als sich nichts tat. Dann warf sie den Kopf mit der schwarzen Lockenmähne zurück und blickte fragend an der Fassade empor. Schließlich öffnete sie ihre Handtasche und begann darin herumzuwühlen.

Auf diesen Augenblick hatte Ute gewartet. Sie gab ihren beiden männlichen Kollegen ein Zeichen, dass sie ihr folgen sollten, und baute sich direkt hinter Claudia Ferrer auf.

»Herr Gabriel ist nicht da«, sagte Ute laut, sodass die andere erschrocken herumfuhr.

Klaus Alpers war neben Ute getreten. »Ja, und wie es scheint, wird er auch in den nächsten Jahren nicht zu Hause sein.«

Irritiert blickte Claudia auf die drei ihr völlig unbekannten Personen. »Was fällt Ihnen ein? Wer sind Sie überhaupt?« Ihre Stimme klang dabei entrüstet.

»Kriminalpolizei.« Ute zeigte ihren Dienstausweis. »Und Sie sind Frau Claudia Ferrer, nicht wahr?«

Der eiskalte Glanz in Claudias Augen war erschreckend, als sie fast belustigt antwortete: »Ich wüsste nicht, was es Sie angeht, wer ich bin. Also lassen Sie mich gefälligst in Ruhe.«

Sie versuchte, sich zwischen den beiden Männern hindurchzudrängen, wurde jedoch sogleich von deren kräftigen Armen zurückgehalten.

»Was erlauben Sie sich eigentlich?« Claudias Stimme überschlug sich fast vor Empörung. »Ich werde mich bei Ihrer Dienststelle über Sie beschweren!«

»Tun Sie das«, gab Ute ungerührt zurück. »Sie sind hiermit festgenommen wegen Mordverdacht.«

In Claudias Augen waren keinerlei Anzeichen von Panik oder Angst zu erkennen, ganz anders als bei Philipp. Im Gegenteil – sie lachte lauthals und rief: »Sie müssen ja komplett verrückt sein – alle drei!«

»So wie Lena Gabriel?«

»Ich weiß überhaupt nicht, wovon Sie reden. Ich will sofort meinen Anwalt sprechen!«

»Gemach, gemach.« Ute nahm ihr Handy, um einen weiteren Streifenwagen anzufordern. »Sie werden dazu noch sehr viel Zeit haben.«

*

Ausgeruht und zufrieden fuhr Ute Schäfer am nächsten Morgen in Begleitung ihres Kollegen Klaus Alpers zum Untersuchungsgefängnis. Wie nicht anders zu erwarten, hatte sich Claudia Ferrer geweigert, auch nur irgendeine Aussage zu machen. Das Verhör war auf den nächsten Tag verschoben worden.

»Glaubst du, dass sie heute etwas sagt? Ihr Anwalt wird schließlich dabei sein. Ich glaube, die Dame ist ein sehr harter Brocken.«

»Das wird ihr aber nicht viel nützen, wenn wir das Band abspielen, auf dem Gabriel so nett geplaudert hat.«

Er hob die Schultern. »Und wenn sie alles abstreitet?«

»Na, schauen wir mal, es liegen ja genügend Beweise gegen sie vor. Eines muss man der Ferrer lassen: Sie hat eine blühende Fantasie.«

Alpers hielt vor dem grauen hässlichen Gebäude mit den vergitterten Fenstern. »Hast du dich eigentlich heute schon nach Philipp Gabriel erkundigt?«

»Ja, sie sagen, er heult wie ein Kleinkind. Ich glaube allerdings, dass ihn nicht die plötzliche Reue gepackt hat, sondern dass er sich selbst bemitleidet.«

*

Wie jedes Mal, wenn Ute das Untersuchungsgefängnis betrat, fühlte sie sich unwohl. Die vielen Gitter an den Fenstern lösten in ihr Unbehagen aus. Als sie in das Besprechungszimmer kamen, saß dort schon ein junger Mann. Er stand auf und stellte sich vor: »Dr. Jungblut. Ich bin der Verteidiger von Frau Ferrer. Ich habe noch gestern Abend mit meiner Mandantin gesprochen. Es ist einfach absurd, was ihr unterstellt wird!«

»Ach ja, meinen Sie?« Utes Mund verzog sich zu einem ironischen Lächeln. »Was genau hat Ihnen denn Frau Ferrer erzählt?«

»Nichts, was in Ihrem Bericht steht, entspricht der Wahrheit. Sie haben keinerlei Beweise für derlei Anschuldigungen.«

»Wer sollte denn Ihrer Meinung nach diese Morde begangen haben? Philipp Gabriel?«

Dr. Jungblut hob die Schultern. »Die beiden sind ein Liebespaar, na und? Das ist doch kein Beweis dafür, dass meine Mandantin in einen Mord oder Mordplan verwickelt ist.«

»Sie begeben sich auf dünnes Eis, Herr Anwalt, wenn Sie Frau Ferrer dazu überreden, alles abzustreiten. Wir haben nämlich eine Bandaufnahme, die Ihre Mandantin stark belastet.«

Hektisch begann Dr. Jungblut in seinen Unterlagen zu wühlen. »Bandaufnahme? Wieso weiß ich nichts davon?«

In diesem Augenblick wurde die schwere Eisentür geöffnet und Claudia Ferrer hereingeführt. Sie trug noch immer das gleiche Lederkostüm, doch sah es bei weitem nicht mehr so chic aus wie noch am Vorabend. Sie musste darin geschlafen haben – falls sie überhaupt geschlafen hatte.

Ohne Widerspruch nahm Claudia auf Utes Bitten Platz und starrte demonstrativ aus dem Fenster. Klaus Alpers stellte das Aufnahmegerät auf den Tisch und holte aus der Jackentasche eine Kassette.

»Frau Ferrer, Sie wissen, welcher Taten Sie beschuldigt werden?«

Ute stellte das Gerät ein. »Es wäre besser für Sie, wenn Sie alles zugeben würden.«

»Sie müssen nicht antworten«, warf Dr. Jungblut ein und fing dafür einen wütenden Blick der Kommissarin ein. »Man kann Ihnen nichts nachweisen.«

Claudia lächelte spöttisch. »Das weiß ich selbst.«

»Herr Gabriel hat uns gestern alles erzählt. Ich glaube, er war ganz froh, dass er sein Gewissen erleichtern konnte.« Dann stellte Ute das Gerät an.

Philipp Gabriels weiche Stimme klang zuweilen weinerlich, dann wieder fester oder vorwurfsvoll. Die Kommissarin ließ Claudia Ferrers ebenmäßiges Gesicht nicht einen Moment aus den Augen und konnte feststellen, dass die triumphierende Miene sich von Sekunde zu Sekunde verfinsterte. Als das Band zu Ende war, wechselte Ute die Kassetten, um Claudias Aussage aufzunehmen.

Dr. Jungblut rutschte nervös auf seinem Stuhl hin und her. »Stimmt die Aussage?«, fragte er in die Richtung seiner Mandantin.

Claudia erwiderte ruhig: »Kein Wort davon ist wahr. Ich weiß nicht, wie dieser Trottel auf solch einen Blödsinn kommt.«

»Eigentlich hat er uns nur das wiedergegeben, was wir ohnehin vermuteten.« Alpers blickte die Apothekerin provozierend an. »Warum gestehen Sie nicht einfach?«

Claudia warf einen kurzen Blick zu ihrem Anwalt hinüber, der blass auf seinem Stuhl saß. Ute konnte genau erkennen, dass sie mit sich kämpfte.

»Nun, Herr Dr. Jungblut, sind Sie immer noch davon überzeugt, dass Ihre Mandantin unschuldig ist?«

Der Anwalt wirkte sichtlich nervös.

»Erklären Sie Frau Ferrer doch, dass das Urteil durchaus milder ausfallen könnte, wenn sie ihre Taten gesteht und bereut«, warf Klaus Alpers mit harter Stimme ein.

Als Dr. Jungblut etwas erwidern wollte, sagte Claudia mit tonloser Stimme: »Kann ich eine Zigarette haben?«

Sofort holte der Anwalt sein silbernes Zigarettenetui mit den gravierten Initialen aus der Brusttasche und ließ es aufschnappen.

Nach ein paar tiefen Zügen lehnte sich Claudia zurück und blickte versonnen wieder aus dem Fenster.

»Schon im Internat habe ich Lena für ihr reiches Elternhaus gehasst. Ich fand es ungerecht, dass sie alles bekam, was sie sich wünschte, während mein Vater kaum das Geld fürs Internat zusammenkratzen konnte«, begann sie.

»Ihr Vater hat damals schon gespielt und getrunken?«, warf Ute sachte ein.

»Nein, zu diesem Zeitpunkt verspielte er nur sein ganzes Geld. Aus Kummer über diese Sucht ist meine Mutter schließlich gestorben – und das hat mein Vater nie überwunden. Also begann er zu allem Übel auch noch zu trinken. Ich war froh, nach meiner Schulzeit nicht in mein Elternhaus zurückkehren zu müssen, sondern ein Stipendium in Marburg zu bekommen.«

Ute räusperte sich. »Es war der Wunsch Ihres Vaters, dass Sie Pharmazie studieren, nicht wahr?«

»Ich habe ihn dafür verabscheut.«

»Sie haben damals den Kontakt zu Lena Gabriel verloren?«

»Nach dem Abitur ging sie zurück nach München und ich zog nach Marburg. Wir haben uns aus den Augen verloren. Irgendwann las ich dann in der Zeitung, dass ihre Eltern ums Leben gekommen waren.«

»Wenn Sie Lena so sehr hassten, warum freundeten Sie sich dann mit ihr an?«

»Nun, sie war ein nettes, naives Mädchen. Sie tat mir sogar manchmal Leid, wenn sie wieder wegen einer Migräneattacke tagelang im abgedunkelten Zimmer verbringen musste. Nur: Als Apothekerin würde ich nie genug verdienen, um mir den Luxus erlauben zu können, in dem Lena lebte.«

Verwundert hob Ute die Augenbrauen. »Wollen Sie damit sagen, dass Sie da schon den Plan fassten, Lena aus der Welt zu schaffen?«

»Nein, erst, als ich in die WG einzog und Philipp Gabriel kennen lernte. Er himmelte mich an – und ich ließ mich schließlich mit ihm ein. Ich wusste da noch nicht, wofür er mir nützlich sein könnte.«

»Herr Gabriel hat ausgesagt, dass Sie beide unsterblich ineinander verliebt waren.«

»So, hat er das? Vielleicht hätte ich doch lieber Schauspielerin werden sollen.«

»Sie haben nie etwas für Philipp empfunden?«

»Nein. Ich habe ihn benutzt. Für gewöhnlich ziehe ich Männer mit Mumm vor. Philipp ist ein Weichei.«

Für Ute war dieses Geständnis eine Überraschung. Diese Frau hatte offensichtlich keinerlei Gefühle.

Claudia nahm sich wortlos eine weitere Zigarette.

»Wie ein Hund ist er mir gefolgt. Er hat alles getan, was ich von ihm verlangte. Ich weckte Philipp nachts um drei und ließ ihn Rühreier machen, wenn mir danach war.«

»Wann genau kam Ihnen der Gedanke, an Lena Gabriels Geld zu kommen?«

»Kurz nachdem ich die Apotheke meines Vaters endgültig übernommen hatte. Das Geschäft mit dem Drogenhandel machte sich zunächst noch ganz gut, bis die Junkies sich dann einen neuen Lieferanten suchten.«

»Moment mal!« Alpers hob die Hand. »Herr Gabriel behauptet, dass Sie froh waren, die Junkies losgeworden zu sein. Nur weil Sie von denen erpresst wurden, hätten Sie die Apotheke nicht verkauft.«

Claudia blies den Rauch gegen die Zimmerdecke. »Das habe ich dem naiven Philipp erzählt. Ich hätte das Geschäft sofort nach dem Tode meines Vaters verkauft, wenn der Verkauf von Medikamenten die einzige Einnahmequelle gewesen wäre.«

»Und weshalb haben Sie die Apotheke nicht verkauft, nachdem Sie keine Drogen mehr loswurden?«

»Ich hatte einen Plan, wie Sie ja zu wissen glauben.«

»Wie trafen Sie Frau Gabriel?«

Claudias dunkle Augen blitzten auf. »Ich fand heraus, wo sie wohnte, und klingelte eines Tages bei ihr mit einem Stadtplan unter dem Arm. Ich gab vor, eine bestimmte Straße in der Nähe zu suchen. Lena erkannte mich sofort. Ich tat, als müsste ich überlegen. Sie freute sich so, mich gefunden zu haben.«

Klaus Alpers runzelte die Augenbrauen. »Sie haben sich also gewissermaßen das Vertrauen Ihrer alten Schulfreundin erschlichen.«

»So ist es.«

»Und dann kam die besagte Geburtstagsparty, bei der sie ›zufällig‹ Philipp Gabriel treffen sollte?«

»Richtig. Mit Genugtuung konnte ich beobachten, dass Lena sofort von Philipps Charme hingerissen war. Er hat seine Sache gut gemacht. Ich hatte mir bereits die nötigen Dinge besorgt, die ich für meinen Plan brauchte.« Ihre Augen glänzten fanatisch. »Kurz nach der Hochzeit begann ich, Licht- und Toneffekte in der Villa zu installieren. Philipp musste nur noch die Fernbedienung betätigen.«

»Und er tat das ohne Zögern?«

»Natürlich hatte das Weichei Bedenken. Es sollte alles schnell gehen. Lena sollte sich umbringen, um dem armen Philipp nicht zur Last zu fallen. Doch dann kam die Schwangerschaft. Ich konnte nicht darauf hoffen, dass sie mit einem Kind im Bauch ihrem Dasein ein Ende machen würde. Philipp gestand mir, dass er Lena dieses Pulver, das er von mir bekam, nicht mehr gab – das machte mich wütend. Ich war auf seine Unterstützung angewiesen. Das Schicksal kam mir zur Hilfe, indem Philipp für diesen Kunstpreis in London nominiert wurde. Ich wusste, dass ihn Lena in ihrem Zustand nicht begleiten würde …«

»Wann genau betraten Sie Lenas Haus?«

»Als das Licht in ihrem Schlafzimmer ausging. Die Fernbedienung hatte Philipp vor seiner Abreise unauffällig in der Halle versteckt, sodass ich nur die Tür einen Spalt öffnen musste, um mit dem Zauber zu beginnen. Im Kinderzimmer setzte ich den Schaukelstuhl in Gang, den ich zuvor präpariert hatte – übrigens eine meiner Meisterleistungen.«

Sie ist auch noch stolz auf ihre Fähigkeiten, dachte Ute.

»Wir haben diesen Schaukelstuhl auf dem Dachboden gefunden«, erklärte Ute ihrem Kollegen. »Er ist tatsächlich mit einem raffinierten Mechanismus ausgestattet.« Sich Claudia zuwendend fragte sie: »Herr Gabriel hat uns bereits anschaulich erklärt, wie Sie Lena erst erschreckten und ihr dann einen Stoß gaben. Ist das richtig?«

»Ja. Sie sollte über den gespannten Draht stolpern, aber ich musste leider nachhelfen. Dass sie diesen Sturz überlebt hat, war wohl Pech.«

»Haben die Gabriels einen Ehevertrag?«

Spöttisch grinste Claudia. »Natürlich nicht, denn sonst wäre alle Mühe ja umsonst gewesen. Philipp sollte zwar so tun, als würde er auf einem Ehevertrag bestehen, doch ich wusste, dass Lena nichts davon hielt. Philipp fuhr sogar seinen verrosteten Volvo weiter, um nicht den leisesten Anschein zu erwecken, Interesse an Lenas Geld zu haben.«

»Mit anderen Worten: Hätte Ihr Plan geklappt, wäre Herr Gabriel über Nacht zum steinreichen Witwer geworden.«

»So ist es. Doch Sie wissen, Lena überlebte, lediglich das Baby starb.«

Bei dieser Kaltschnäuzigkeit bekamen die drei anderen eine Gänsehaut. Diese Frau kannte weder Mitleid noch Gnade; sie war krank.

Ohne Aufforderung fuhr Claudia fast schwelgerisch fort. »Zunächst waren Philipp und ich ratlos, wie es nun weitergehen sollte. Im Sanatorium redete man Lena irgendeinen Schwachsinn ein, den sie auch glaubte. Sie kam gut erholt zurück nach München, und eine Weile noch gab ich ihr eine Schonfrist. Dann machte Philipp den Vorschlag, mit Lena zu verreisen. Ich gab ihm von dem Pulver mit, das wieder Kopfschmerzen erzeugen sollte. Lena hatte nämlich inzwischen herausgefunden, dass sie während ihrer Klinik- und Sanatoriumszeit nicht ein einziges Mal unter Migräne oder Albträumen gelitten hatte – und bevor sie Verdacht schöpfen konnte, dass vielleicht nicht alles mit rechten Dingen zuging, musste sie sich leider auf der Kreuzfahrt wieder mit ihren leidigen Kopfschmerzen herumplagen.«

Ute streckte sich, die harte Stuhllehne drückte unangenehm gegen ihre Wirbelsäule. »Wenn ich Sie richtig verstehe, hatten Sie nicht vor, Lena Gabriel ins Irrenhaus zu bringen?«

»Nein, sie sollte sich selbst umbringen. Nach ihrem Tod hätte ich meinen Anteil kassiert und mich dann aus dem Staub gemacht.«

»Was würde Ihr Geliebter wohl empfinden, wenn er diese Worte hören könnte?« Wiederholt schüttelte Ute den Kopf. »Sie haben ihn jahrelang missbraucht.«

»Philipp gehört zu der Sorte Männer, die eine Frau brauchen, von der sie gesagt bekommen, wo es langgeht«, erklärte Claudia ungerührt und griff sich die dritte Zigarette. »Er könnte gar nicht existieren, wenn er selbständig über sein Leben entscheiden müsste.«

»Glauben Sie, dass sich Philipp in Lena verliebt hätte, wenn er Sie nicht gekannt hätte?«

Claudia warf ihre Haarpracht nach hinten: »Blödsinn.«

»Aber er ist doch ein geschätzter moderner Maler geworden, und das wohl ohne Ihr Zutun?«. Ein gewisser Sarkasmus lag in Utes Stimme, als sie fortfuhr: »Er hätte vielleicht eine großartige Zukunft vor sich gehabt, wenn er sich nicht mit Ihnen eingelassen hätte.«

»Blödsinn.«

»Ich möchte jetzt von Ihnen ein genaues Geständnis.«

Claudia blieb ungerührt: »Sämtliche Installationen in der Villa sind von mir konstruiert und eingesetzt worden. Weiterhin habe ich Lenas harmlose Kopfschmerztabletten, die sie von ihrem Seelendoktor nach der Rückkehr von der Kreuzfahrt verschrieben bekam, gegen ein starkes Präparat ausgetauscht, das eine hohe Dosis von Halluzinogenen enthielt. Und dann war da noch die Sache mit dem Grab.« Ein böses Grinsen huschte über Claudias Lippen.

Ute sah irritiert auf. »Noch etwas Neues?«

»Ich habe am Grab von Felicitas ein bisschen Hokuspokus veranstaltet. Lassen Sie es sich von Weichei Philipp erzählen. Der Rest war Zufall ...«

»War es auch Zufall, dass Therese Biegler sterben musste?«, warf Alpers ein. »Was hat sie Ihnen denn getan?«

Claudia zuckte die Achseln. »Sie wusste zu viel. Als sie mich anrief und meinte, Philipp könnte mit den Vorkommnissen in der Villa etwas zu tun haben, musste ich handeln. Die alte Henne würde noch leben, wenn sie nicht so neugierig gewesen wäre.«

Dr. Jungblut hatte längst seine Papiere wieder in den braunen Lederkoffer gelegt. Die Argumente, die er den Kripo-Beamten hatte vorlegen wollen, waren nicht mehr zu gebrauchen. Doch er würde Claudia Ferrer vor Gericht verteidigen.

Ute stellte das Tonbandgerät ab. »Frau Ferrer, sowie Ihr Geständnis schriftlich festgehalten ist, bitte ich Sie, es zu unterschreiben, damit wir die Ermittlungen beenden können.«

»O. K.« In Claudias Gesicht war weder Angst noch Reue zu erkennen. Sie erhob sich abrupt. »Ich würde jetzt gern in meine Zelle gebracht werden.«

»Natürlich.« Klaus Alpers stand auf und klopfte an die Stahltür. Der Schlüssel wurde von außen umgedreht und zwei Wärter traten ein.

»Welch ein großer Bahnhof für mich.«

Sorgfältig verstaute die Kommissarin das Aufnahmegerät in ihrer Tasche. »Wir werden uns wieder bei Ihnen melden, falls noch Fragen auftauchen sollten.«

»Natürlich. Aber lassen Sie sich vorher einen Termin geben, damit ich auch wirklich Zeit für Sie habe.«

Ute achtete nicht auf das spöttische Grinsen, als Claudia schließlich wieder abgeführt wurde.

»Ich glaube, die ist verrückt«, murmelte Klaus kopfschüttelnd. »Verrückt und abgrundtief böse.«

*

»Wahnsinn!« Ute warf wütend den Telefonhörer auf die Gabel. Es war der Tag nach Claudia Ferrers Verhör. »Philipp Gabriel hat sein Geständnis widerrufen!«

»Was?« Heiner blickte verstört von seiner Arbeit auf. »Weshalb denn?«

Die Kommissarin fuhr sich mit einer verzweifelten Geste durch das kurze braune Haar. »Plötzlich behauptet er, dass er in seinem Atelier gelogen hat, dass er allein für die Taten verantwortlich ist.«

»Gibt es doch nicht.« Heiner Weiß tippte sich an die Stirn. »So dämlich kann doch kein Mensch sein. Aus welchem Grunde sollte er so etwas tun?«

Sie holte tief Luft. »Klarer Fall, er will seine Geliebte decken. Der Mann ist dieser Frau wirklich hoffnungslos verfallen.«

»Und was willst du jetzt machen?«

Mit verschränkten Armen saß Ute eine Weile schweigend da, dann sprang sie auf und griff nach der kleinen Kassette. »Wie gut, dass wir Claudia Ferrers Geständnis haben. Wir werden diesem liebeskranken

Idioten einmal vorspielen, was seine Traumprinzessin über ihn gesagt hat. Vielleicht ist das ein heilsamer Schock für ihn.«

»Willst du jetzt gleich zu ihm in den U-Knast? Wenn du wartest, bis ich meinen Schreibkram erledigt habe, kann ich dich begleiten«, bot er an, doch Ute winkte ab.

»Das erledige ich schon allein.«

Instinktiv wusste Ute, dass Philipp Gabriels heile Welt zusammenbrechen würde, wenn er die wahren Motive Claudias erfuhr.

17. KAPITEL

Beklommen blickte Kommissarin Schäfer an der rot verklinkerten Fassade des Sanatoriums empor. Sie warf einen flüchtigen Blick auf ihre Uhr. Bevor sie zum ersten Mal Lena Gabriel besuchen durfte, wollte Dr. Gärtner noch einige Worte mit ihr sprechen. Ute hatte Zeit – viel Zeit. Wie zu erwarten, war sie erst einmal vom Dienst suspendiert worden, da sie nicht nur eigenmächtig gehandelt hatte, sondern auch illegal in Lenas Villa eingedrungen war.

Doch Ute störte es nicht, dass man ein Disziplinarverfahren gegen sie eingeleitet hatte, denn außer einer Ermahnung gab es nicht viel zu befürchten, wie Ewald Witzig bereits hatte verlauten lassen. Er hatte sogar angedeutet, dass erwogen wurde, sie zur Mordkommission wechseln zu lassen. Und da die Kommissarin schon seit über einem Jahr keinen Urlaub mehr gemacht hatte, genoss sie die freien Tage. Sie trat ihren Besuch bei Lena Gabriel somit nicht als Polizeibeamtin, sondern als Privatperson an.

Gegen Claudia Ferrer war inzwischen Anklage erhoben worden; es würde lange dauern, bis sie wieder freie Luft atmen konnte. Philipp hatte seinerseits noch am gleichen Tag, nachdem Ute ihm das Band vorgespielt hatte, erklärt, dass jedes Wort stimmte, das er in seinem Atelier von sich gegeben hatte.

Dr. Gärtner reichte der Kommissarin lächelnd die Hand und sagte: »Ich gratuliere Ihnen zu der Aufklärung dieses furchtbaren Falles. Jetzt bete ich nur darum, dass Frau Ferrer bis an ihr Lebensende in einer Gefängniszelle verbleiben muss.«

Ute seufzte. »Das kann man nur hoffen. Aber Sie wissen, dass ich wegen Lena Gabriel hier bin. Hat sich ihr Zustand inzwischen etwas gebessert?«

»Und ob. Wir konnten die schweren Medikamente absetzen und mittlerweile recht vernünftig mit der Patientin reden.« Der Arzt runzelte die Stirn. »Doch es ist eigenartig. Sie glaubt uns nicht, dass sie völlig normal ist, dass ihr Mann und ihre beste Freundin dafür verantwortlich sind, dass sie hier ist. Aus diesem Grund bat ich Sie um ihren Besuch.«

Nachdenklich nickte Ute. »Ich verstehe. Sie möchten, dass ich mit Lena rede.«

»Ihnen als Polizeibeamtin wird Sie eher glauben als einer ganzen Schar von Ärzten.«

Ute war nicht ganz wohl in ihrer Haut, als eine Schwester sie wenig später zu Lenas Zimmer führte.

Lena trug einfache Jeans, dazu einen Rollkragenpullover und darüber eine Strickjacke. Ihre feinen blonden Haare waren zu einem Pferdeschwanz gebunden, und sie sah eher wie ein junges Mädchen als wie eine Millionärin aus.

»Hallo Lena«, begann Ute vorsichtig. »Ich darf Sie doch so nennen?«

»Sie sind Kommissarin Schäfer, nicht wahr? Ich erinnere mich an Sie.«

»Wie geht es Ihnen?«

Lena hob vage die Schultern. »Die Ärzte sagen, dass Philipp und Claudia mich bewusst in den Wahnsinn treiben wollten – aber das ist doch absurd, oder?«

»Keineswegs.« Ute blickte sich suchend nach einer Sitzgelegenheit in dem kargen Zimmer um. »Auch wenn es unbegreiflich erscheint – die beiden haben alles geplant.«

Sie wählte ihre Worte behutsam, als sie Lena alles erzählte, was sie wusste.

»Wo ist Philipp jetzt?«, fragte Lena mit ausdrucksloser Miene, als die Kommissarin geendet hatte. »Wird er hart bestraft werden?«

»Das hoffe ich. Sie haben doch nicht etwa Mitleid mit ihm?«

Lena holte tief Luft, dann sagte sie leise: »Nicht die Spur. Ich will ihn und Claudia nie wiedersehen. Ich könnte den beiden niemals verzeihen.«

Plötzlich empfand Ute eine tiefe Sympathie für die zierliche Frau, und sie musste an sich halten, um ihr nicht über das Gesicht zu streicheln.

»Was werden Sie nach der Entlassung aus der Klinik tun?«

Über Lenas blasses Gesicht huschte ein winziges Lächeln. »Ich weiß es noch nicht. Aber es tut gut, sich mit jemandem zu unterhalten, der keinen weißen Kittel trägt und mich nicht wie ein Kleinkind behandelt.«

»Das haben Sie bald hinter sich.«

Wieder lächelte Lena. »Ein paar Wochen soll ich noch hier bleiben, bis sich mein Nervenkostüm stabilisiert hat.«

»Lassen Sie sich viel Zeit zum Gesundwerden. Wollen Sie sich scheiden lassen?«

»Oh ja, gleich nach der Entlassung beauftrage ich einen Anwalt.« Plötzlich glänzten Tränen in Lenas Augen. »Wissen Sie, wie weh es tut, wenn man erfährt, dass die beiden einzigen Menschen, denen man vertraut hat, einen in den Selbstmord oder Wahnsinn treiben wollen – nur, weil sie an mein Geld wollten?« Ohne eine Antwort abzuwarten fuhr sie fort: »Ich konnte es nicht glauben, als Dr. Gärtner mir davon erzählte.«

»Sie können es glauben, ich gebe Ihnen mein Wort darauf.«

Ute verließ die Klinik leichten Schrittes. Vermutlich war sie nicht zum letzten Mal hier gewesen – das Gespräch hatte nicht nur der Patientin, sondern auch ihr wohl getan. Ute atmete die frische Luft tief ein. Sie hatte ihre Sache gut gemacht.

»Dieser Roman ist Spannung pur !«

THE NEW YORK TIMES

Diana Diamond
STACHEL DER FURCHT
Thriller
512 Seiten
ISBN-13: 978-3-404-15507-1
ISBN-10: 3-404-15507-6

Fünfundzwanzig Jahre lang war Emily Childs die perfekte Ehefrau: Sie hat alles getan, um den Aufstieg ihres Mannes Walter an die Spitze der internationalen Finanzwelt zu unterstützen. Umso schlimmer trifft sie die Erkenntnis, dass Walter sie zugunsten einer jüngeren Frau ins Abseits schieben möchte. Eines Tages wird Emily entführt, und der Kidnapper verlangt ein enormes Lösegeld. Ist dies der ultimative Versuch Walters, seine Frau loszuwerden? Ist es ein Rachefeldzug seiner neuen Geliebten? Oder sind Walters Gegner aus der Finanzwelt für die Entführung verantwortlich? Für Emily beginnt eine Zeit des Schreckens, kann sie doch nicht ahnen, wer wirklich auf ihrer Seite steht.

Bastei Lübbe Taschenbuch

Er will nicht ihre Liebe – sondern ihren Tod

Wendy Morgan
VOM SCHWARZEN HERZEN
Thriller
416 Seiten
ISBN-13: 978-3-404-15512-5
ISBN-10: 3-404-15512-2

Die junge Witwe Rose Larrabee bemüht sich redlich, ihre beiden Kinder auch ohne Vater großzuziehen – keine Zeit für eine neue Liebe, scheint es. Doch dann findet sie ein Valentinsgeschenk in der Post – ein Herz aus Papier ohne Absender. Ein unbekannter Verehrer? Doch für Rose hat das Herz eine besondere Bedeutung, denn es erinnert sie an ein Geheimnis, von dem nur wenige wissen. Bald treffen noch mehr Geschenke in Herzform ein, und dann bekommt Rose in der Nacht einen Anruf. Am anderen Ende erklingt ein Lied, das Rose das Blut in den Adern gefrieren lässt. Ihr wird klar, dass sie und ihre Kinder in höchster Gefahr schweben – doch sie hat keine Ahnung, wem sie vertrauen kann.

Bastei Lübbe Taschenbuch

»Der anspruchsvollste Thriller der Saison!«
(Frankfurter Allgemeine Sonntagszeitung)

Ian Caldwell/
Dustin Thomason
DAS LETZTE GEHEIMNIS
Roman
447 Seiten
ISBN 3-40415579-3

Tom, Carlie, Gil und Paul sind Freunde, die an der Universität Princeton studieren. Doch plötzlich geschehen merkwürdige Dinge auf dem Campus: Ein grausam verstümmelter Hund bildet den Auftakt zu einer Reihe von Morden, die eines gemeinsam haben: Sie alle stehen im Zusammenhang mit einem Manuskript aus der Renaissance, über das Paul seine Abschlussarbeit schreibt. An der Entschlüsselung der »Hypnerotomania Poliphili«, vordergründig eine Minneerzählung, hat sich schon so mancher Wissenschaftler versucht. Eine rätselhafte Schrift, die, richtig gelesen, den Lageplan zu einer geheimen Krypta in Florenz enthält. Als er der Lösung des Rätsels ganz nahe ist, gerät auch Paul in Lebensgefahr ...

Bastei Lübbe Taschenbuch